Hermann-Josef Schüren, geboren 1954, ist ein waschechter Niederrheiner. Der Bauernsohn wuchs in einem kleinen Dorf auf, war Schüler der Gaesdonck, studierte Germanistik und Philosophie und promovierte über Hegels Sprachtheorie. Er hat zwei Kinder und lebt heute als Schriftsteller in Aachen. In vielen seiner Bücher und Geschichten kehrt er in seine niederrheinische Heimat zurück. Unter dem Pseudonym Rainer Schalk schreibt er auch für Kinder und Jugendliche.

HERMANN-JOSEF SCHÜREN

Falsche Väter

KRIMINALROMAN

Für Maria,

Hermann J. Schüren
6. 1. 2011

emons:

FSC
www.fsc.org
MIX
Papier aus verantwortungsvollen Quellen
FSC® C083411

Umschlagzeichnung: Heribert Stragholz
Umschlaggestaltung: Tobias Doetsch, Berlin
Druck und Bindung: CPI – Clausen & Bosse, Leck
Printed in Germany 2010
ISBN 978-3-89705-770-8
Originalausgabe

Unser Newsletter informiert Sie
regelmäßig über Neues von emons:
Kostenlos bestellen unter
www.emons-verlag.de

In Erinnerung an Mama

»Wer andere kennt, ist klug.
Wer sich selbst kennt, besitzt Weisheit.
Wer andere besiegt, hat Kraft.
Wer sich selbst besiegt, besitzt Stärke.«
Laotse: Tao Te King

Prolog

Theo Grossmann trug die Reisetasche zum Auto und schob sie neben die Kartons mit dem Hochprozentigen. Er schlug den Kofferraumdeckel zu, stieg in den Wagen, steckte den Zündschlüssel ins Schloss und sah in den Rückspiegel. Seine Frau stand in der Haustür. Sie hatte eine strahlend weiße Schürze an und winkte. Es sollte ein Zeichen des Einverständnisses sein, aber ihr Gesicht sprach eine andere Sprache. Grossmann hob kurz die Hand, startete und fuhr los. Er sah noch, wie Monika die Haustür schloss. Wahrscheinlich setzte sie sich an den Küchentisch und weinte. Viel Zeit blieb ihr nicht. In einer knappen Stunde kamen die Jungs vom Fußballtraining zurück.

Grossmann trat auf die Bremse und sah auf das rote Licht der Ampel. Gleichzeitig starrte er ins Nichts. Das passierte ihm immer häufiger, seitdem er wusste, dass er nicht mehr lange leben würde. Nur noch zwei, drei Monate hatten ihm die Ärzte gegeben, obwohl er kaum Schmerzen spürte. Als er in den Rückspiegel schaute, meinte er immer noch Monika zu sehen, wie sie vor der Haustür stand, die weiße Schürze eng um den Leib geschlungen. Erst als er Goch hinter sich gelassen hatte und Richtung Kevelaer unter der Autobahn durchtauchte, verschwand ihre Gestalt. Er atmete auf, fischte das Telefon aus der Konsole und stellte die Verbindung her.

»Hallo?« Annas Mädchenstimme strömte ins Wageninnere wie ein tröstendes Parfum.

»Ich bin's«, sagte Grossmann. »Alles in Ordnung?«

»Na klar.«

Die Stimme zauberte ein Lächeln auf sein Gesicht. »In zwanzig Minuten bin ich da.«

»Fahren wir wieder zur Hütte?«

»Natürlich!«

»Und was machen wir da?«

»Lass dich überraschen!«

Anna stand wie verabredet an der Ecke Issumer Straße. Grossmann konnte sich erinnern, dass sie als Kind ein wenig pummelig gewesen war, aber das hatte sich inzwischen rausgewachsen. Er hupte kurz und stoppte auf dem Parkstreifen. Anna brauchte einen Augenblick, bis sie ihn erkannte. Er hatte den Wagen seiner Frau genommen, weil er sich inzwischen lächerlich vorkam, wenn er seinen Namen durch die Gegend kutschierte. Mit kleinen Schritten kam Anna zum Auto gelaufen und riss die Beifahrertür auf.

»Da bist du ja endlich«, sagte sie, warf sich auf den Sitz, beugte sich zu ihm herüber und schmatzte ihm einen Begrüßungskuss auf die Wange. »Neues Auto?«

»Von meiner Frau!«

»Hat die auch dein Rasierwasser ausgesucht?«

»War ich selbst. Öfter mal was Neues.«

»Was denn sonst noch?«

»Das sag ich dir lieber nicht.«

»Oh. Ein großes Geheimnis!«

Sie lachte, und Grossmann sah kurz zu ihr hinüber. Er hatte sie immer gemocht, aber jetzt störte ihn ihre jugendliche Unbeschwertheit. Ihr Lachen klang in seinen Ohren wie Hohn, und es dauerte einen Augenblick, bis er begriff, warum. Alles war anders seit der Diagnose. Und dann waren auch noch die Bescheide gekommen.

»Was macht die neue Schule?«, fragte er beiläufig. »Hast du dich schon eingewöhnt?«

»Alles prima. Bin nach den Sommerferien super gelandet. Ist irgendwie geil, noch mal von vorn anzufangen. Ich hab sogar schon eine neue Freundin gefunden.«

»Und die Jungs?«

»Ach, die sind doch überall gleich. Langweilige Großmäuler! Sag mal, warum fahren wir eigentlich heute schon zur Hütte? Donnerstags waren wir noch nie da.«

»Das Wetter soll schlechter werden«, sagte Grossmann. Als er den Wagen erneut in Bewegung setzte, war das leise Klappern der Flaschen im Kofferraum zu hören.

Wie gewohnt machte er einen kurzen Abstecher nach Issum, hielt vor der Kirche, gab Anna zehn Euro und schickte sie zum

Eisholen. Sie trug eine verwaschene Jeans mit einem breiten weißen Gürtel; zwischen T-Shirt und Gürtel war der Ausschnitt eines Tattoos zu erkennen, das Grossmann zu gern ganz gesehen hätte.

Er grinste, als sie zurückkam, die Hörnchen mit den kleinen Eisbergen balancierend. Das T-Shirt gewährte vielversprechende Einblicke, und die Aufschrift »Just do it!« spannte sich über ihre Brüste.

Warum eigentlich nicht?, dachte Grossmann. Ist doch sowieso alles egal. Bald bin ich tot. Dann kann mir keiner mehr was. Warum sollte ich auf irgendetwas verzichten? Außerdem bin ich nicht ihr Vater. Die Beweise habe ich in der Jackentasche.

Er startete den Motor und fuhr mit einer Hand weiter. Anna kicherte, als ihm das Schokoladeneis auf das frisch gebügelte Hemd tropfte.

Die Hütte in der Bönninghardt war nur Eingeweihten bekannt. Auch wenn die Gegend ihre ursprüngliche Wildheit und Unzugänglichkeit längst verloren hatte, gab es noch versteckte Orte abseits der ausgeschilderten Reit- und Wanderwege. Um zur Hütte zu gelangen, musste man zunächst ein Stück über einen gut ausgebauten Wanderweg fahren. Dann bog man in einen schmalen, von Gebüsch und Brombeeren halb zugewucherten Hohlweg ein.

In dem einfachen Holzbau gab es Strom, fließend Wasser und sogar eine Dusche. Im hinteren Teil des Hauptraumes befand sich eine Kochnische. Wie in holländischen Ferienhäusern war nur das Notwendigste vorhanden, aber es war gemütlich dort, und von der Bank auf der Veranda aus hatte man einen schönen Blick auf das Hochwild, wenn es in der Dämmerung aus dem Dunkel des Waldes trat. Wen die Einsamkeit nicht störte, der konnte es hier gut ein paar Tage aushalten.

Grossmann bog in den Hohlweg ein und fuhr vorsichtig weiter. Als der Weg zu eng wurde, ließ er Anna aussteigen. Sie schob ein paar störende Äste zur Seite. Grossmann stellte das Auto links neben der Hütte ab, stieg aus und holte den Schlüssel aus dem Versteck. Er öffnete die schwere Holztür und trat ein. Obwohl es in der Hütte ein wenig muffig roch, ließ er das Fenster zu und ging zum Auto zurück.

Anna stand vor den Brombeerbüschen. Sie streckte ihren jugendlichen Körper, um an die reifen Beeren zu kommen. Das Tattoo schien sich über ihren ganzen Rücken zu ziehen.

»Kannst du mal kommen?«, rief Grossmann.

»Was ist denn?«

»Könntest ruhig mal mit anpacken!«

Anna drehte sich um. Irgendetwas gefiel ihr nicht. Irgendwie war Onkel Theo anders als sonst. Sie hatte es schon im Auto bemerkt. Mit dem Rasierwasser hatte es begonnen, und jetzt hatte sich sogar seine Stimme verändert. Anna sah zu dem Hochsitz am Waldrand hinüber. Für einen Augenblick meinte sie, dort eine Bewegung gesehen zu haben. Sie kümmerte sich aber nicht weiter darum, schlenderte zu Onkel Theo und trug einen Karton mit Hochprozentigem in die Hütte. Dann setzte sie sich, streifte die Schuhe ab und legte die Füße auf den Tisch.

»Wozu brauchst du das ganze Zeug eigentlich?«, fragte sie.

»Meine Freunde haben mich auserkoren, die Bar aufzufüllen«, sagte er.

»Welche Bar denn?«

»Na ja. Sagt man so«, wich Grossmann aus. »Ich sollte die Vorräte auffrischen.«

»Trinken die denn so viel?«, fragte Anna verwundert.

»Die nicht. Aber ich. Jedenfalls in letzter Zeit.«

Grossmann machte sich nicht die Mühe, die Sachen in den Schränken zu verstauen. Er ließ sie auf dem Tisch stehen, zog eine Wodkaflasche aus dem Karton und drehte den Verschluss auf. Hastig füllte er ein Wasserglas und leerte es zügig.

»Willst du auch?«, fragte er, während er sich nachschenkte.

»Bist du verrückt geworden!«, schimpfte Anna. »Du weißt doch genau, wie sehr ich dieses Zeug hasse. Oder hast du vergessen, was mit Mama passiert ist?«

»Ach, die Sonja«, sagte Grossmann. »Deine Mutter war schon früher ziemlich daneben.«

»Das ist nicht wahr!«, entrüstete sich Anna. »Auf Mama konnte ich mich immer verlassen. Erst im letzten Jahr ist irgendetwas passiert, und sie hat zu trinken angefangen!«

Anna stand auf und ging zu dem Foto, das neben der Eingangstür hing. Es war ein Polaroidbild, auf dem vier Männer zu erkennen waren. Sie sahen auf dem Foto jung und abenteuerlustig aus. Onkel Theo war der Zweite von rechts. Er trug einen Sonnenhut und hatte ein Gewehr in der Hand, mit dem er auf den Betrachter zielte. Das Foto war an einer Schießbude entstanden, auf der Dürener Kirmes. Onkel Theo hatte Anna einmal erzählt, dass sie dieser Kirmes ihren Namen verdankte. Aber das alles war so lange her, dass die Farben auf dem Bild inzwischen verblasst waren.

Anna drehte sich um und sah zu Onkel Theo hinüber. Er hatte sich in den letzten Monaten stark verändert. Sein Gesicht war hager und grau geworden, die Haare schütter, und ihm war ein kleiner Bauch gewachsen. Es muss der Alkohol sein, dachte sie. Er macht die Leute leer, höhlt sie von innen aus und bläht gleichzeitig ihre Bäuche auf. Bei Mama ist es ganz ähnlich.

Sie ging zu dem Panzerschrank mit den vier Jagdgewehren, die schon lange nicht mehr benutzt worden waren. Früher hatte es ihr Spaß gemacht, die Waffen zu putzen und zu ölen.

»Komm, setz dich zu mir«, sagte Onkel Theo, und Anna kehrte an den Tisch zurück. Sie zog ihr Handy aus der Hosentasche, um ihn zu filmen, wie er am Tisch saß und trank. Ihr war langweilig.

»Lass den Blödsinn!«, sagte er schroff.

Anna zuckte zusammen und schob das Handy in die Hosentasche zurück. Sie sah Onkel Theo erschrocken an. In diesem Ton hatte er noch nie mit ihr gesprochen.

»Was ist eigentlich los mit dir?«, fragte sie. »Seit wann bist du so komisch? Warum wolltest du heute mit mir hierherfahren? Und weshalb trinkst du so viel?«

Onkel Theo gab keine Antwort. Er leerte das Glas erneut. Dann stand er auf, ging zur Tür und schloss ab. Den Schlüssel steckte er ein. Anna spürte, wie ihr vertrautes Gefühl sich mit einem Schlag in Luft auflöste. Sie hatte sich immer wohlgefühlt in der Hütte. Sie hatte nie Angst gehabt, wenn sie allein mit Onkel Theo hier gewesen war. Plötzlich war alles anders.

»Was soll das?«, fragte sie.

»Hast du Onkel Theo eigentlich lieb?«

»Das weißt du doch!«

»Dann komm und setz dich auf meinen Schoß. Ich will, dass es wie früher ist.«

»Ich bin kein Kind mehr.«

»Es soll aber sein wie früher.«

»Früher war alles anders.«

»Trotzdem. Komm. Setz dich zu mir.«

»Warum?«

»Weil Onkel Theo dich lieb hat und dein Tattoo sehen will.«

»Und wenn ich das nicht will?«

Onkel Theo stand auf, ging zu ihr, packte sie am Handgelenk und drückte unbarmherzig zu.

»Lass das! Du tust mir weh!«

»Nur wenn du Zicken machst!«

»Was soll das denn?«, fragte Anna mit erstickter Stimme. Er gab keine Antwort, zog sie hinter sich her ins Nebenzimmer und warf sie aufs Bett.

»Zieh dich aus!«, befahl er. »Aber schön langsam. Ich will was davon haben!«

»Bist du verrückt geworden?«, fragte Anna mit zitternder Stimme.

»So ähnlich.«

Anna begriff nicht, was plötzlich mit Onkel Theo los war. Sie versuchte ruhig zu bleiben, obwohl ihr Herz wie verrückt raste. Sie spürte, dass Gegenwehr sinnlos war. Onkel Theo war stärker. Sie konnte schreien, aber niemand würde sie hören. Sie hatte keine Chance gegen ihn. Wenn sie sich wehrte, würde sie alles nur noch schlimmer machen. Ihre Angst flüsterte ihr ein, dass es das Beste war, nichts zu sagen und zu gehorchen. Sie stellte sich auf das Bett, zog das T-Shirt über den Kopf und entblößte ihre Brüste. Onkel Theo starrte sie mit großen Augen an und begann, seine Hose auszuziehen. Als Anna ihre Jeans abstreifte, fiel ihr das Handy ein. Sie fischte es heraus, ohne dass Onkel Theo etwas davon mitbekam.

Dann lag sie da und ließ es geschehen. Innerlich schrie sie, doch es drang nur ein leises Wimmern nach außen. Sie zitterte und starrte an die Decke, ohne etwas zu sehen.

»Nun komm schon«, keuchte Onkel Theo, als er fertig war.

»Hab dich nicht so. Das war doch bestimmt nicht dein erstes Mal, oder?«

Anna kam allmählich wieder zu sich. Sie stand auf, zog sich an und schob ihr Handy in die Jeans. Dann ging sie um das Bett herum, spuckte Onkel Theo ins Gesicht, ging in den Hauptraum der Hütte und riss das Fenster auf.

»Warte doch«, rief Onkel Theo hinter ihr her. »Ich muss dir was sagen!«

Anna drehte sich noch einmal um. Ihr Gesicht war eine undurchdringliche Maske, und sie biss die Zähne so heftig zusammen, dass ihr Kiefer schmerzte. Neben dem Tisch stand der Mann, dem sie immer vertraut hatte und der für sie einmal Onkel Theo gewesen war. Er sah erbärmlich aus. Das zerknitterte, eisbekleckerte Hemd hing über seinem schmierigen Bauch und verdeckte sein erschlafftes Geschlecht. Anna wandte sich ohne ein weiteres Wort ab und kletterte nach draußen.

Grossmann trat ans Fenster und sah ihr nach. Etwas legte sich um seinen Hals. Es würgte ihn und nahm ihm die Luft. Es fühlte sich an, als wären es seine eigenen Hände. Erst jetzt wurde ihm klar, dass er etwas kaputt gemacht hatte, was sich nie mehr in Ordnung bringen ließ. Ihn packte ein ekelhaftes Selbstmitleid, und seine trüben Augen füllten sich mit Tränen.

»Anna«, flüsterte er mit tonloser Stimme. »Verzeih mir bitte! Ich hätte das nicht tun dürfen. Ich bin krank, weißt du. Ich bin so gut wie tot.«

Als ihre mädchenhafte Gestalt im Hohlweg verschwand, dachte er für einen Augenblick daran, ihr zu folgen, es ihr zu sagen oder sie zum Schweigen zu bringen. Gleichzeitig verachtete er sich für diesen Gedanken. Er wankte zum Tisch zurück, ließ sich auf einen Stuhl fallen und schüttete sich ein weiteres Glas ein. Er zog die Bescheide aus der Jackentasche, starrte die Formulare eine Zeit lang an und zerriss sie endlich.

Dann nahm er den Schlüssel, stand auf und öffnete den Waffenschrank.

EINS

Die Männer steigen in das Auto. Alle vier haben zu viel getrunken. Der Fahrer hat beim Streichholzziehen den Kürzeren gezogen. Es ist nicht sein Wagen. Er startet den Motor. Nieselregen fällt, und die Straße spiegelt das Licht der Scheinwerfer. Es ist 21.24 Uhr. Der Wagen setzt sich in Bewegung.

Eine graue Staubwolke stieg auf, als Conrad van de Loo sich auf den Fahrersitz fallen ließ. Obwohl irgendwelche Drahtspitzen sich in seinen Rücken bohrten, streckte er die Arme aus und umfasste das schmutzige Lenkrad. Es ließ sich nicht bewegen, genauso wenig wie die Fensterkurbel. Auch Kupplung und Bremse funktionierten nicht mehr. Der Hundertneunziger roch nach Rost und Vergangenheit. Er war seit Jahren nicht mehr bewegt worden, und van de Loo konnte sich nicht einmal erinnern, wo er den Schlüssel deponiert hatte.

Er wischte die Staubschicht vom Rückspiegel, betrachtete sein Gesicht und war nicht sonderlich zufrieden mit dem, was er sah. Es lag nicht nur an den Falten, den größer werdenden Tränensäcken und seinen glanzlosen Augen. Auch nicht daran, dass er zugenommen hatte in den letzten Jahren. Es war mehr. Es war das ganze Leben, die eintönige Zufriedenheit, in der er sich eingerichtet hatte. War das bei allen so, die mehr als ein halbes Jahrhundert auf dem Buckel hatten? Früher hatte eine geheime Kraft ihn auf Trab gehalten, und er hatte immer zu wenig Zeit gehabt, seinen Erfahrungshunger zu stillen. Heute hatte er oft nicht die geringste Ahnung, was er mit seiner Zeit anfangen sollte.

Was ist eigentlich mit mir passiert?, fragte er sich.

Er schloss die Augen und lehnte sich zurück. Seine rechte Hand erinnerte sich augenblicklich daran, wie es gewesen war, den Zündschlüssel zu drehen und den Knopf zu ziehen, mit dem der Diesel vorgeglüht wurde. Es war wieder da, das vertraute Gefühl, und van de Loo spielte in Gedanken mit dem Gaspedal. Dann versetzte er sich und den Hundertneunziger auf die Straße, legte den ersten Gang ein und beschleunigte. Der Wagen nahm Fahrt auf, und van de Loo schob genüsslich die Gänge ein. Jetzt konnte er auch das Seitenfenster herunterkurbeln, sodass der Geruch der Vergangenheit verschwand. Stattdessen strömte frische, niederrheinische Luft in den Innenraum. Ein Gemisch aus satter Erde, feuchtem Gras und moosiger Baumrinde, gewürzt von einem salzigen Wind, der aus Holland herüberwehte und die Alleebäume zum Rauschen brachte.

Van de Loo trat das Gaspedal durch. Mit einem Mal gab es für ihn keine Grenzen mehr, keine Zweifel oder Hindernisse. Er fuhr, und nichts stand seinen Träumen im Weg. Er war allein unterwegs, die Straßen wie leer gefegt. Es kam ihm vor, als seien die glatten Asphaltbänder eigens für ihn verlegt worden.

Erst im letzten Augenblick sah er den Anhänger. Er tauchte hinter einer Kurve auf. Irgendein Bauernlümmel fuhr verboten langsam und mitten auf der Straße, als würde die Welt ihm allein gehören. Van de Loo ging in die Eisen. Mit knapper Not schaffte er es, den Wagen rechtzeitig zum Stehen zu bringen. Er bearbeitete die Hupe. Der Traktorfahrer fuhr noch langsamer und hielt schließlich an.

Van de Loo ahnte nichts Gutes. Manche Burschen aus der Landwirtschaft warteten nur auf eine Gelegenheit, Streit anzufangen und ihre Fäuste fliegen zu lassen. Er wollte so schnell wie möglich weiter, aber es gab kein Vorbeikommen. Zurücksetzen konnte er auch nicht, denn der Gang klemmte. Wie benommen starrte er auf den Anhänger, der sich jetzt rückwärts in Bewegung setzte und unerbittlich näher kam. Als er die Stoßstange berührte, wurde van de Loo durchgeschüttelt. Gleichzeitig öffnete sich die Ladeklappe des Anhängers. Irgendwelches Gemüse kam ins Rutschen, klatschte auf die Kühlerhaube des Hundertneunzigers und prasselte gegen die Scheibe.

»He!«, schrie van de Loo. »Was soll das?«

Er riss die Hände hoch, um sein Gesicht zu schützen, und erwachte aus seiner Träumerei. Dicke Tropfen schlugen wie Bomben auf der schmutzigen Windschutzscheibe ein. Es hatte zu regnen begonnen. Das Schuppendach musste undicht sein.

»Kartoffeln«, flüsterte van de Loo. »Dieser Kerl hatte Kartoffeln geladen! Ich muss sofort zu Tante Gertrud!«

Er stieß die Fahrertür auf. Beim Aussteigen blieb er mit dem Hemd an einem Draht hängen. Er hörte, wie der Stoff nachgab, stolperte aber dennoch weiter zum Tor, lief über den gepflasterten Hofplatz, durchquerte den ehemaligen Kuhstall, in dem nur ein paar alte Fahrräder standen, und riss wenig später die Küchentür auf. Van de Loo starrte auf den Tisch und die Stühle. Sie waren leer. Tante Gertrud war nicht da. Der Berg mit Kartoffeln, den sie täglich für sich und sämtliche Nachbarn bearbeitete, lag nahezu unberührt auf dem Tisch. Van de Loo trat in den Flur zurück.

»Tante Gertrud?«, rief er.

Keine Antwort.

»Trude?«

Stille, die nichts Gutes verhieß.

In letzter Zeit war Tante Gertrud manchmal ziemlich durcheinander. Sie war ein paarmal mitten in der Nacht aufgestanden und ziellos durch die Gegend geirrt. Als sie aufgegriffen worden war, behauptete sie, auf dem Weg in die Schule oder den Kindergarten zu sein. Einmal hatte man sie an der Niers gefunden, an einer Uferstelle, wo sie vor mehr als sechzig Jahren mit ihrer Freundin ein Versteck gehabt und gebadet hatte. Eine nackte, alte Frau, die am weidenbewachsenen Ufer saß, auf das Wasser schaute und nicht merkte, dass sie sich den Tod holte. Nur wenn sie Kartoffeln schälte, hatte van de Loo sich bislang immer darauf verlassen können, dass sie an ihrem Platz in der Küche blieb und keinen Unsinn machte.

Nachdem er die unteren Räume abgesucht hatte, ging er nach oben. In ihrem Zimmer war Trude nicht. Auch nicht im Bad. Die übrigen Zimmer waren abgeschlossen. Van de Loo wollte die Suche schon aufgeben, als er ein Geräusch vom Speicher hörte. Er stieg die steile Treppe hinauf.

Auf der obersten Stufe standen Tante Gertruds Schuhe, und wenig später sah er sie. Sie stand im Lichtstreifen des kleinen Dachfensters und trug nur einen weißen Schlüpfer. Um den Hals hatte sie sich eine lange Kette geschlungen, neben ihr stand eine alte Zigarrenkiste auf dem Boden. Ihr Körper erinnerte van de Loo an eine Figur, die er einmal auf Schloss Moyland gesehen hatte. Ein Mensch wie eine Kerze, zur Hälfte heruntergebrannt. Die schmale, wachsweiße Gestalt schien mit jedem Atemzug dünner und länger zu werden.

»Tantchen«, sagte er leise, um sie nicht zu erschrecken. »Was machst du hier?«

»Ich warte auf dich.«

»Auf mich?«, fragte van de Loo verwundert.

»Natürlich!« Tante Gertrud schaute ihn mit vorwurfsvollen Mädchenaugen an. »Warum hast du mich so lange allein gelassen?«

»Woher soll ich denn wissen, dass du hier oben bist? Ich dachte, du schälst Kartoffeln.« Van de Loo stand noch immer auf der Treppe und zögerte, sich seiner halb nackten Tante zu nähern.

»Weißt du, wo mein Kleid ist? Es muss hier irgendwo sein.«

»Welches Kleid denn?«

»Das Sommerkleid mit den roten Punkten, das Sarah mir geschenkt hat.«

»Ach das«, sagte van de Loo. »Und warum willst du gerade dieses Kleid anziehen?«

»Weil ich heute Geburtstag habe!«

»Du vertust dich. Den haben wir erst letzten Monat gefeiert!«

»Das sagst du nur, weil du vergessen hast, ein Geschenk zu besorgen!«

»Nein, es ist ...« Van de Loo brach den Satz ab. Er wusste, dass es keinen Zweck hatte, sich auf eine Diskussion einzulassen. Wenn Trude sich etwas in den Kopf gesetzt hatte, konnte man es ihr nicht ausreden und musste warten, bis die fixe Idee den Kopf von selbst wieder verließ.

»Nächstes Jahr«, sagte er beschwichtigend. »Nächstes Jahr hast du wieder Geburtstag!«

»Das ist nicht wahr!«, rief Tante Gertrud voller Entrüstung. »Ich habe heute Geburtstag. Das weiß ich genau! Oder willst du behaupten, ich hätte meinen eigenen Geburtstag vergessen?«

»Natürlich nicht.«

»Na also!«

»Tust du mir trotzdem den Gefallen und ziehst dich wieder an?«

Tante Gertrud gehorchte. Das Kleid mit den roten Punkten schien sie schon wieder vergessen zu haben.

»Wie kann es sein, dass du das Datum deines Geburtstages so genau behältst?«, fragte er, als sie die Treppe hinuntergingen. »Zahlen und Fakten sind doch sonst nicht deine Sache.«

»Ach Conrad«, sagte sie. »Du kannst manchmal Fragen stellen! So was spürt eine Frau einfach!«

Zur Feier des Tages gab es Hühnchen mit Reis. Dazu Feldsalat und einen Nachtisch, den Tante Gertrud heimlich vorbereitet hatte, weil er eine Überraschung sein sollte. Ausnahmsweise kam Johanna pünktlich zum Essen. Sie arbeitete als Grundschullehrerin, und freitags zogen sich die Konferenzen oft bis tief in den Nachmittag hinein. Van de Loo reckte den Kopf, als er das Auto hörte, und sah durch das Küchenfenster, wie erst Katharina ausstieg, dann Johanna. Er beobachtete, wie seine Freundin ihr dunkles Haar zurückstrich und die Tür schwungvoll ins Schloss warf. Sie waren jetzt seit fünf Jahren zusammen, und ihr Anblick war für ihn noch immer eine tägliche Freude.

»Und? Was gibt es Neues in der Schule?«, fragte er grinsend, als alle am Tisch saßen, wohl wissend, dass Johanna und Katharina diese Frage verabscheuten.

»Was soll es da schon Neues geben?«, maulte Katharina.

»Was ist denn mit deiner Freundin? Der Anna? Wollte sie nicht an diesem Wochenende zu uns kommen?«

»Keine Ahnung, was mit ihr ist.« Katharina stocherte in ihrem Salat herum. »Sie ist gestern Abend nicht zum Treffen der Theater-AG gekommen und war heute nicht in der Schule. Ihr Handy ist tot.«

»Vielleicht ist sie ja krank«, sagte Johanna.

»Dann hätte sie sich bestimmt bei mir gemeldet.«

»Und wenn ihr Handy kaputt ist?«

»Schmeckt es euch?«, fragte Tante Gertrud dazwischen, und im selben Augenblick klingelte es an der Haustür.

»Das ist bestimmt für mich!«, sagte Tante Gertrud.

»Wie kommst du denn darauf?«, fragte van de Loo und stand auf.

»Na ja. Weil ich doch heute Geburtstag hab!«

Als van de Loo die Tür öffnete, stand ein Mädchen davor. Sie musste in Katharinas Alter sein, wirkte aber viel selbstbewusster und erwachsener. Sie war blond, ihr Blick war klar, beinahe stechend, und ihre graugrünen Augen wanderten neugierig über van de Loos Gesicht.

»Tag«, sagte sie und reichte ihm die Hand. »Ich bin die Anna.«

»Wir haben gerade von dir gesprochen«, sagte er. »Freut mich, dich kennenzulernen! Komm rein.«

Anna zog ihre Jacke aus und hängte sie an die Garderobe.

»Du kommst genau richtig«, sagte van de Loo auf dem Weg zur Küche. »Wir sind gerade beim Essen.«

Anna sagte nichts. Als sie die Küche betrat, sprang Katharina auf und schloss ihre Freundin theatralisch in die Arme.

»Mensch. Da bist du ja. Wo hast du denn gesteckt?«

Anna gab keine Antwort.

»Bist du mit dem Bus gekommen? Warum hast du nicht angerufen? Wir hätten dich abgeholt.«

»Der Akku ist leer«, sagte Anna und ging zu Johanna, um sie zu begrüßen.

Gertrud hatte Gabel und Messer aus der Hand gelegt, als Anna in die Küche gekommen war. Mit offenem Mund verfolgte sie jede Bewegung des Mädchens. Dann erhob sie sich von ihrem Platz, ging zu Anna und nahm ihre Hände.

»Sarah! Wie schön, dass du gekommen bist«, sagte sie, wobei ihre Augen vor Begeisterung leuchteten.

»Ich heiße Anna«, sagte Anna. »Anna Lechtenberg.«

»Hast du etwa geheiratet?«

»Seinen Vornamen behält man auch nach der Heirat!«, sagte Anna lachend.

»Ist auch egal. Hauptsache, du bist da. Ich dachte schon, du hättest meinen Geburtstag vergessen.«

»Ach wo«, sagte Anna lächelnd.

»Weißt du, dass du dich in all den Jahren kaum verändert hast? Nur deine Haare sind anders.«

»Veränderungen sind manchmal aber gar nicht so schlecht«, sagte Anna.

»Komm, setz dich.« Tante Gertrud hielt Annas Hände noch immer umfasst. »Du hast bestimmt Hunger nach der langen Reise.«

»Danke«, sagte Anna. »Ich möchte nichts essen.«
»Was möchtest du denn? Etwas trinken?«
»Ich würde gerne mit Katharina sprechen. Allein.«
»Ach so. Verstehe«, sagte Tante Gertrud.
»Vielleicht bis später«, sagte Anna.
Katharina ließ ihren halb vollen Teller stehen und verließ mit Anna die Küche. Tante Gertrud schaute ihnen hinterher. Auf ihrem Gesicht lag ein seliges Lächeln.

Es dauerte beinahe eine Stunde, bis Katharina zurückkehrte.
»Was ist?«, fragte Johanna.
»Anna hat ein Problem«, sagte Katharina leise. »Ein ziemlich großes Problem.«
»Können wir helfen?«
»Vielleicht. Sie würde gern mit Conrad sprechen.«
»Mit mir?«, fragte van de Loo verwundert.
»Ja. Anna braucht jemanden, der sie beschützt. Da habe ich ihr erzählt, dass du früher als Privatdetektiv gearbeitet hast.« Die Dringlichkeit in Katharinas Stimme war nicht zu überhören.
»Du hast was?«
»Du musst ihr helfen!«
»Was ist denn los?«, fragte van de Loo.
»Das sagt sie dir am besten selbst. Sie wartet in meinem Zimmer.«
Katharina setzte sich an ihren Platz, und van de Loo verließ mit einem unguten Gefühl die Küche. Er stieg die Treppe hinauf und blieb ein paar Sekunden vor Katharinas Tür stehen, bevor er leise anklopfte und eintrat. Anna saß im Schneidersitz auf dem Bett und sah ihn an.
»Was kann ich für dich tun?«, fragte van de Loo.
»Ich habe mein Handy aufgeladen und möchte Ihnen etwas vorspielen«, sagte Anna. »Es ist schlimm. Jedenfalls für mich.«
»Was ist es denn?«
»Eine Aufnahme. Ich starte das jetzt und gehe vor die Tür. Ich kann mir das nicht noch einmal reintun. Wenn Sie genug gehört haben, sagen Sie mir Bescheid, ja?«
Anna drückte van de Loo ihr Handy in die Hand und verließ das Zimmer. Van de Loo hielt das Gerät an sein Ohr und lausch-

te. Zuerst war nur ein Kratzen zu hören, undeutbare Geräusche, eine männliche Stimme im Hintergrund. Dann kam ein dunkles Atmen hinzu, das bald wie ein Hecheln klang. Stoßweise presste es sich aus einem Körper, als müsste es sich befreien. Daneben waren Laute zu hören, die jemand zu unterdrücken versuchte und die von dem dunklen Stöhnen überlagert wurden, das von Atemzug zu Atemzug heftiger wurde. Van de Loo hörte, wie sich das rhythmische Stöhnen steigerte. Die Geräusche krochen wie schmutzige Würmer in sein Hirn, bis er es nicht mehr aushielt, das Handy abschaltete und zur Tür ging.

Anna stand auf dem Flur, den Kopf gesenkt und die Arme fest um die Brust geschlungen, als sei ihr kalt. Van de Loo trat an sie heran und berührte vorsichtig ihren Arm. Sie zog ihn weg, ging in Katharinas Zimmer zurück und setzte sich wieder aufs Bett.

»Zum Glück sieht man wenigstens nichts!«

»Ist das etwa ein Film?«, fragte van de Loo erschrocken.

»Eigentlich schon. Aber es ist nur die Zimmerdecke zu sehen. Sonst gibt es keine Bilder.«

»Was ich gehört habe, ist ziemlich eindeutig. Da braucht es keine Bilder. Wann ist das passiert?«

»Gestern«, sagte Anna leise. »Gestern, am späten Nachmittag. Komisch, wenn einem so eine Scheiße passiert. Man kennt das ja aus Filmen. Man stellt sich vor, dass es auch in Wirklichkeit so ist. Aber das stimmt nicht. Es ist ganz anders, eine furchtbare Scheiße. Und jetzt, jetzt bin ich die Scheiße selbst!«

»Du bist keine Scheiße!«, sagte van de Loo.

»Ich fühl mich aber so!«

»Das ist aber falsch.« Van de Loo suchte Annas Blick, aber sie wich ihm aus. Plötzlich lachte sie bitter auf. Dann weinte sie.

»Warst du beim Arzt?«, fragte van de Loo nach einer Weile.

Anna schüttelte den Kopf.

»Solltest du aber. Und die Polizei? Hast du die Polizei angerufen?«

Anna schüttelte wieder den Kopf.

»Du musst diesen Scheißkerl anzeigen! Auch wenn eine Anzeige gegen unbekannt wahrscheinlich nichts bringt. Kannst du ihn beschreiben?«

»Natürlich kann ich das. Aber zuerst will ich mit ihm reden«, sagte Anna. Sie hob den Kopf und sah van de Loo an.

»Reden?«, fragte er entgeistert. »Sag nur noch, du kennst den Kerl?«

»Ja. Schon lange. Er heißt Theo Grossmann und hat ein Geschäft in Goch. Landhandel. Sein Name steht groß und breit auf seinem Wagen, aber für mich war er immer nur Onkel Theo.«

»Na prima. Onkel Theo. Jemand aus der Familie. Der klassische Fall. Und jetzt willst du also mit diesem Onkel in aller Ruhe darüber reden, warum er dich vergewaltigt hat?«

»Ich möchte wissen, was mit ihm los ist, und sehen, wie er reagiert, wenn ich ihm ins Gesicht sage, was ich von ihm halte. Und dann zeig ich ihn vielleicht an.«

»Weißt du denn, wo er im Augenblick ist?«

»Wahrscheinlich ist er noch in der Hütte.«

»Ist es da passiert?«

»Ja.«

»Und du meinst, dass er noch dort ist?«

»Ja«, sagte Anna. »Er hat bestimmt weitergetrunken. Außerdem glaube ich, dass er auf mich wartet. Allein trau ich mich nicht. Würden Sie mit mir dahin fahren?«

Van de Loo spürte den Druck des Sicherheitsgurtes auf der Brust und über dem Bauch. Er hatte Johannas Wagen genommen, tauchte unter der Autobahn durch und folgte der Xantener Straße, die durch ein ausgedehntes Waldstück führte.

Obwohl es bis vor ein paar Stunden geregnet hatte, war der Parkplatz gut gefüllt. Zum Großteil handelte es sich bei den Spaziergängern um Wochenendausflügler aus dem Ruhrpott, denn von jedem dritten Kofferraum grüßte das blaue Emblem von Schalke 04. Der Rest huldigte dem BVB oder der Insel Sylt. Borussia Mönchengladbach, die Macht vom Niederrhein, war kaum vertreten.

Van de Loo fuhr bis ans Ende des Parkplatzes. Ein Schild verbot die Weiterfahrt.

»Wir müssen den Wagen hier abstellen«, sagte er.

»Ach was! Fahren Sie einfach weiter«, sagte Anna. »Onkel Theo macht das auch immer.«

»Dem gehört wohl der Wald, was? Ich darf da jedenfalls nicht rein. Das kann teuer werden.«

»Fahren Sie schon«, drängte Anna. »Das ist schließlich ein Notfall!«

Van de Loo fuhr weiter. Der Fußweg war ziemlich breit und gut ausgebaut, aber direkt vor ihnen spazierte ein Paar mit Hund. Sie gingen mitten auf dem Weg und taten eine ganze Zeit lang so, als würden sie das Auto in ihrem Rücken nicht hören. Van de Loo wartete geduldig, bis sie endlich zur Seite traten und den Weg freigaben. Der Mann zückte sein Handy, und der Köter kläffte wütend, als van de Loo vorbeifuhr.

»Der ruft bestimmt die Polizei an.«

»Blödsinn. Außerdem biegen wir sowieso dahinten ab. Dann sieht uns niemand mehr.«

Van de Loo gab Gas und bog wenig später in einen schmalen Waldweg ein. Forstfahrzeuge hatten den Boden aufgewühlt und tiefe Spuren hinterlassen, in den Löchern und Rinnen stand Wasser. Der Dreck spritzte an die Bleche, und van de Loo war heilfroh, dass er nicht stecken blieb. Schließlich erreichte er einen Hohlweg.

»Wir sind gleich da«, sagte Anna.

»Dann lass ich den Wagen hier stehen, und wir gehen das letzte Stück zu Fuß. Wenn der Lack zerkratzt ist, krieg ich Ärger mit meiner Freundin.«

»Freundin?«, fragte Anna. »Sind Sie nicht Katharinas Vater?«

»Hat sie das gesagt?«

»Nein, aber ich dachte ...«

»Falsch gedacht«, sagte van de Loo. »Außerdem kannst du mich ruhig duzen.«

Das Gras war feucht und der Boden aufgeweicht. Die Nachmittagssonne fiel durch das Blattwerk, Lichtpunkte tanzten über dem Weg. Es roch nach Wald, nach Regen, Laub und Pilzen. Van de Loo musste bei jedem Schritt aufpassen, dass er nicht ausrutschte und in den Dreck fiel. Als er ein Stück gegangen war, drehte er sich zu Anna um. Sie stand noch immer neben dem Auto, hatte ihre Jeans aufgekrempelt und zündete sich eine Zigarette an. Es sah ganz so aus, als wollte sie Zeit gewinnen. Wahrscheinlich hatte sie plötzlich Angst vor der eigenen Courage.

Wenn der Typ wirklich besoffen ist, gibt es sicher Ärger, dachte van de Loo, als er langsam weiterging. Vielleicht ist er sogar bewaffnet und wartet nur darauf, dass jemand kommt, auf den er ballern kann.

Als er das Auto sah, ging er sofort in Deckung. Der Typ war anscheinend tatsächlich noch da. Die Hüttentür war nur angelehnt.

»Hallo!«, rief van de Loo. »Ist da jemand?«

Er trat schnell wieder in den Hohlweg zurück und horchte. Es kam keine Antwort. Nur ein Häher flog kreischend über die Lichtung. Van de Loo holte tief Luft. Er duckte sich und spurtete zum Auto hinüber. Er presste den Rücken gegen die Hüttenwand und wartete, bis sich seine Atmung beruhigt hatte. Dann schob er sich Stück für Stück weiter, bis er das Hüttenfenster erreicht hatte. Er hob einen Stock vom Boden auf und klopfte damit gegen die Fensterscheibe. Als keine Reaktion kam, drehte er sich um und hob langsam den Kopf. In der Glasscheibe spiegelte sich sein eigenes Gesicht. Er schirmte es mit den Händen ab und starrte ins Innere der Hütte. Drinnen regte sich nichts.

»Hallo!«, rief van de Loo noch einmal und schlug mit der Faust gegen die Scheibe.

»Ist er weg?«, fragte Anna. Sie stand inzwischen auf der anderen Seite des Autos.

»Es tut sich jedenfalls nichts da drinnen.«

»Das feige Schwein!«, zischte Anna. »Einfach abhauen! Ich hätte wetten können, dass er noch hier ist.«

»Der ist wahrscheinlich zu Fuß getürmt«, sagte van de Loo. »War vielleicht zu besoffen, das Auto in Gang zu bringen.«

»Vielleicht ist er ja in der Schlafkammer. Die kann man von hier nicht einsehen.«

Van de Loo ging über die Veranda zur Hüttentür. Als er sie aufschob, quietschten die Scharniere wie in einem Hitchcock-Film. Er schaute ins Innere. Auf dem Tisch lagen irgendwelche Papierfetzen neben einem Karton mit Flaschen. Zwei weitere Pullen lagen auf dem Boden, und es stank durchdringend nach Alkohol. Ein Stuhl war umgekippt. Van de Loo stellte den Stock zur Seite und betrat die Hütte.

»Das Bild ist weg«, sagte Anna, die in der Eingangstür stehen geblieben war.

»Welches Bild?«

»Das Foto von Onkel Theo und seinen drei Freunden. Es hing immer hier. Außerdem ist der Waffenschrank offen. Da hängt ja sogar noch sein Schlüsselbund!«

Van de Loo sah sich den Schrank an. Es war eine Art Tresor.

»Ist es da passiert?« Er wies auf die Tür zum Nebenraum.

Anna nickte. Van de Loo öffnete die Tür. Im selben Augenblick sah er den Mann. Er lag auf dem Bett. Ein Arm hing schlaff an der Seite herunter. Die Laken waren blutverschmiert, und auch an den Wänden klebte überall Blut, wie van de Loo erst jetzt bemerkte. Gleichzeitig schoss ihm ein süßlicher Geruch in die Nase, und ein ekelhaft metallischer Geschmack schwappte in seine Mundhöhle. Er wich zurück, zog die Tür zu und stolperte nach draußen.

»Was ist?«, fragte Anna.

Van de Loo gab keine Antwort. Er hatte das Gefühl, jeden Augenblick kotzen zu müssen.

»Was ist los?«, hakte Anna nach.

Van de Loo schluckte und wischte sich mit dem Ärmel über den Mund.

»Sag mir endlich, was da drin los ist!«, sagte Anna.

»Er ist tot.«

»Tot? Onkel Theo? Das glaub ich nicht!«

»Es ist aber so, verdammt!«

»Das will ich sehen!«

»Tu es nicht! Sieh dir das lieber nicht an.«

»Doch! Ich muss! Ich muss sehen, ob er wirklich tot ist!«

Wie stets, wenn sie sich unsicher fühlte, fischte Anna ihr Handy aus der Tasche. Dann ging sie entschlossen in die Hütte zurück. Van de Loo folgte ihr. Er setzte sich auf einen Stuhl, während Anna sich der Tür des Nebenraums näherte, wobei sie das Handy wie eine Waffe in beiden Händen hielt. Mit dem Fuß stieß sie die Tür auf. Für Augenblicke geschah nichts. Anna stand in der Tür, wie erstarrt. Eine grässliche, unbegreifliche Stille umgab sie. Dann verlor sie die Kontrolle, das Handy fiel ihr aus den Händen und schlitterte über den Holzboden.

Van de Loo brachte Anna nach draußen. Am liebsten wäre er sofort mit ihr zum Auto gegangen und zu Johanna gefahren, aber das war unmöglich.

»Geht es?«, fragte er nach einer Weile.

Sie nickte.

»Wir müssen die Polizei anrufen. Je länger wir warten, umso schlimmer wird es.«

»Warum?«

»Weil man dir unangenehme Fragen stellen wird.«

Van de Loo tastete nach seinem Handy. Als er merkte, dass er es in der Eile nicht mitgenommen hatte, ging er noch einmal in die Hütte, um Annas Handy zu holen. Neben der Tür sah er die Stelle, wo das Foto gehangen hatte. Die hellen Umrisse des Rahmens zeichneten sich deutlich auf der Holzvertäfelung ab. Er ging weiter, auf die offen stehende Tür des Nebenraumes zu. Er war jetzt hellwach. Alle Benommenheit war von ihm abgefallen. Stattdessen fühlte er mit einem Mal eine unbändige Wut in sich hochkochen. Eine irre Wut auf die Welt, die Menschheit und nicht zuletzt auf sich selbst. Was mache ich hier eigentlich?, fragte er sich. Welches idiotische Über-Ich hat dafür gesorgt, dass ich mich verpflichtet fühle, hier zu sein?

Er sah den Toten an, als wäre er kein Mensch, sondern ein Gegenstand. Um ihn herum war alles mit Blut und Hautfetzen besprenkelt. Van de Loo kniete sich auf den Boden und fischte nach dem Handy. Als er es in den Fingern hatte, stand er auf.

»Du Schwein!«, murmelte er. »Sei froh, dass du tot bist!«

Dieser Mann auf dem Bett ekelte ihn an, aber nicht, weil er tot war und furchtbar aussah. Van de Loo dachte an die Geräusche, die er gehört hatte. Er wandte sich zum Gehen. In der Tür drehte er sich noch einmal um. Bis zu diesem Augenblick hatte er geglaubt, Grossmann habe sich selbst erschossen. Jetzt erst wurde ihm klar, dass das unmöglich war, und er rief die Polizei an.

Allmählich schien Anna zu begreifen, was passiert war. Sie sah van de Loo mit glasigem Blick entgegen, als er aus der Hütte trat. Er setzte sich neben sie auf die Verandabank und gab ihr das Handy zurück. Sie schwiegen. Van de Loo spürte, dass Anna am ganzen Körper zitterte.

»Er war sonst immer ganz anders«, sagte sie nach einer Weile. Ihre Stimme klang matt und monoton. »Er hat sich wirklich um mich gekümmert. Und dann fällt er über mich her und bringt sich um. Das passt gar nicht zu ihm.«

»Es war kein Selbstmord«, sagte van de Loo.

»Kein Selbstmord?«, fragte Anna. »Wieso nicht?«

»Weil ich in der Schlafkammer keine Waffe gesehen habe. Die Jagdgewehre stehen alle im Schrank. Er kann sich wohl kaum erst erschossen und dann die Waffe an ihren Platz zurückgestellt haben.«

»Dann war es jemand anders?«

»Ja«, sagte van de Loo nachdenklich. »Sieht ganz so aus.«

»Aber wer denn?«

»Keine Ahnung«, sagte van de Loo. »Vielleicht hat euch jemand beobachtet.«

»Beobachtet? Wobei?«

»Wie er sich über dich hergemacht hat.«

»Du meinst, da war noch jemand?«

»Wäre doch möglich, oder?«

»Stimmt. Jetzt fällt es mir wieder ein. Ich glaub, da war tatsächlich jemand. Auf dem Hochsitz dahinten.«

»Mit einem Fernglas kann man wahrscheinlich in die Hütte schauen. Vielleicht hat er gewartet, bis du weg warst, und ist dann zu Grossmann gegangen.«

»Dem Kerl würde ich aber in die Eier treten«, stieß Anna hervor. »Schaut erst seelenruhig zu, wie Onkel Theo mich vergewaltigt, und zahlt es ihm später heim. Der hätte mich doch beschützen und Onkel Theo zur Vernunft bringen müssen.«

Anna weinte, und van de Loo hatte plötzlich ein mulmiges Gefühl. Er schaute sie von der Seite an.

»Wann genau warst du gestern hier?«, fragte er.

»Ich weiß nicht. Gegen acht war ich jedenfalls wieder bei Oma.«

»Wie bist du dahin gekommen?«

»Mit dem Bus.«

»Warum hast du die Polizei nicht angerufen und Grossmann angezeigt?«

»Ich war zu durcheinander. Onkel Theo war doch bis dahin

immer so nett zu mir gewesen. Außerdem bin ich beinahe gestorben vor Scham.«

»Und dann? Was hast du dann gemacht?«

»Dann habe ich gebadet, weil ich das alles wieder wegmachen wollte! Warum fragst du mich das?«

»Weil dich die Polizei das auch fragen wird.«

»Du glaubst mir nicht, stimmt's?« Anna war aufgesprungen und sah van de Loo mit wütend funkelnden Augen an.

»Ich versuche, die Wahrheit herauszufinden.«

»Aber ich sage die Wahrheit! Ich war hier. Gestern. Und dann ist es passiert.«

»Und heute?«, fragte van de Loo vorsichtig.

»Heute? Was willst du damit sagen?«

»Könnte ja sein, dass du heute noch mal zurückgekommen bist.«

»Und warum?«

»Um dich an deinem Vergewaltiger zu rächen.«

»Spinnst du, oder was? Meinst du, ich hätte ihn umgebracht?«, schrie Anna mit sich überschlagender Stimme. »Ich hätte es vielleicht in dem Augenblick gemacht, als er über mich hergefallen ist. Aber ich hatte keine Möglichkeit!«

»Sie werden dich verdächtigen.«

»Ich weiß«, sagte Anna leise. »Aber ich war es wirklich nicht. Ich hab Onkel Theo nämlich ziemlich gern gehabt. Auch wenn sich das blöd anhört. Ich konnte mich immer auf ihn verlassen. Nur in letzter Zeit war er komisch, ganz anders als sonst. Er hat zu saufen angefangen, und gestern ist er dann völlig durchgedreht. Ich weiß auch nicht, warum.«

Sie schluchzte und ließ ihren Tränen endlich freien Lauf. Van de Loo legte vorsichtig seinen Arm um ihre Schulter. Er schaute über die Lichtung zum dunklen Waldrand hinüber. In der Ferne war das Martinshorn eines Polizeiwagens zu hören.

ZWEI

21.24 Uhr. Ein Junge läuft über den Bürgersteig. Vorgestern ist er elf Jahre alt geworden. Er kennt den Weg, und es ist nicht weit bis zum Zebrastreifen. Er muss nur fünfzig Meter laufen und dann die Straße überqueren. Sein Opa steht sicher schon am Fenster und wartet auf ihn.

Kriminalhauptkommissar Carsten Peters war ein sturer Bock, der ungelöste Fälle als persönliche Beleidigung empfand. Er war Anfang fünfzig, spielte aber gern den alten Mann und kleidete sich entsprechend. Manche hielten ihn für einen kleinkarierten Korinthenkacker, der vor dem Schlafengehen die Vorschriften studierte, damit ihm niemand an den Karren pinkeln konnte. Für andere war er ein ausgemachter Zyniker, der verächtlich auf die übrige Menschheit und ihre kleinen Freuden herabschaute.

Tatsächlich war Peters ein Einzelkämpfer, und die Kollegen konnten froh sein, wenn er sie grüßte. Er arbeitete am liebsten allein, weil er es auf den Tod nicht ausstehen konnte, wenn ihn jemand bei einem Fehler ertappte. In seiner kleinen Eigentumswohnung duldete er neben sich nur eine Schlange, der er den Namen Anneliese gegeben hatte. Sie lebte in einem großen Terrarium, machte sich kaum bemerkbar und brauchte nur alle paar Wochen gefüttert zu werden.

Im Klever Polizeipräsidium hatte er ein Büro, das den Charme einer Kühlkammer versprühte. Der Polizeipräsident war einverstanden gewesen, dass Peters in dieses Kellerverlies zog, hatte aber unmissverständlich klargemacht, dass er nicht bereit war, auch nur einen einzigen Cent für irgendwelche Verschönerungsarbeiten auszugeben. Schließlich gab es oben Arbeitsplätze genug. Peters war das egal. Er legte keinen Wert auf Gemütlichkeit am Arbeitsplatz, wollte nur seine Ruhe haben und rauchen, wenn ihm danach war.

Er war gerade dabei, seine Sachen zu packen und nach Hause zu gehen, als der Anruf kam.

Es war Freitagnachmittag, kurz vor fünf. Max Scheler, einer der wenigen Kollegen, die Peters noch nie angeschnauzt hatte, berichtete in knappen Worten von einem Toten in der Bönninghardt. Mord in einer Jagdhütte. Peters fragte nach Einzelheiten, aber Scheler wusste nichts Genaueres.

Peters ließ alles stehen und liegen, nahm seine Jacke und machte sich auf den Weg. Er hatte kein gutes Gefühl, als er das Präsidium verließ. Alles in ihm sträubte sich, in den Wagen zu steigen und zu dieser Jagdhütte zu fahren. Er musste sich geradezu zwingen, nicht umzukehren und sich wieder in seinem Kellerloch zu verkriechen. Erst als er eingestiegen und Scheler ein Stück gefahren war, wurde ihm klar, warum sein Körper so reagierte. Es war eine persönliche Geschichte, und sie hatte mit dem Wort »Jagdhütte« zu tun. Vor vielen Jahren war er einmal in einer solchen Hütte gewesen, irgendwo in den Ardennen. Er war nicht allein dort gewesen, und sein Bewusstsein wehrte sich offenbar dagegen, an dieses Erlebnis erinnert zu werden.

Das fängt ja gut an, dachte er. Ich habe noch nichts gesehen, und schon fühle ich mich persönlich betroffen!

Als sie in die Nähe des Tatorts kamen, hatte Peters sich wieder einigermaßen berappelt. Der Weg war nicht schwer zu finden, sie mussten nur den Spuren der anderen Fahrzeuge folgen. Im Hohlweg hielt Scheler an und stellte das Auto hinter einen Streifenwagen; das letzte Stück gingen sie zu Fuß.

Es hatten sich inzwischen ein paar Schaulustige eingefunden, Spaziergänger, die wahrscheinlich vom schrägen Sirenengesang der Martinshörner angelockt worden waren. Sie harrten hinter den rot-weißen Absperrbändern aus und warteten geduldig, dass ihnen etwas geboten wurde. Peters schlüpfte unter dem Band durch und ging auf die Hütte zu. Ein paar Kollegen, die einen kürzeren Anfahrtsweg gehabt hatten, standen herum und grüßten. Ein Uniformierter redete mit einem blonden Mädchen und machte sich Notizen.

Einer der Polizisten trat auf Peters zu. »Soll ich die Leute da drüben befragen, ob sie was gesehen haben?«, fragte er übereifrig. Es war ein junger Kerl, der wahrscheinlich zum ersten Mal mit einer größeren Sache zu tun hatte.

»Können Sie machen«, sagte Peters. »Aber wahrscheinlich bringt das nichts.«

»Soll ich oder nicht?«

»Das müssen Sie selbst entscheiden«, sagte Peters. »Sie sind doch alt genug, oder?«

Er ließ den jungen Mann stehen und ging zur Hüttentür. Die angebliche Jagdhütte sah anders aus, als er es sich vorgestellt hatte. Als er durch die offen stehende Tür ins Innere trat, fiel der letzte Rest der Ardennenerinnerung von ihm ab. Der Raum war angenehm schlicht eingerichtet, in der Ecke gab es eine Kochnische, die gehobeneren Ansprüchen genügte. Peters sah den geöffneten Waffenschrank. Der Schlüssel steckte. Zwei Leute von der Spurensicherung schlichen in ihren weißen Anzügen hin und her und suchten den Boden ab. Vorwurfsvoll starrten sie auf Peters' dreckverklebte Schuhe.

»Entweder Schuhe aus oder Präser drüber!«, sagte einer von ihnen, ohne den Mundschutz abzunehmen.

Peters ging zur Tür zurück und zog sich wortlos die hellen Plastiküberzüge an, die dort bereitlagen. Währenddessen beobachtete er, was die Männer machten. Einer schob mit seinen Gummifingern Kleinteile in eine Plastiktüte. Der andere war gerade mit den Waffen beschäftigt.

»Schmauchspuren«, sagte er. »Mit diesem Ding wurde vor nicht allzu langer Zeit geschossen.«

»Die Tatwaffe?«, fragte Peters.

»Wahrscheinlich. Ich lasse sie gleich ins Labor bringen.«

Peters ging zum Nebenzimmer, in dem der Tote liegen musste. Auch die Amtsärztin war bereits da. Sie drehte Peters den Rücken zu und schien mit sich selbst zu reden. Der Tote lag auf dem Bett und war mit einem Tuch bedeckt. Peters grüßte kurz und stellte sich neben die Frau, die einen weißen Overall anhatte und ein winziges Aufnahmegerät in der Hand hielt. Peters kannte sie nicht. Sie war Mitte vierzig, zierlich gebaut und hatte einen hübschen Pagenschnitt.

»Kann ich ihn sehen?«, fragte Peters.

»Der Fotograf hat schon alles dokumentiert«, sagte die Ärztin. Sie hatte einen süddeutschen Dialekt. »Wenn Sie ins Präsidium zurückkommen, sind die Bilder sicher auf Ihrem PC.«

»Trotzdem«, sagte Peters.

»Wie Sie wollen. Aber es ist kein Vergnügen, das sage ich Ihnen gleich.«

»Wie lange ist es her?«

»Acht bis zehn Stunden, mindestens. Ich nehme aber an, dass es bereits letzte Nacht passiert ist. Dann wären es etwa zwanzig Stunden.«

»Wie wurde er getötet?«

»Aus nächster Nähe ins Gesicht geschossen. Außerdem ...«

»Lassen Sie mich sehen«, sagte Peters.

Die Ärztin zog das Tuch zurück, und Peters sah das Gesicht des Toten. Es war kaum noch zu erkennen. Die Schrotladung hatte ganze Arbeit geleistet.

»Das ist erst der Anfang«, sagte die Frau und entblößte den Toten vollständig.

Was Peters dann sah, verschlug ihm die Sprache. Er hatte so etwas noch nie gesehen und fand keine Möglichkeit, es in seinen Erfahrungsschatz einzuordnen.

»Was ist mit ihm passiert?«, fragte er, nachdem die Ärztin die Leiche wieder zugedeckt hatte.

»Manipulationen am Geschlechtsteil. Der Hodensack wurde geöffnet, und die Eichel ...«

»Die Einzelheiten kann ich dann sicher Ihrem Bericht entnehmen«, fuhr Peters dazwischen.

»Natürlich«, sagte die Frau. »Es gibt allerdings Kriminalbeamte, die möglichst rasch alle Details erfahren wollen.«

»Ich nicht«, sagte Peters. »Mich interessiert in erster Linie, wie es passiert ist.«

»In Bezug auf die Verletzungen gibt es zwei Möglichkeiten. Entweder ist der Täter ein Sadist, der sein Opfer bei lebendigem Leib verstümmelt und auf bestialische Weise gequält hat, oder er hat den Mann zuerst erschossen und dann verstümmelt.«

»Und was glauben Sie?«

»Ich halte die zweite Möglichkeit für wahrscheinlicher. Das Opfer ist offenbar nicht gefesselt worden, und die Schnitte wurden, soweit ich das jetzt schon beurteilen kann, fachmännisch ausgeführt. Das wäre nicht möglich gewesen, wenn der Mann noch gelebt hätte. Aber Genaueres kann ich Ihnen erst nach der

Obduktion sagen. Ich bin hier jetzt erst einmal fertig. Den Rest überlasse ich den Herren von der Spurensicherung. Es wäre schön, wenn Sie mich morgen anrufen würden.«

Die Frau reichte Peters ihr Kärtchen. Sie hatte einen Doktortitel und hieß Nora Norden. Leicht zu merken, dachte Peters. Kommt aus dem Süden und heißt Norden. Er sah sie an. Sie lächelte und schaltete das Aufnahmegerät aus.

»Haben Sie das jetzt alles aufgenommen?«, fragte er.

»Natürlich«, sagte Nora Norden. »Es hilft mir bei meinem Bericht. Außerdem haben Sie eine sehr schöne Stimme.«

Als Peters die Hütte verließ, sah er, wie Scheler hinter dem Auto stand und mit ein paar Kollegen herumalberte. Entweder hatte keiner von ihnen die Leiche gesehen, oder sie waren ziemlich abgebrüht.

»Die Berichte hätte ich gern so früh wie möglich«, sagte Peters streng in die Runde, ohne einen der Männer anzuschauen.

»Heute Abend noch?«, fragte jemand.

»Selbstverständlich«, sagte Peters. »Hier ist jemand ermordet und ziemlich übel zugerichtet worden. In drei Stunden will ich die Sachen auf dem Tisch haben. Außerdem müssen die Spuren in der Umgebung gesichert werden.«

Niemand sagte etwas. Peters stapfte zum Auto zurück. Max Scheler lief ihm nach.

»Chef«, sagte er. »Sie haben was vergessen!«

»Was denn?«

Scheler wies auf die Plastikschützer, und Peters streifte sich die Dinger von den Schuhen.

Um kurz nach einundzwanzig Uhr saß Peters wieder an seinem Schreibtisch. Er räumte ein wenig auf, um ruhig zu werden und besser nachdenken zu können. Dann ging er nach oben, um sich am Automaten einen Kaffee zu holen. Das Wochenende hatte begonnen, und es war nur noch die Notbesetzung im Haus. Peters drückte eine Taste. Der Kaffeeautomat spuckte einen braunen Pappbecher aus und füllte ihn mit einer milchigen Mischung.

Peters ging in den Keller zurück, nippte an seinem Kaffee und steckte sich eine Roth-Händle an. Dann startete er den Computer und kontrollierte die Eingänge. Tatsächlich war schon einiges gekommen, und er druckte alles sorgfältig aus.

Er galt als Spezialist für vertrackte Fälle, und deshalb hatten ihn die Kollegen aus Wesel, die als Erste am Tatort gewesen waren, gleich mit allen verfügbaren Informationen versorgt. Natürlich war das Material auch nach Krefeld und Duisburg verschickt worden. Zu Beginn einer Untersuchung, vor allem solange die Presse an einem Fall dran war, wurde kräftig Wind gemacht, und alle verfügbaren Kräfte wurden mobilisiert. Aber nach ein paar Tagen verlief normalerweise alles wieder in geordneten Bahnen, und man setzte auf die zentral gesteuerte Fahndungsarbeit.

Soweit Peters es auf die Schnelle überblicken konnte, war nur Kleinkram sichergestellt worden. Die Sachen, die beim Toten, in der Hütte und im Auto gefunden worden waren. Papiere, Bargeld und eine Reisetasche mit sauberer Wäsche. In der Hose des Toten hatten fünfhundert Euro gesteckt. Peters registrierte diese Tatsache, ohne ihr allzu viel Bedeutung beizumessen. Er kannte eine Menge Männer, die sich nur wohlfühlten, wenn sie ein dickes Röllchen mit Scheinen in der Hosentasche hatten. Anscheinend waren sie der Ansicht, das würde ihre Männlichkeit betonen.

Interessanter waren die Schriftstücke, die zerrissen auf dem Tisch in der Hütte gelegen hatten. Sie stammten von zwei Instituten, die auf Vaterschaftstests spezialisiert waren. Das eine befand sich in Leipzig, das andere in Regensburg. Die Schreiben waren an den Toten adressiert und die Befunde in beiden Fällen negativ.

Als Letztes nahm Peters sich die Fotos des Opfers vor. Es waren zehn Fotografien in ziemlich schlechter Qualität, was wahrscheinlich am Drucker lag. Dennoch zuckte Peters erneut zusammen, als er die Bilder sah. Das Gesicht des Toten sah aus, als wäre es von irgendwelchen Tieren angefressen worden.

Dann besah Peters sich eine Nahaufnahme des Geschlechtsteils beziehungsweise dessen, was davon übrig geblieben war. Genau konnte er immer noch nicht erkennen, was da im Einzelnen mit dem Hodensack und der Eichel gemacht worden war, denn alles war voller Blut. Er würde die Einzelheiten des Obduktionsberichts abwarten müssen.

Wenn die Verstümmelungen tatsächlich post mortem vorgenommen worden waren, wie Nora Norden vermutet hatte, dann war diese Sauerei vielleicht ein Hinweis, ein Zeichen, eine verschlüsselte Botschaft. Und während Peters die Fotos betrachtete, beschlich ihn das eigenartige Gefühl, dass diese Botschaft ihm galt; ihm ganz persönlich. Gleichzeitig spürte er, dass dieser Fall sich ausweiten und die Akte wachsen würde.

Er legte die Fotos beiseite und wandte sich erneut den Berichten zu. Als die ersten Kollegen bei der Hütte angekommen waren, war es Viertel nach vier gewesen. Man hatte den Tatort abgesperrt, die Spuren gesichert, Personalien aufgenommen. Die übliche Routinearbeit. Natürlich war auch der Wagen überprüft worden, der neben der Hütte stand. Er war ordnungsgemäß gemeldet; als Halterin war die Frau des Toten ermittelt worden. Eine Beamtin, die auf solche Dinge spezialisiert war, war zu ihr geschickt worden. Für Peters war das nichts. Er konnte sich nicht mal auf Beerdigungen ein blödes Grinsen verkneifen.

Das Mädchen war noch am Abend ärztlich untersucht worden. Weil Peters keine Fluchtgefahr sah, war er einverstanden gewesen, dass sie anschließend nach Hause gebracht wurde. Sie hatte sich zu van de Loo fahren lassen, der mit ihr am Tatort angetroffen worden war. Peters kannte van de Loo. Sie waren sich im Laufe der Zeit einige Male bei Ermittlungen in die Quere gekommen und nicht besonders gut aufeinander zu sprechen. Wie Peters dem Bericht entnahm, war van de Loo mit dem Pkw in die unmittelbare Nähe des Tatorts gefahren, obwohl es sich um ein ausgewiesenes Naturschutzgebiet handelte. Peters unterstrich diese Stelle und schrieb gleich eine Mail an die Kollegen, damit van de Loo ein Knöllchen bekam. Gleichzeitig sollte dafür gesorgt werden, dass Peters das Mädchen am nächsten Tag persönlich befragen konnte.

***

Er war in der Welt gewesen. Sie war schmutzig und unordentlich. Voller Fehler und bevölkert von Menschen, die sich schuldig machten. Tag für Tag.

Jetzt war er zurückgekehrt. Er war ruhig. Vollkommen ruhig.

Nichts störte ihn. Alles hatte seine Ordnung. Das Wasser bewegte sich nicht. Spiegelglatt lag die Oberfläche des Sees vor ihm. Sein Atem floss. Kein Rauschen in den zarten Blättern der Bäume. Keine Wolke am Himmel. Nichts. Unendliche Stille. Tiefer Friede. Endlich!

Sein Geist war aufs Höchste angespannt, und gleichzeitig fühlte er sich leicht und frei. Er war konzentriert und leer, vollkommen leer. Ohne Gedanken, ohne Vergangenheit, ohne Zukunft. Nur Gegenwart und Vergessen. Teil eines Bildes, hingehaucht auf Papier. Eine Berglandschaft, über der ein Adler schwebte. Ein großes, wunderbares Tier. Der Mann sah die Augen des Raubvogels. Sie waren schön. Sie waren klar. Sie waren kalt.

Er machte eine winzige Handbewegung, und der Vogel verschwand in der anderen Welt. Er flog dorthin, wo niemals Ruhe war. Dorthin, wo alles auf Lügen aufgebaut war und niemand die Kraft zur Wahrhaftigkeit hatte. Dorthin, wo auch er herkam und wohin er noch drei Mal zurückkehren musste.

Er konzentrierte sich auf seine Atmung. Der Atem reinigte ihn, und die Stille kehrte zurück. Lange saß er da, tief in sich versunken. Dann stand er auf, trat vor die Glastür und schaute in den Garten. Eine dichte Hecke umrahmte ihn und schützte ihn vor den Blicken der Nachbarn. Jeder Stein lag an seinem Platz, und die Muster, die er mit einer Harke gezogen hatte, strahlten Vollkommenheit und Harmonie aus.

Er wandte sich langsam um und ging zu einem kleinen Tisch. Lange betrachtete er die Urne, die er für seine eigene Asche geschnitzt hatte. Dann nahm er die Teeschale in die Hand, die er sich aus Japan hatte schicken lassen. Sie war teuer gewesen, aber er würde sie dennoch bald zerstören müssen. Genauso wie die Schale, aus der er beinahe zwanzig Jahre lang getrunken hatte und deren Scherben bereits in der Urne lagen.

***

Am Freitag hatte Peters bis tief in die Nacht gearbeitet, und am Samstag saß er um kurz nach acht schon wieder in seiner Kellergruft. Er hasste es, am Wochenende arbeiten zu müssen, aber diesmal blieb ihm keine Wahl. Inzwischen waren eine ganze Menge weiterer Informationen gekommen, die er noch vor der Befragung des Mädchens durcharbeiten wollte.

Als ihm Bescheid gegeben wurde, dass die Zeugin im Präsidium eingetroffen war, war er erst bis zur Hälfte der Berichte gekommen. Er drückte die Zigarette im Aschenbecher aus, als wolle er sie umbringen. Dann machte er sich auf den Weg.

Noch wusste er so gut wie nichts über das Mädchen. Sie war siebzehn Jahre alt und hieß Anna Lechtenberg. Sie hatte am Tatort zu Protokoll gegeben, am Donnerstagnachmittag gemeinsam mit Theo Grossmann zur Hütte gefahren zu sein. Dort habe dieser sich seltsam verhalten, habe getrunken, sich plötzlich über sie hergemacht und sie vergewaltigt. Sie sei dann zu ihrer Oma nach Geldern gefahren und erst am nächsten Tag zusammen mit Conrad van de Loo zur Hütte zurückgekehrt. Dort habe van de Loo den Toten gefunden und die Polizei benachrichtigt.

Peters ging durch den Flur und stapfte die Kellertreppe hinauf. Oben kam er an der Galerie der Türen vorbei, die wie gewohnt sperrangelweit offen standen, obwohl nur wenige Kollegen anwesend waren. Er hatte große Lust, eine nach der anderen zuzuknallen, riss sich aber zusammen und ging zu der einzigen geschlossenen Tür am Ende des Gangs.

Die Beamtin, die wie ein großes Schulmädchen neben Anna Lechtenberg am Tisch saß, stand augenblicklich auf, als Peters eintrat. Sie nickte und zwinkerte ihm kurz zu, wobei er nicht recht wusste, was sie damit andeuten wollte. Dann verließ sie ohne ein Wort den Raum und schloss die Tür.

Peters fühlte sich unbehaglich, als er die Zeugin flüchtig in Augenschein nahm. War das ein Mädchen oder bereits eine junge Frau? Er kannte sich in der Welt der Jugendlichen nicht besonders gut aus und wusste nicht, wie man am besten mit ihnen umging. Für ihn blieb es ein Rätsel, warum die jungen Leute oftmals so verschlossen waren und sich seltsam verhielten. Manchmal kam es ihm vor, als würden sie in einer eigenen Welt leben, in der eine andere Sprache gesprochen wurde und andere Regeln galten.

»Carsten Peters«, sagte er, während er auf sie zuging. »Ich bin Kriminalhauptkommissar, hier bei der Kripo Kleve. Ich arbeite unter anderem an der Klärung von Mordfällen und leite den Fall Grossmann.«

Er sah Anna an und rang sich ein Lächeln ab. Es schien nicht sonderlich überzeugend zu wirken, denn das Mädchen stand nicht auf und nahm auch nicht die Hand an, die er ihr halbherzig entgegenstreckte.

Typisch!, schoss es Peters durch den Kopf. Keine Manieren! Er drehte sich auf der Stelle um und nahm auf der anderen Seite des Tisches Platz.

Wie stets wollte er zunächst ein paar harmlose Fragen zur Person stellen, um eine einigermaßen vertraute Atmosphäre zu erzeugen. Dabei gewöhnte er sich an die Stimme der Befragten. Das war wichtig, um Nuancen zu erkennen. Kleine Abweichungen, ein Zittern, zu lange Pausen, ein leichtes Stottern.

»Name?«, fragte er.

»Entschuldigen Sie, aber meine Personalien sind bereits aufgenommen worden.«

»Die habe ich noch nicht genau einsehen können.«

»Sie liegen aber vor Ihnen.«

Das fängt ja gut an, dachte Peters, nahm den Bogen, den seine Kollegin ausgefüllt hatte, und überflog die Daten.

»Du bist noch in Krefeld gemeldet«, stellte er fest, »wohnst aber seit einigen Wochen bei deiner Oma in Geldern.«

»Ich möchte das nicht«, sagte das Mädchen.

»Was möchtest du nicht?«, fragte Peters scharf. »Das sind doch nur Feststellungen. Das ist hier eine einfache Befragung zur Person. Etwas ganz Normales. Nicht wie im Fernsehen! Kein Verhör oder so etwas. Du wirst hier nicht in die Mangel genommen.«

»Ich möchte es trotzdem nicht!«

»Was meinst du damit?«

»Ich möchte nicht, dass Sie mich duzen!«

Peters sah das Mädchen verdutzt an. Also doch eine junge Frau!, dachte er. Ihm war sofort klar, dass er einen Fehler gemacht hatte, aber zu einer Entschuldigung konnte er sich nicht durchringen.

»Na gut. Dann noch mal von vorn, Frau Lechtenberg. Sie sind noch in Krefeld gemeldet?«

»Ja. Da habe ich bis zum Beginn der Sommerferien gewohnt. Jetzt lebe ich bei meiner Oma.«

»Warum?«

»Es gab Probleme zu Hause.«

»Welcher Art?«

»Darüber möchte ich nicht sprechen.«

»Gut. Lassen wir das zunächst einmal auf sich beruhen. Kommen wir zur Sache. Sie waren am Donnerstag bereits in der Hütte.«

»Ja.«

»Sie sind mit Theo Grossmann dorthin gefahren?«

»Ja.«

»Gab es unterwegs besondere Vorkommnisse? Hat Sie jemand gesehen?«

»Nein. Oder doch! Onkel Theo hat mir ein Eis spendiert. In Issum. Der Mann von der Eisdiele müsste sich an mich erinnern.«

»Onkel Theo? Sind Sie verwandt mit dem Toten?«

»Nein. Aber ich kenne ihn schon ziemlich lange. Ich hab ihn immer so genannt.«

»Und Onkel Theo hat das Eis bezahlt?«

»Natürlich!«

»Hat er noch mehr bezahlt?«

»Wie meinen Sie das?«, fragte Anna zurück.

»Hat er Sie ausgehalten? War er sehr spendabel?«

»Ich musste nie bezahlen. Aber das ist ja normal, wenn man mit einem Erwachsenen etwas unternimmt. Ich habe ja nur wenig Geld.«

»Wie ging es weiter?«, fragte Peters. »Was ist geschehen, als Sie mit Ihrem Onkel, also mit Theo Grossmann, in der Hütte waren?«

»Er hat getrunken. Und er war anders als sonst.«

»Wie anders?«

»Ich weiß nicht. Er war einfach komisch.«

»Und dann?«

»Dann hat er mich gezwungen, mich auszuziehen, und ist über mich hergefallen.«

»Zum ersten Mal?«

»Hören Sie«, sagte Anna wütend. »Ich bin vergewaltigt worden! Vorgestern! Von einem Mann, den ich seit vielen Jahren kenne, dem ich vertraut habe und der jetzt tot ist. Ermordet! Haben Sie überhaupt kein Gespür dafür, wie mir im Augenblick zumute ist?«

***

Van de Loo wartete auf dem Parkplatz des Polizeipräsidiums auf Anna. Er schlenderte gelangweilt umher, sah sich das Gebäude und die abgestellten Fahrzeuge an, kehrte aber nach kurzer Zeit immer wieder zu seinem Auto zurück. Er hatte keinen Besucherparkplatz ergattert und fürchtete, der Volvo könnte abgeschleppt werden. Er sah gerade zu den vielen Fenstern auf, als Anna das Gebäude verließ. Im selben Augenblick tauchte Peters' Gestalt hinter einem der Fenster im zweiten Stock auf. Der Hauptkommissar wollte offenbar wissen, von wem Anna abgeholt wurde. Van de Loo hob den Arm und winkte, aber Peters zeigte keine Reaktion und verschwand sofort wieder.

»Wie ist es gelaufen?«, fragte van de Loo, als Anna im Auto saß.

»Ziemlich beschissen«, sagte Anna. »Dieser Kommissar Peters konnte mich von Anfang an nicht leiden und hatte irgendein Problem mit mir. Ich weiß auch nicht, warum der so komisch und unfreundlich war. Ich hatte die ganze Zeit das Gefühl, dass er mich verdächtigt; ich glaube, ich war nicht besonders kooperativ.«

»Was hast du ihm denn erzählt?«

»Die Wahrheit, was sonst? Aber ich habe nur die Fragen beantwortet, die er mir gestellt hat. Solche Typen kenne ich nämlich. Erst bringen sie dich zum Quatschen, und dann drehen sie dir einen Strick aus dem, was du gesagt hast.«

»Na ja, so schlimm kann es nicht gewesen sein«, sagte van de Loo beschwichtigend. »Immerhin hat er dich gehen lassen, und du bist noch auf freiem Fuß. Wenn du wirklich tatverdächtig wärst, dann wärst du nicht hier, sondern säßest in Untersuchungshaft.«

»Im Knast?«, fragte Anna erschrocken.

»Wenn jemand einer schweren Straftat beschuldigt wird, dringender Tatverdacht oder Fluchtgefahr besteht, wird Untersuchungshaft angeordnet. So schreibt es das Gesetz vor.«

»Vielleicht wollte er deshalb meine Handynummer haben. Stell dir vor. Der war so misstrauisch, dass er gleich ausprobiert hat, ob es die richtige Nummer ist.«

»Ich kenn Peters von früher«, sagte van de Loo. »Der hat seinen eigenen Kopf.«

»Und was machen wir jetzt?«, fragte Anna, als van de Loo am Ortsschild von Kleve vorbeikam.

»Was hältst du davon, wenn wir zum Schloss Moyland fahren? Da trinken wir was, und ich zeige dir Werke von Joseph Beuys.«

»Wer ist denn das?«

»Ein Künstler, der behauptet, dass jeder Mensch ein Künstler ist.«

»Und der wohnt in einem richtigen Schloss?«

»Ach was«, sagte van de Loo lachend. »Beuys ist längst tot. Auf Schloss Moyland wird ein Teil seiner Arbeiten ausgestellt, und es gibt ein Archiv, in dem Dokumente zu Leben und Werk gesammelt werden. Der Niederrhein hat ihn geprägt.«

»Das kann ja spannend werden«, sagte Anna grinsend.

»Ob du's glaubst oder nicht. Der Mann ist wirklich spannend. Ich habe mich mal mit ihm beschäftigt. Einer von den Brüdern van der Grinten war nämlich mein Kunstlehrer. Die Brüder haben Beuys unterstützt und die Sammlung aufgebaut. Als ich zum ersten Mal mit den Sachen in Berührung kam, war das eine Art Schock für mich. Ich war noch ziemlich jung und habe überhaupt nichts kapiert. Auch heute habe ich noch Schwierigkeiten, denn die meisten Arbeiten sind ziemlich gewöhnungsbedürftig.«

»Und später?«, fragte Anna. »Wenn wir mit der Schlossbesichtigung fertig sind? Was machen wir dann?«

»Was schlägst du vor?«

»Ich würde am liebsten zurück auf den Hof fahren«, sagte Anna. »Meinst du, ich könnte bei euch übernachten? Oma ist im Moment nicht das Richtige für mich.«

»Ich denke, das lässt sich machen«, sagte van de Loo. »Du

kannst bei Katharina schlafen, oder ich mache dir ein eigenes Zimmer zurecht. Platz ist genug.«

»Katharina wäre mir lieber«, sagte Anna. »Ich möchte wirklich nicht allein sein heute Nacht. Ich würde sicher ganz beschissene Sachen träumen.«

»Verstehe«, sagte van de Loo. Es war keine Floskel. Er hatte wirklich verstanden. Nicht nur, was Anna gesagt hatte, sondern auch, dass die Geschehnisse der letzten Tage das Mädchen zutiefst verunsichert hatten und sie einen Schutzraum brauchte, in dem sie sich frei bewegen konnte.

***

Das Damenrad war viel zu klein für Karl. Er hatte es am Bahnhofsvorplatz entdeckt. Es war nicht abgeschlossen gewesen. Ein altes Fabrikat, mit Netzen links und rechts vom Hinterrad, damit sich die Rockzipfel nicht in den Speichen verfingen. Außerdem war der Hinterreifen platt. Karl stemmte sich wütend in die Pedale, und die Felge trommelte im Rhythmus seiner Flüche über das holprige Straßenpflaster niederrheinischer Dörfer.

Kurz vor Einbruch der Dunkelheit erreichte er sein Ziel. Er sah auf dem Klingelschild nach, ob er sich nicht geirrt hatte. Dann stellte er das Rad in einer Seitenstraße ab, ging zur Haustür und klingelte. Im Haus tat sich nichts. Er hatte gehofft, es geschafft zu haben, aber jetzt musste er einsehen, dass es nicht der Fall war. Es ging weiter, immer weiter, wie so oft in seinem Leben.

»Bitte«, flüsterte er. »Werner. Du kannst mich doch jetzt nicht im Stich lassen.«

Die letzte Nacht hatte er in einer einsam gelegenen Feldscheune verbracht. Am frühen Morgen war er weitergefahren. Er hatte nichts gegessen und mit niemandem gesprochen, aus Angst, erkannt zu werden. Einige Leute hatten ihm sogar ihre Hilfe angeboten, wegen des defekten Rads, aber er hatte jedes Mal in Panik die Flucht ergriffen. Er musste zu Werner. Werner hatte ihn im Gefängnis, so gut es ging, unterstützt, und sie waren Freunde geworden. Niemand sonst konnte ihm helfen.

Jetzt sah er, dass ein Dachfenster nur angelehnt war und kletterte das Fallrohr hinauf. Im Knast hatte er täglich trainiert, was ihm jetzt zugutekam. Wenig später stand er auf dem Speicher. Er versuchte, sich zu orientieren, erkannte eine Tür und tastete sich die Treppe hinunter. Im Wohnzimmer atmete er auf. Er hatte es doch noch geschafft. Die Verlockung, in die Küche zu gehen und den Kühlschrank zu plündern, war groß, aber er riss sich zusammen. Er wollte warten, bis Werner kam.

Obwohl Karl kaum die Hand vor Augen erkennen konnte, machte er kein Licht. Er traute sich nicht einmal, den Fernseher einzuschalten, legte sich auf die Couch, streckte die Beine und schloss die Augen. Im selben Augenblick warf sich die Müdigkeit wie eine warme Wolldecke über ihn, und er schlief ein.

Ein Geräusch schreckte ihn auf. Er schnellte hoch, hielt den Atem an und lauschte. Er stand wie erstarrt vor der Couch und hörte, wie jemand die Haustür aufschloss und leise vor sich hinpfiff. Dann landete ein Schlüsselbund rasselnd auf einer Holzplatte. Eine Reisetasche fiel auf den Boden, und ein schwaches Licht schimmerte ins Wohnzimmer.

Karl wusste nicht, was er tun sollte. Er wollte seinen Namen rufen, brachte aber nur einen Krächzlaut heraus, und es kam keine Antwort. Stattdessen ging das Licht im Flur wieder aus, und Karl hatte das Gefühl, jetzt nur noch Fehler machen zu können.

Augenblicke später flog die Wohnzimmertür auf, das Licht ging an, und Werner stand in der Tür, eine Pistole im Anschlag.

»Keine Bewegung!«, brüllte er, vor Aufregung zitternd.

Karl rührte sich nicht.

»Was willst du in meinem Haus?«

»Mensch, Werner. Ich bin es, Charly!«

»Du Idiot!«, schrie Werner Frege. »Bist du wahnsinnig geworden? Um ein Haar hätte ich dich abgeknallt. Was machst du hier?«

»Ich hab Mist gebaut und muss mit dir reden.«

»Und deshalb brichst du bei mir ein?«

»Ich wusste nicht, wo ich sonst hinsollte«, sagte Karl kleinlaut. Werner Frege legte die Pistole auf das Beistelltischchen und ließ sich erschöpft auf die Couch fallen. »Was hast du denn jetzt schon wieder angestellt?«, fragte er nach einer Weile.

»Eigentlich nichts, aber sie werden mir alles anhängen. Ich war bei Sonja und hab zugeschlagen.«

»Immer noch Sonja? Wirst du diesen Alptraum denn nie mehr los?«

»Sie hat mich zu einer Hütte geschickt. Sie meinte, ich könnte da vielleicht für ein paar Tage Unterschlupf finden.«

»Und?«

»Ich bin hingefahren. Die Tür stand offen. Ich bin reingegangen. Es war unheimlich. Ein Gewehr lag auf dem Tisch. Ich habe es in die Hand genommen. Und dann habe ich den Mann gesehen. Er war tot. Verdammt! Ich glaub, Sonja hat mich reingelegt. Was soll ich denn jetzt machen?«

»Beruhig dich erst mal«, sagte Werner Frege. »Wenn du es wirklich nicht warst, musst du dir keine Sorgen machen.«

***

Van de Loo war von Dunkelheit umgeben. Er saß auf einem Hocker und wusste nicht, wo er war. Der Raum war nicht sehr groß. Vielleicht war es ein Hühnerstall, jedenfalls roch es nach Federvieh. Es konnten auch Tauben oder Gänse sein. Sie waren nicht da, aber der Gestank ihrer Hinterlassenschaften nahm van de Loo den Atem. Plötzlich öffnete sich das Schlupfloch. Licht fiel durch das kleine Rechteck, und van de Loo sah, dass er sich tatsächlich in einem Hühnerstall befand. Er wollte aufstehen, aber eine geheime Kraft hielt ihn auf dem Hocker fest. Und dann verschwand das Licht, die Dämmerung hielt Einzug, und der Kopf eines Menschen füllte das Rechteck vollkommen aus. Van de Loo konnte nur die Haare sehen. Es musste ein Mann sein. Er versuchte mit aller Gewalt, sich durch das Loch zu zwängen, das viel zu klein war. Sein Kopf verformte sich, wurde schmaler und länger. Van de Loo wollte schreien. Er riss den Mund auf, bekam aber keinen Ton heraus. Entsetzt sah er, wie sich auch der Rest des Körpers durch das Loch schob, wobei der Mann sich wie eine Schlange wand. Schließlich lag er vor van de Loo, das Gesicht im Kot. Van de Loo hoffte, er würde dort für immer liegen bleiben, aber der Mann hob den Kopf, und van de Loo schaute in sein verschmiertes, unmenschliches Gesicht.

In diesem Augenblick erwachte er. Sein Unterhemd war vollkommen durchgeschwitzt. Er sah auf die Uhr. Es war Sonntagmorgen. Die Leuchtziffern zeigten 3.28 Uhr.

Wieso muss ich immer so einen Mist träumen?, fragte er sich.

Er schloss die Augen und dachte noch einmal an die seltsamen Traumbilder zurück. Dabei hörte er Johanna neben sich atmen. Die Regelmäßigkeit ihrer Atemzüge verriet ihm, dass sie tief und fest schlief. Er rückte näher an sie heran, schlang seinen Arm um ihren Körper und atmete ihren herben Schlafgeruch ein. Sie lag auf dem Bauch, den linken Arm ausgestreckt, wie immer. Er nahm ihre Hand und nuckelte wie ein Baby an ihrem Daumen.

»Was machst du?«, murmelte sie und entzog ihm ihre Hand.

»Ich liebe dich.«

»Und deshalb weckst du mich?«

Sie drehte sich stöhnend auf die Seite und schlief weiter. Van de Loo lag noch eine Zeit lang wach, dann schlief auch er wieder ein. Als er erneut erwachte, stand er auf, zog sich an und ging in die Küche, um Kaffee zu kochen. Es dauerte nicht lange, bis Johanna dazukam. Sie hatte seinen blauen Bademantel an und sah ziemlich verschlafen aus.

»Soll ich Tante Gertrud und die Mädchen wecken?«, fragte sie.

»Warte noch«, sagte van de Loo. »Anna braucht ihren Schlaf. Außerdem wäre ich gern noch ein wenig mit dir allein.«

»Wir waren die ganze Nacht allein.«

»Ich möchte dich etwas fragen.«

»Dann gib mir einen Kaffee und schieß los! Oder ist es was Schwieriges?«

Van de Loo schüttete das heiße Wasser in den Filter. Er hasste Überflüssiges. Elektrische Eierkocher. Brotschneideautomaten. Mikrowellen. Das ganze Zeug. Es war genauso überflüssig wie dummes Geschwätz.

»Kann es sein, dass eine Frau ihrem Vergewaltiger verzeiht?«, fragte er und stellte Johanna den Kaffee hin.

»Du meinst Anna.«

»Ja«, sagte van de Loo.

»Toten kann man leicht verzeihen«, sagte Johanna. »Bei Lebenden ist das schwieriger.«

»Wie meinst du das?«

»Na ja. Ich kann mich an eine Situation aus meiner Kindheit erinnern. Ein Nachbar, den ich wirklich gern hatte und bei dem ich immer auf dem Schoß gesessen habe, hat mir urplötzlich einen feuchten Kuss auf den Mund gedrückt. Es war Karneval. Er hatte was getrunken, und plötzlich war alles anders. Ich habe es sofort gespürt. Ich wusste nicht, was es war. Es war nur so schrecklich anders. Danach bin ich immer gerannt, wenn ich an seinem Haus vorbeikam. Bis heute habe ich diesem Mann seine Unverschämtheit nicht verziehen und ein komisches Gefühl, wenn wir uns zufällig begegnen.«

»Wenn er tot wäre, wäre es anders?«

»Wahrscheinlich.«

»Ich habe das Gefühl, dass Anna diesen Grossmann nicht angezeigt hätte, wenn er noch am Leben wäre.«

»Schon möglich«, sagte Johanna und nippte versonnen an ihrem Kaffee. »Anna ist ein starkes Mädchen. Ich traue ihr zu, dass sie die schrecklichen Augenblicke verdrängt hätte, um die guten Zeiten mit diesem Onkel in Erinnerung zu behalten. Woher kannte sie ihn eigentlich?«

»Das weiß ich nicht genau. Ich nehme an, er war ein Freund ihrer Mutter. Anna hat noch nicht viel erzählt. Aber das kann ja noch kommen. Ich glaube übrigens, dass sie am liebsten ein paar Tage bei uns bleiben würde. Was hältst du davon?«

»Von mir aus. Hier kann sie erst mal zu sich kommen, und für Tante Gertrud ist es sicher ein Segen. Und wie ist es für dich?«

»Für mich?«

»Ja. Was ist mit dir?«, fragte Johanna und fuhr sich mit den Fingerspitzen durch ihr dichtes Haar.

»Ich glaub, ich hab Feuer gefangen.«

»Für Anna?« Van de Loo sah Johanna an. Für Augenblicke glaubte er, es wäre Eifersucht. Dann erkannte er das spöttische Lächeln, das ihre Mundwinkel umspielte.

»Blödsinn. Für diesen Fall natürlich. Das war wirklich seltsam, als ich den Toten in der Hütte gesehen habe. Erst war ich geschockt, und dann bin ich total wütend geworden. Wütend auf alle Menschen und die ganze Welt. Aber inzwischen glaube ich, dass ich wütend auf mich selbst war.«

»Warum denn das?«

»Weil ich so lange gepennt und nichts Richtiges gemacht habe. Mein dösiges Leben geht mir allmählich auf die Nerven. Ist doch einfach Scheiße, wenn man denkt, ein Tag sei geglückt, nur weil einem nichts passiert ist.«

Van de Loo dachte an die letzten Jahre zurück. Seitdem er mit Johanna und Katharina auf den Hof zu Tante Gertrud gezogen war, hatte er keinen einzigen Fall mehr bearbeitet und lebte von der Pacht, die die umliegenden Ländereien einbrachten. Er war umgezogen und hatte gleichzeitig sein altes Leben hinter sich gelassen. Mit der Begründung, sich um seine Tante kümmern zu müssen, hatte er alle Anfragen zurückgewiesen, sich dem Nichtstun hingegeben und war von Tag zu Tag fauler und träger geworden. Inzwischen hatte er sich so weit von sich selbst entfernt, dass ihm beim Blick in den Spiegel sein eigenes Gesicht nicht mehr gefiel. Es wurde höchste Zeit, dass er sein Leben änderte. So konnte es nicht weitergehen, und deshalb war Anna vielleicht seine Rettung.

Sie wurde verdächtigt und zweifelte anscheinend an sich selbst. Solange der Fall nicht geklärt und der Mörder nicht gefasst war, würde sie die Geschehnisse in der Hütte nicht richtig verarbeiten können. Deshalb musste van de Loo ihre Unschuld beweisen und den Tod Grossmanns aufklären. Das brachte vielleicht neue Alpträume mit sich, aber das schien ihm hundertmal besser, als überhaupt keine Träume mehr zu haben.

***

»Theo ist tot!«

Johannes Winkens erkannte die Stimme sofort. »Ich weiß«, sagte er.

»Er ist erschossen worden. In unserer Hütte.«

»Das ist mir ebenfalls bekannt. Dennoch möchte ich dich darauf hinweisen, dass es immer noch meine Hütte ist. Ein Umstand, den ich inzwischen allerdings zutiefst bedaure!«

»Das Kleeblatt wird zerrupft!«

»Das Kleeblatt hat uns in all den Jahren nicht besonders viel Glück gebracht!«

»Hast du eine Ahnung, wer das getan haben könnte?«

»Wenn ich eine Ahnung hätte, würde ich sie der Polizei mitteilen«, entgegnete Winkens genervt. »Aber ich habe keine Ahnung. Nicht die geringste! Ich war in Wiesbaden. Und du?«

»Im Bett.«

»Mit einer deiner kleinen Reiterinnen?«

»Das geht dich nichts an. Irgendjemand hat Theo aus nächster Nähe ins Gesicht geschossen und ...«

»Verschon mich bitte mit den Einzelheiten. Schlimm genug, dass es in der Hütte passiert ist. Die Polizei war hier. Sie will von mir eine Liste der Leute, die regelmäßig dort waren. Ich werde auch deinen Namen nennen.«

»Natürlich. Kein Problem.«

»Mein Problem ist, dass ich es mir nicht leisten kann, in der Öffentlichkeit irgendwie mit dieser Sauerei in Verbindung gebracht zu werden. Ich werde die Hütte so schnell wie möglich verkaufen. Und dann ist Schluss! Ich will mit der ganzen Geschichte nichts mehr zu tun haben!«

»Hast du aber.«

»Was willst du damit sagen?«

»Dass die alten Geschichten nicht vergessen sind. Du kannst die Hütte verkaufen, abreißen oder von mir aus auch anzünden. Das ändert nichts.«

»Mal ehrlich! Warum hast du mich angerufen, Hubert?«

»Ich bin auf deine Hilfe angewiesen.«

»Inwiefern? Kannst du deinen Anteil für Anna nicht mehr aufbringen?«

»Ich habe Sonja schon lange nichts mehr überwiesen.«

»Wie bitte?«, fragte Winkens entsetzt. »Habe ich das richtig verstanden? Du hast selbst nicht gezahlt und zudem unser Geld kassiert?«

»Du weißt doch ganz genau, dass Jutta mich letztes Jahr verlassen hat. Sie hat immer das Geschäftliche erledigt. Ihr gehört der Reiterhof. Seitdem sie weg ist, verlangt sie eine Pacht, die ich nicht aufbringen kann. Sie will mich fertigmachen.«

»Und deshalb hast du unser Geld unterschlagen? Das kann doch nicht wahr sein!«

»Ist es aber. Und ich brauche noch mehr. Ziemlich schnell und ziemlich viel.«

»Soll das ein Erpressungsversuch sein?«

»Nenn es, wie du willst. Ich stecke in der Klemme, und ich finde, dass du mir aus der Patsche helfen könntest. Aus alter Verbundenheit sozusagen. Lass es dir durch den Kopf gehen, Johannes. Und ruf mich in den nächsten Tagen an. Sonst sehe ich mich gezwungen, Kontakt zur Presse aufzunehmen.«

Johannes Winkens legte das Telefon auf der Schreibtischplatte ab. Er hatte Hubert Moelderings nie besonders gut leiden können. Das war schon während der Studienzeit so gewesen. Aber Moelderings hatte immer wie eine Klette an ihm gehangen. Deshalb hatte Winkens auch immer das Gefühl gehabt, dass die alten Geschichten ihn verfolgten. Jetzt sah es ganz so aus, als würden sie ihn bald einholen.

***

Es war Sonntag. Carsten Peters blies den Rauch der Roth-Händle an die fleckige Decke und sah zu, wie der Luftstrom ihn durch das gekippte Fenster nach draußen sog. Er war nicht sonderlich zufrieden mit sich und der Welt. Wenn er nicht bald brauchbare Ergebnisse vorweisen konnte, würde ihm die Leitung des Falls womöglich entzogen werden. Dann konnte er sich wieder mit Kleinkram herumschlagen. Oder, was vielleicht noch schlimmer war, andere würden sich in seine Angelegenheiten einmischen. Leute, die von außen kamen, angeblich um ihn bei den Ermittlungsarbeiten zu unterstützen. Irgendwelche Schlaumeier aus Krefeld, Duisburg oder Essen. Leute, die Schimanski-Jacken und Cowboystiefel trugen, sich für Weltmeister oder Tatort-Stars hielten, nur weil in ihrem Bezirk mehr Straftaten verübt wurden, als sie aufklären konnten. Die Typen waren meist unerträglich arrogant und unsäglich kollegial. Aber am schlimmsten fand Peters, dass sie permanent über den linken, unteren Niederrhein schimpften, weil das ihrer Meinung nach der Arsch der Welt war, eine Gegend, wo jede Menge tote Hunde begraben lagen.

Peters schlug die Akte auf. Der Umschlag war schon ein wenig zerknittert, obwohl es nicht viel Neues gab. Fest stand, dass Theo Grossmann am Donnerstagnachmittag zur Hütte gefahren war. Er hatte sich mit Alkoholvorräten eingedeckt. Seine Frau hatte ihm geholfen, die Sachen ins Auto zu tragen. Sie wusste von den sporadischen Exzessen ihres Mannes. Ihren Angaben zufolge trank ihr Mann erst seit wenigen Monaten. Angeblich war ihr nicht bekannt, dass er regelmäßig Kontakt zu Anna Lechtenberg hatte, und schon gar nicht, dass er sie an diesem Tag aufsammeln und mit ihr zur Hütte fahren wollte.

Die beiden waren häufiger dort gewesen. Dennoch stritt das Mädchen ab, dass es sich um ein Liebesverhältnis gehandelt hatte. Sie behauptete, die Beziehung zu dem Bekannten ihrer Mutter sei unverfänglich gewesen. Zuneigung, Freundschaft, mehr nicht. Über Jahre habe sie sich immer wieder mit Theo Grossmann getroffen. Er sei nach Krefeld gekommen, habe mit ihr einen Einkaufsbummel gemacht oder sie seien Eis essen gegangen. Wahrscheinlich hatte sie in Grossmann einen Vaterersatz gesehen. Irgend so etwas. Und an diesem Tag sei er plötzlich wie ausgewechselt gewesen. Ein anderer Mann sozusagen. Er habe sofort nach ihrer Ankunft in der Hütte zu trinken begonnen und sich dann über sie hergemacht. Sie habe es auf dem Handy festgehalten, sei dann geflüchtet und zu ihrer Oma gefahren. Am nächsten Tag habe sie eine Freundin besucht, und die habe sie mit Conrad van de Loo in Kontakt gebracht. Die Angaben waren überprüft worden, und alles sah danach aus, dass Anna Lechtenberg die Wahrheit sagte. Dennoch war Peters nicht wirklich von ihrer Unschuld überzeugt.

Die Fingerabdrücke auf der Tatwaffe waren noch nicht alle identifiziert worden, aber es galt als sicher, dass sowohl Grossmann als auch das Mädchen die Waffe in der Hand gehabt hatten. Sie behauptete, die Waffen hin und wieder gereinigt zu haben, obwohl sie seit längerer Zeit nicht mehr benutzt worden waren. Weil auch auf den anderen Gewehren ihre Fingerabdrücke waren, schien das eine plausible Erklärung.

Peters war sich nicht sicher, was er von dem Mädchen (der jungen Frau, ermahnte er sich) halten sollte. Bei der Befragung hatte sie sich nicht besonders entgegenkommend verhalten, und des Öfteren hatte Peters den Eindruck gehabt, dass sie ihm etwas verschwieg. Es war ihm jedenfalls nicht gelungen, sich ein schlüssiges Bild von ihr zu machen. Er traute ihr durchaus zu, im Affekt auf einen Menschen zu schießen. Aber besaß sie auch die Kaltblütigkeit, später an den Tatort zurückzukehren und zu morden? Außerdem gab es noch die Verstümmelungen. Peters konnte sich einfach nicht vorstellen, dass auch die auf das Konto der jungen Frau gingen.

Vorsichtshalber hatte er sich ihre Handynummer geben lassen. Jetzt konnte er sie jederzeit erreichen, und die Techniker waren in der Lage, ihren Aufenthaltsort zu ermitteln, falls es nötig sein sollte. Das war zwar in seinen Augen alles Schnickschnack, aber manchmal konnte man damit Eindruck schinden.

Peters blätterte weiter in der Akte. Eigentümer der Hütte war ein Mann namens Johannes Winkens. Er hatte sie von seinem Vater geerbt und vor vielen Jahren zu einer Art Ferienhaus umbauen lassen. Trotzdem gab es dort einen Waffenschrank. Er war gesichert gewesen; Grossmann hatte einen Schlüssel gehabt. Allem Anschein nach alles legal. Sowohl Grossmann als auch Winkens besaßen die Berechtigung, Waffen zu führen. Sie waren früher gemeinsam zur Jagd gegangen.

Winkens war eine einigermaßen bekannte Figur, und es gab genügend Informationen über ihn im Netz. Er war Betreiber einer Kiesbaggerei bei Kerken und wohnte in Kempen, wo er kräftig in der Lokalpolitik mitmischte. Es hieß, er könne sich sogar berechtigte Hoffnungen machen, bald ins Europaparlament einzuziehen. Zur Tatzeit hatte er sich in Wiesbaden aufgehalten und am Abend einen Vortrag über »Europäische Fördermittel für strukturschwache Gebiete« gehalten. War alles überprüft worden. Außerdem gab es Presseberichte.

Peters versuchte sich noch einmal vorzustellen, was in der Hütte vorgefallen war. Grossmann hat getrunken und sich an Anna vergangen. Dann haut sie ab. Er muss damit rechnen, dass sie ihn anzeigt. Außerdem plagt ihn wahrscheinlich das schlechte Gewissen. Er trinkt noch mehr. In seiner Verzweifelung geht er zum Waffenschrank. Er öffnet ihn. Er nimmt eine Waffe in die Hand, aber dann verlässt ihn der Mut. Stellt er die Waffe an ihren Platz zurück? Möglich. Trinkt er weiter? Wahrscheinlich. Und dann kommt eine andere Person ins Spiel. Der Mörder oder die Mörderin. Wer war das? Das Mädchen? Oder jemand, der zufällig vorbeigekommen ist?

Peters schüttelte den Kopf. Er hielt nichts von Zufällen. Sie passierten, aber das war die Ausnahme. Die Hütte lag abseits der Gehwege; es war höchst unwahrscheinlich, dass sich jemand dorthin verirrte.

Also musste jemand vorsätzlich zur Hütte gekommen sein. Jemand, der Grossmann und die Hütte kannte. War es vielleicht jemand, der wusste, dass Grossmann vorhatte, mit Anna Lechtenberg dorthin zu fahren? Jemand, der wusste, dass Grossmann sich an diesem Wochenende dorthin zurückziehen würde, um sich in aller Ruhe zu besaufen? Hatte dieser Jemand zufällig beobachtet, wie Grossmann sich an dem Mädchen vergriff?

Schon wieder der beschissene Zufall!, dachte Peters und schlug wütend die Akte zu.

***

Anna war die Erleichterung deutlich anzumerken, als sie erfuhr, dass sie die nächsten Tage auf dem Hof bleiben konnte. Seit dem Gespräch mit Kommissar Peters fühlte sie sich nicht wohl in ihrer Haut und hatte das unheimliche Gefühl, unter Beobachtung zu stehen. Es war keine konkrete Bedrohung, aber sie spürte das Unheil, als läge es in der Luft und würde mit jedem Atemzug in ihr Inneres strömen. Sie brauchte jetzt vor allem Menschen um sich herum, denen sie vertrauen und mit denen sie reden konnte. Mit ihrer Oma war das nicht möglich. Die war zwar lieb, aber es gab Dinge, die sie einfach nicht verstand.

Am Nachmittag fuhr van de Loo mit den Mädchen zu Annas Großmutter, um ein paar Sachen zu holen. Johanna wollte die Zeit nutzen, um in Ruhe ihren Unterricht vorzubereiten, und Tante Gertrud wollte erst in die Kirche und danach zu Fuß nach Hause gehen. Normalerweise hatte van de Loo ein mulmiges Gefühl, wenn sie sich allein auf den Weg machte, aber diesmal setzte er sie vor der Kirche ab, in der festen Überzeugung, dass sie wieder zurückfinden würde. Das lag an Anna. Sie schien für Tante Gertrud überaus wichtig zu sein. Soweit van de Loo es verstanden hatte, fühlte die alte Frau sich durch Anna an eine Jugendfreundin erinnert, die sie um keinen Preis im Stich lassen würde.

Annas Großmutter wohnte im Zentrum von Geldern, ganz in

der Nähe des Hauses, in dem van de Loo bis vor fünf Jahren gelebt hatte. Gelebt? Im Nachhinein kam es ihm so vor, als habe er dort nur gehaust. Ohne Johanna wäre er wahrscheinlich immer noch da und mehr und mehr verlottert. Ohne Johanna, Tante Gertrud und ihren Hof.

Van de Loo stellte den Volvo ab, und die Mädchen stiegen aus. Er selbst wollte nicht mitgehen, um nicht den Eindruck eines aufdringlichen Schnüfflers zu erwecken. Er winkte den beiden nach und ging durch die Fußgängerzone. Ganz automatisch trieb es ihn zu dem Haus, in dem er früher gewohnt hatte. Er wollte nur einen kurzen Blick auf die Fenster werfen, hinter denen er nicht besonders glücklich gewesen war.

Das Haus wirkte ziemlich verwahrlost. Viele Platten der hässlichen Außenverkleidung wiesen Sprünge auf, und man konnte auf jeder Etage deutlich die Wasserflecken erkennen, die sich unterhalb der Bäder gebildet hatten. Die Scheiben seiner ehemaligen Wohnung waren nicht geputzt, und die Blumen, die dahinterstanden, waren in einem erbärmlichen Zustand. Van de Loo ging schnell weiter. Um auf andere Gedanken zu kommen, kaufte er sich ein Eis, setzte sich an den Drachenbrunnen und beobachtete die Leute.

Plötzlich spürte er das Bedürfnis, diesem Tag eine besondere Note zu geben. Ganz gegen seine Gewohnheit kaufte er einen großen Strauß Blumen, dann ging er zum Auto zurück.

Der Kofferraum war schon beladen. Anna und Katharina standen auf dem Bürgersteig und winkten zu einem der Fenster hinauf. Für Augenblicke sah van de Loo Annas Oma. Sie hatte langes graues Haar, ein beängstigend schmales Gesicht und schlechte Zähne. Ihre Gestalt erinnerte ihn an Wolfgang Neuss.

»Warum grinst du?«, fragte Katharina.

»Nur so«, sagte van de Loo. Die Mädchen waren zu jung, um Wolfgang Neuss zu kennen. Und wenn sie ihn zufällig doch kannten, hätte Anna den Vergleich mit dem alten Kiffer bestimmt als Beleidigung aufgefasst.

»Ist das die Mutter deines Vaters?«, fragte van de Loo, nachdem sie eingestiegen waren.

»Nein«, sagte Anna knapp. »Das ist Mamas Mutter.«

»Und was ist mit deinem Vater?«

»Den kenne ich nicht. Mama hat immer gesagt, dass es so besser ist. Er hat sie oft geschlagen, und um mich hat er sich nie gekümmert. Für den existiere ich anscheinend überhaupt nicht.«

Van de Loo schaute in den Rückspiegel. Er sah zwei Mädchen, die beinahe erwachsen waren. Beide waren ohne richtigen Vater aufgewachsen. Waren sie deshalb so schnell Freundinnen geworden?

DREI

21.25 Uhr. Im Autoradio wird der Sommerhit des Jahres gespielt. Die Männer grölen mit, soweit sie dazu noch in der Lage sind. Nur der Fahrer schweigt verbissen. In diesem Augenblick schlüpft der Junge zwischen zwei geparkten Autos hindurch auf die Straße.

Am frühen Montagmorgen saß Hubert Moelderings in der Küche, die Jutta ausgesucht hatte, kurz nachdem sie eingezogen waren. Nach ihrem Auszug hatte sie sich eine neue Küche gekauft und ihm die alte großzügigerweise überlassen. Die anderen Möbel, die ihr gehörten, hatte sie mitgenommen.

Außer Moelderings war kein Mensch im Haus. Er mochte das nicht. Er hielt das Alleinsein nicht gut aus. Es kam ihm vor, als habe man ihn auf einer einsamen Insel ausgesetzt. Strafversetzung natürlich! Auf dem Tisch lag die aufgeschlagene Tageszeitung, im Hintergrund brodelte die Kaffeemaschine. Er hatte den Artikel über den Mord in der Hütte nicht zu Ende lesen können. Zu viele wirre Gedanken kreisten in seinem Kopf und veranstalteten ein ziemliches Durcheinander.

Er stand auf, trat ans Fenster und schaute auf den Hofplatz, der wie ausgestorben dalag. Der Misthaufen dampfte, aber die Hühner waren nicht da. Niemand war da. Die Mädchen, die seine Ehe zerstört hatten, waren noch in der Schule. Und Alfons, der mundfaule Stallknecht, war mit Reparaturen am Zaun hinter der Reithalle beschäftigt.

Moelderings nahm den Ordner mit den Zeitungsartikeln aus dem Schränkchen mit den Telefonbüchern und blätterte darin herum. Als er den kurzen Brief mit der Telefonnummer sah, die er am Rand notiert hatte, erinnerte er sich an seine Angst. Wie lange war es her, dass er diesen Brief erhalten hatte? Drei Jahre? Vier? Aber es war nichts weiter passiert. Der Mann, der gedroht hatte, alles aufzudecken und sie zur Strecke zu bringen, hatte sich nie wieder gemeldet. Und im Laufe der Zeit hatte Moelderings seine Angst vergessen.

Er schlug den Ordner zu und schob ihn unter die Telefonbücher zurück. Ein Gefühl der Leere und Trostlosigkeit stieg in ihm auf, wie so oft, seitdem Jutta gegangen war. Eine unbestimmbare Einsamkeit, als hätte ihm jemand seine Seele gestohlen. Am liebsten hätte er sie angerufen, um ihr zu sagen, dass ihm alles leidtäte und sie zurückkommen sollte. Er hatte das schon häufiger gemacht, ohne dass sich etwas geändert hatte. Selbst als er einmal zu heulen angefangen hatte, war sie hart geblieben. Sie hatte ihre Entscheidung getroffen und war nicht bereit, sie zu widerrufen. Ob er wollte oder nicht, er musste allein zurechtkommen.

Die Kaffeemaschine spuckte ein letztes Mal heißes Wasser in den Filter, dann gab sie Ruhe. Moelderings hatte plötzlich keine Lust mehr auf Kaffee. Er hatte auf nichts Lust. Er zog die Fellweste an, die über dem Stuhl hing, und verließ das Wohnhaus.

Als er den Hofplatz betrat, stellten die Pferde im Innenhof die Ohren auf. Sie kannten ihn, obwohl es sich in erster Linie um Pensionstiere handelte. Sie brachten nicht viel ein, zumal die Preise eingebrochen waren. In unmittelbarer Nähe gab es inzwischen eine Menge Konkurrenz, und natürlich hatten die Kunden längst bemerkt, dass auf Gut Moelderings die Stimmung zu wünschen übrig ließ, seitdem die Hofherrin nicht mehr da war. Sie war die gute Seele des Betriebs gewesen, hatte für jeden ein freundliches Wort parat gehabt, und die Mütter hatten ihre reitenden Töchter bedenkenlos in ihre Obhut gegeben.

Moelderings sog die Luft des Reiterhofes tief ein. Die Pferde dufteten, hinzu kamen der Geruch von Heu und Stroh, der Hafer, das Kraftfutter und nicht zuletzt der Misthaufen mitten auf dem Hofplatz.

Er ging an den Strohballen vorbei, auf denen nachmittags die Mädchen saßen, die täglich zum Reiterhof kamen, um die Pferde zu striegeln und zu bürsten, genauso inbrünstig und hingebungsvoll, wie sie es früher mit ihren Puppen gemacht hatten. Er schob das Tor zum Boxenstall auf und trat in den Gang. Unter der Decke klebten verlassene Schwalbennester. Dem Sommer blieb nicht mehr viel Zeit. Und er selbst hatte noch weniger.

Am Wochenende hatte er sein bestes Pferd verkaufen müssen. Mit Lucky hatte er nicht nur bedeutende Springprüfungen gewonnen, der Hengst hatte sich auch in der Zucht bewährt und war mehrfach ausgezeichnet worden. Dennoch hatte es nur drei Interessenten gegeben. Einer schlimmer als der andere. Sie witterten offenbar, dass er in der Klemme steckte, denn sie hatten ihm nicht viel mehr als die Schlachtprämie geboten. Dennoch hatte er annehmen müssen. Entweder konnte er bald positive Kontobewegungen vermelden, oder er musste den Laden dichtmachen. Und dann war ihm die Idee mit Winkens gekommen.

Ich hätte früher etwas unternehmen sollen, dachte er. Ich hätte Theo fragen sollen, ob er mir unter die Arme greift. Theo war in Ordnung. Der wäre nicht so kalt und abweisend gewesen wie die anderen. Der hätte mir bestimmt geholfen.

Moelderings schleppte einen Strohballen vor Luckys Box, setzte sich und sah zu seinem Lieblingspferd auf. Sie waren immer eine Einheit gewesen und hatten sich vollkommen aufeinander verlassen können. Vor Jahren hätten sie es beinahe in die Nationalequipe geschafft, nur ein einziger Springfehler hatte sie scheitern lassen. Ein Fehler, den Moelderings zu verantworten hatte. Er hatte sich zu sicher gefühlt, und das Triumphgefühl hatte ihn übermannt, sodass er nicht auf den richtigen Abstand zum letzten Hindernis geachtet hatte. Und dann war die Stange gefallen, und alles war mit einem Schlag vorbei gewesen.

»Tut mir leid«, sagte er leise. »War meine Schuld. Dabei waren wir besser als die anderen. Eigentlich unschlagbar. Jetzt müssen wir uns trennen. Sie holen dich übermorgen ab. Es geht nicht anders.«

Moelderings zog einen Halm aus dem Strohballen und kaute auf ihm herum. Er sah noch einmal zu seinem Pferd auf, dann senkte er den Kopf, spuckte den angekauten Strohhalm aus und begann still in sich hineinzuweinen.

In diesem Augenblick kam Alfons in den Boxengang. Wie stets trug er einen schmutzigen blauen Overall und eine speckige Ledermütze. Den Spaten geschultert, blieb er verwundert neben seinem Chef stehen.

»Hässe wat?«, fragte er nach einiger Zeit. Als keine Antwort kam, ging er kopfschüttelnd weiter.

Moelderings blieb noch eine Weile sitzen. Als er sich einigermaßen berappelt hatte, holte er seinen Sattel und betrat Luckys

Box. Er wollte ein letztes Mal ausreiten, um noch einmal das Gefühl der Zusammengehörigkeit zu erleben, das ihn beinahe zum Star gemacht hätte. Damals, als Jutta noch an seiner Seite gestanden und ihn unterstützt hatte. Damals, als er arglos, glücklich und um ein Haar erfolgreich gewesen war.

Das Pferd war ausgesprochen unruhig, und plötzlich hatte Moelderings das ungute Gefühl, beobachtet zu werden. Er drehte sich mehrfach um, konnte aber niemanden sehen. Seit den Anrufen bei Schelling und Winkens waren seine Nerven nicht mehr die besten.

Thomas Schelling hatte ihn am Telefon gnadenlos abgewimmelt, ihm nicht einmal bis zum Ende zugehört. Das war bei Johannes Winkens anders gewesen. Der hatte auch mehr zu verlieren und würde auf jeden Fall reagieren. Vielleicht rief er an und sprach eine Nachricht auf den Anrufbeantworter. Es war aber auch möglich, dass er höchstpersönlich vorbeikam, um die Sache zu regeln. Das würde gut zu ihm passen.

Winkens war mit allen Wassern gewaschen und schreckte vor nichts zurück, wenn es um seine Karriere ging. Vielleicht hatte er sogar Kontakte zur russischen Mafia. Jedenfalls war er es gewohnt, die Fäden in der Hand zu halten und die Puppen nach seiner Regie tanzen zu lassen. Er hatte damals die Mitglieder des Gemeinderats geschmiert, damit er auf dem billig gekauften Ackerland Kies baggern konnte. Und dann war er selbst in die Politik eingestiegen. Er hatte schon während des Studiums gewusst, wie man seine Schäfchen rechtzeitig ins Trockene bringt, und dafür gesorgt, dass er sich dabei nicht die Finger schmutzig machte. Dabei war er im Grunde ein großmäuliger Dreckskerl, der scharf auf Jutta gewesen war und ihr bei jeder Gelegenheit den Hof gemacht hatte.

Moelderings hatte nicht viel gegen ihn in der Hand. Nur die alten Geschichten, die Zeitungsausschnitte und die regelmäßigen Überweisungen. Die Sache mit dem Unfall war wahrscheinlich längst verjährt, und Winkens würde juristisch nicht mehr belangt werden können. Aber darum ging es nicht. Die Geschichte reichte aus, den Herrn Saubermann durch den Dreck zu ziehen. Wenn die Sache an die Öffentlichkeit kam, war es jedenfalls mit der Politikerkarriere vorbei.

»Ist ja gut. Schon gut!«, versuchte Moelderings Lucky zu beruhigen. Das Pferd schien zu spüren, dass etwas nicht in Ordnung war, und ließ sich partout nicht satteln. Es begann zu tänzeln und wurde immer nervöser. Schließlich brachte Moelderings den Sattel wieder an seinen Platz zurück und beschloss, später auszureiten. Er ging an den leer stehenden Boxen vorbei, starrte auf das trostlos daliegende Stroh und hatte immer noch das Gefühl, beobachtet zu werden.

Johannes Winkens hatte recht gehabt, als er am Telefon gesagt hatte, das Kleeblatt habe keinem von ihnen Glück gebracht. Auf das Kleeblatt war kein Verlass. Es war schon lange vor Theos Tod gerupft worden. Sie hatten es selbst getan, jeder auf seine Weise, und inzwischen waren sie kein verschworener Haufen mehr, sondern vier einsame Kämpfer. Das Unglück hatte mit dieser verfluchten Fahrt zur Annakirmes seinen Lauf genommen. Danach hatten sie zwar über Jahre so getan, als könnten sie die Sache mit Sonjas Hilfe wieder in Ordnung bringen, aber in Wirklichkeit hatten sie sich nur selbst belogen. Der Graben zwischen ihnen war immer tiefer geworden, und dann hatte Winkens sich bei ihrem letzten Treffen am Vatertag auch noch verquatscht und vom Trick beim Streichholzziehen erzählt. Er hatte dabei gelacht, als hätte er nur einen alten Witz zum Besten gegeben. Für Thomas aber war es ein Schock gewesen. Er war aufgestanden und gegangen. Einfach von der Bildfläche verschwunden. Sie hatten zwar noch ein paarmal versucht, ihn telefonisch zu erreichen, aber immer vergeblich. Er hatte den Kontakt zum Rest des Kleeblatts schlagartig abgebrochen und wollte nichts mehr von den anderen wissen.

Als Hubert Moelderings auf den Hofplatz zurückkam, fuhr gerade ein beladener Anhänger durch das Tor. Die Frau, der das Pferd gehörte und die hinter dem Hänger herlief, drehte sich kurz um und winkte verlegen. Moelderings grüßte müde zurück. Er hatte schon wieder eine Kundin verloren.

***

Van de Loo reihte sich geduldig hinter dem Bus ein und beobachtete das Spiel, das sich an jedem Morgen vor Schulbeginn wiederholte. Fahrzeuge von Eltern, die ihre Kinder selbst zur Schule brachten, blockierten die Straße. Der Busfahrer hupte wütend, bis der Weg zur Haltestelle frei war. Dann öffneten sich die Türen, und die Schüler strömten wie schwärmende Bienen auf den Gehweg. Sie fanden sich zu kleinen Grüppchen zusammen und rannten blindlings über die Straße. Van de Loo wunderte sich jedes Mal, dass es nicht häufiger zu Unfällen kam. Als sich der Bus wieder in Bewegung setzte, hielt van de Loo an der Haltestelle. Anna und Katharina stiegen aus, er wünschte ihnen einen schönen Tag und fuhr weiter in Richtung Goch.

Wenn er in der Sache Grossmann weiterkommen und Annas Unschuld beweisen wollte, musste er mit der Witwe sprechen. In der Regel erfuhr man am meisten, kurz nachdem die Menschen aus ihrem Alltagstrott herausgerissen worden waren. Glücksfälle oder Unglücksfälle machten sie weich und nachgiebig. Sie bedachten dann nicht genau, was sie sagten oder taten.

Der Motor des Volvos brummte wie ein satter, zufriedener Bär. Van de Loo liebte dieses Gefährt, wie er seinen alten Hundertneunziger geliebt hatte. Wenn er fuhr, hatte er jedes Mal das Gefühl, nichts könnte ihm etwas anhaben. Hinzu kam die Landschaft, die sich nicht aufdrängte und ihn nicht zwang, etwas Bestimmtes zu denken oder zu fühlen. Alles hier strebte ins Ungefähre, als wenn es sich nicht entscheiden könnte.

Die Kirchen hockten wie riesige Hennen inmitten der Dörfer und beschützten die kükenhaften Häuser. Dadurch wirkten die Dörfer größer, als sie in Wirklichkeit waren. Und das Land dazwischen war ein Flickenteppich, gewebt aus Überraschungen. Beim Landeanflug auf den Flughafen Weeze hatte van de Loo die Gegend einmal von oben gesehen. Die Felder, Wiesen und Dörfer waren ihm wie eine wahnwitzige Anhäufung von Fußballfeldern vorgekommen. Nicht alle waren rechteckig, wie es sich gehörte, aber wer sagte denn, dass sich in einem Dreieck kein Fußball spielen ließ?

Und schließlich die Menschen, die hier lebten. Verschrobene, eigenwillige Gestalten, denen man Zeit lassen musste, viel Zeit. Sie kamen nur langsam aus sich heraus, wie Weinbergschnecken nach dem Frost. Waren sie aber einmal aufgetaut, kam man gut mit ihnen klar. Van de Loo hoffte, dass das auch für Frau Grossmann galt.

Er machte einen kleinen Umweg und fuhr an Theo Grossmanns Landhandel vorbei. Das Gebäude sah aus, als sei es ehemals eine Molkerei gewesen. Das Haupttor war geschlossen, fünf Lastwagen mit dem Namenszug des Toten standen in Reih und Glied. Van de Loo stoppte vor dem Tor. »Wegen Todesfall vorläufig geschlossen!«, hatte eine ungeübte Hand auf ein Schild gekritzelt.

Van de Loo fuhr weiter. Als er auf die Gaesdoncker Straße einbog, die direkt nach Holland führte, holte ihn seine Vergangenheit ein. Er dachte an das Internat, auf dem er vor vielen Jahren Schüler gewesen war. Es war eine seltsame Zeit gewesen, ein Dasein ohne Intimität, weil das Leben ausschließlich von der Gruppe bestimmt wurde. Wenn er damals allein sein wollte, hatte er sich für Stunden auf dem Klo eingeschlossen. Er hatte sich damit begnügen müssen, ausschließlich von heranwachsenden Jungen umgeben zu sein – ein Umstand, der wahrscheinlich sein Verhältnis zu Frauen entscheidend geprägt hatte. Jedenfalls konnte er sich noch gut an die ersten krampfhaften Bemühungen erinnern, mit dem anderen Geschlecht Kontakt aufzunehmen. Schwimmbadszenen als Dokumente seiner Hilflosigkeit. Beschämende Begegnungen vor der Eisdiele in Goch. Es war ihm vorgekommen, als sei er mit Marsmenschen in Berührung gekommen. Sie waren so anders, die Mädchen, dass sie ihn zugleich irritiert und fasziniert hatten. Er hatte sie bestaunt wie exotische Früchte und lange gebraucht, bis er den Mut gehabt hatte, sie zu probieren. Aber dann war er schnell auf den Geschmack gekommen.

Inzwischen hatte sich eine Menge verändert. Das Collegium Augustinianum Gaesdonck war schon lange kein reines Jungeninternat mehr. Auf der Webseite hatte van de Loo junge, strahlende Menschen gesehen. Mädchen, junge Frauen, die vor Selbstbewusstsein zu bersten schienen, und junge Männer, die in den Mädchen keine exotischen Früchte mehr sahen, sondern ebenbürtige Gleichgesinnte. Die Gaesdonck hatte sich zu einer Art Eliteschule gemausert, und die Erinnerungen, die van de Loo mit sich herumtrug, hatten mit der Zeit einen versöhnlichen Grundton angenommen und schmerzten nicht mehr.

Er hatte das Spargeldorf Kessel erreicht und bog in die Einfahrt zu Theo Grossmanns Haus ein. Er setzte noch einmal zurück und blieb auf der Straße stehen, um die Umgebung auf sich wirken zu lassen. Es war ruhig hier. Angenehm ruhig. Der Weg zur Garage war von kleinen, sorgsam beschnittenen Rhododendronbüschen gesäumt. Es ging leicht bergab, und man konnte das Grundstück gut überschauen. Es hatte eine beachtliche Größe, aber das besagte nichts, da Grund und Boden hier vor Jahren sicher spottbillig gewesen war.

Van de Loo parkte links neben den Ziersträuchern und stieg aus.

An der Hausfront hing ein efeubewachsenes Karrenrad, daneben waren ausgediente Ackergeräte aufgereiht, und auf der Rasenfläche stand ein antiker Pflug. Die Fensterbänke waren voller Blumen, in erster Linie Geranien. Ein geflochtener Kranz hing an der Haustür, und im Inneren lag wahrscheinlich eine Fußmatte mit der Aufschrift »Herzlich willkommen«.

Van de Loo war nicht wohl bei dem Gedanken, gleich der Witwe des Mannes gegenüberzutreten, den er tot und verstümmelt in der Hütte hatte liegen sehen. Er ging zur Haustür und drückte den Klingelknopf. Augenblicke später wurde geöffnet.

Die Fußmatte im Innenbereich trug die Aufschrift »Come in!«, und die Frau, die allem Anschein nach die Witwe von Theo Grossmann war, unterstrich diese Aufforderung durch eine einladende Geste. Van de Loo streckte ihr die Hand entgegen und sprach ihr sein Beileid aus. Im Wohnzimmer stand Gebäck auf dem Tisch. Zwei Jugendliche saßen auf dem Sofa, Grossmanns Kinder, wie van de Loo vermutete. Sie mussten beinahe in Katharinas Alter sein. Verständlicherweise hatte ihre Mutter sie nicht zur Schule geschickt. Kaum hatte van de Loo Platz genommen, machten sie sich aus dem Staub.

»Möchten Sie einen Kaffee?«

»Machen Sie sich meinetwegen keine Mühe«, sagte van de Loo.

»Das ist keine Mühe.«

Frau Grossmann ging in die Küche, und es dauerte nicht lange, bis sie mit einem Tablett in den Händen zurückkam. Sie zitterte ein wenig, als sie es auf dem Glastischchen abstellte, aber ihr hübsches Gesicht zeigte keine Regung. Van de Loo wurde das Gefühl nicht los, dass sie eine Maske trug.

»Ich weiß wirklich nicht, was ich jetzt machen soll«, sagte sie, nachdem sie die Tassen gefüllt hatte.

»So etwas braucht vor allem Zeit«, sagte van de Loo.

»Zeit habe ich aber nicht. Wie stellen Sie sich das vor? Es muss sofort etwas geschehen!«

»Wie meinen Sie das?«, fragte van de Loo verwundert.

»Ich habe nicht die geringste Ahnung vom Geschäft. Ich weiß nicht einmal, wie viele Leute für meinen Mann gearbeitet haben.«

»Ach so«, sagte van de Loo, der allmählich begriff, worauf Frau Grossmann hinauswollte.

»Vielleicht ist es das Beste, wenn der Betrieb sofort verkauft wird.«

»Das ist sicher schwierig!«

»Ich traue den Leuten nicht. Das sind Fremde für mich. Deshalb glaube ich ja, es muss jemand von außen kommen. Wie bei der Treuhand damals. Jemand, der sich in solchen Dingen auskennt und das Ganze rasch über die Bühne bringt. Der das abwickelt. Das ist doch das richtige Wort, oder?«

»Schon möglich«, sagte van de Loo und überlegte, wie er Frau Grossmann am besten beibringen konnte, dass sie ihn verwechselte.

»Wissen Sie das denn nicht?«, fragte sie.

»Nicht so genau.«

»Aber am Telefon haben Sie gesagt, Sie würden sich in solchen Sachen auskennen.«

»Tut mir leid …«

»… Ihr Beileid haben Sie bereits an der Tür ausgesprochen. Das werde ich noch oft genug zu hören bekommen.«

»Tut mir leid, dass ich Sie enttäuschen muss, Frau Grossmann. Aber ich glaube, Sie verwechseln mich. Mit mir haben Sie jedenfalls nicht gesprochen!«

»Wir haben nicht miteinander telefoniert?«, fragte Frau Grossmann erschrocken. »Ja, wer sind Sie denn dann?«

»Ich heiße Conrad van de Loo.«

»Und was wollen Sie von mir?«

»Ich würde gern mit Ihnen reden«, sagte van de Loo, wobei er sich bemühte, seiner Stimme einen warmen Ton zu geben.

»Die Polizei war schon hier und hat eine Menge Fragen gestellt! Ich habe alles gesagt, was ich wusste.«

»Ich bin nicht von der Polizei«, sagte van de Loo. »Ich bin ein Bekannter des Mädchens, und deshalb möchte ich mit Ihnen sprechen.«

»Welches Mädchen denn?«

»Das Mädchen, mit dem Ihr Mann in die Hütte gefahren ist.«

Monika Grossmann schwieg.

»Frau Grossmann«, fuhr van de Loo fort. »Die Polizei hat Ihnen doch sicher gesagt, dass Ihr Mann nicht alleine war und was in der Hütte vorgefallen ist. Ich kann mir vorstellen, dass Sie in diesen Tagen vor allem an sich und Ihre Zukunft denken. Aber ich bitte Sie, sich einen Augenblick in die Lage des Mädchens zu versetzen. Sie hat Ihren Mann gerngehabt, und ich bin mir sicher, dass sie ihn nicht umgebracht hat. Ich möchte herausfinden, wer der Mörder ist. Deshalb bin ich hier.«

»Gerngehabt?« Monika Grossmann lachte kurz auf, dann brach sie in Tränen aus.

»Entschuldigen Sie«, sagte sie, nachdem sie sich wieder gefasst hatte. »Ich weiß im Augenblick wirklich nicht, wo mir der Kopf steht. Was kann ich denn tun? Das Mädchen ist unschuldig, sagen Sie? Wie kann ich ihr denn helfen?«

»Indem Sie so nett sind, mir ein paar Fragen zu beantworten«, sagte van de Loo.

»Gut. Ich werde das tun. Ich werde Ihre Fragen beantworten. Moment. Ich bin gleich zurück.«

Van de Loo hatte Zeit, sich im Wohnzimmer umzusehen, aber es gab nichts, was ihn interessiert hätte. Nur die üblichen Familienfotos, einen Kalender mit Luftbildern vom Niederrhein, eine Fingerhutsammlung und Regale, gefüllt mit DVDs. Die wenigen Bücher, vornehmlich Krimis, die in der Gegend spielten, sahen ungelesen aus.

Monika Grossmann kam ins Wohnzimmer zurück. Sie hatte sich die Tränenspuren weggeschminkt, aber das Make-up war ihr nicht besonders gut gelungen. Sie lächelte verlegen.

»Ich habe ihm immer gesagt, dass das kein gutes Ende nimmt«, sagte sie, nachdem sie sich in einen Sessel gesetzt und die Beine übereinandergeschlagen hatte. »Wer die Gefahr sucht, kommt darin um.«

»Was meinen Sie damit?«

»Na ja, vielleicht hat er ja noch mehr dummes Zeug angestellt, wenn er besoffen war!«

»Sie meinen, er hat die Hütte verlassen, ist Auto gefahren oder durch den Wald getappt?«

»Ich weiß nicht, was er gemacht hat. Ich möchte auch eigentlich gar nichts Näheres darüber erfahren. Aber Sie. Was wollen Sie von mir wissen?«, fragte sie tapfer.

»Hatte Ihr Mann Feinde?«

»Feinde? Nicht dass ich wüsste. Was in der Firma vor sich ging, weiß ich natürlich im Einzelnen nicht. Aber ich hatte immer den Eindruck, dass mein Mann keine Feinde, sondern zu viele Freunde hatte.«

»Man kann doch gar nicht genug Freunde haben«, wandte van de Loo ein.

»Nur, wenn es richtige Freunde sind! Aber so war das nicht. Das waren falsche Freunde. Menschen, die irgendetwas zu verbergen hatten, eine Clique, an die ich nicht rankam. Sie kannten sich aus dem Studium. Wie das so geht. Aber ich habe sie nie richtig kennengelernt. Vor Jahren habe ich Theo am Vatertag einmal zur Hütte gebracht, weil sein Auto kaputt war. Da waren die anderen schon da. Ich hatte sofort das Gefühl, dass ich störte, und bin bald wieder gefahren.«

»Was haben Ihr Mann und seine Freunde denn in der Hütte gemacht?«

»Sie haben sich einmal im Jahr getroffen und dort übernachtet. Das war Tradition. Da konnte kommen, was wollte. Theo hat immer gesagt, sie würden sich gegenseitig Glück bringen. Die haben zusammengehalten wie Pech und Schwefel, verstehen Sie. Jedenfalls nach außen. Irgendwann haben sie sich zum Beispiel vorgenommen, nicht mehr zu jagen und nie mehr zu töten. Und dann haben sie das eingehalten. Der Theo jedenfalls. Der ist nie mehr auf die Jagd gegangen. So waren die.«

»Und wer gehörte alles zu diesem Freundeskreis?«

»Insgesamt waren sie zu viert, aber von den drei anderen kenne ich nur zwei mit Namen. Der eine ist Johannes Winkens. Dem gehört die Hütte. Mischt ganz schön in der Politik mit, ich habe sein Bild ein paarmal in der Zeitung gesehen. Theo war immer ziemlich stolz darauf, ihn zu kennen und in die Hütte zu können, wann immer er wollte. Der andere ist Hubert Moelderings. Der betreibt einen Reitstall in der Nähe von Xanten. Ein windiger Typ. Kam mir jedenfalls damals so vor.«

»Und was war mit Anna?«

»Wer ist Anna?«

»Das Mädchen, das mit Ihrem Mann in der Hütte war.«

»Heißt sie Anna?«

»Ja. Anna Lechtenberg.«

»Sehen Sie, das habe ich nicht gewusst. Den Namen habe ich noch nie gehört. Und ich wusste auch nicht, dass Theo privaten Kontakt zu ihr hatte. Er hat mir nie etwas davon erzählt. Ich dachte immer, er würde seine Alimente zahlen und Schluss ist. Schwamm drüber.«

»Er hat Alimente gezahlt?«, fragte van de Loo verwundert.

»Ja. Tausend Mark, vor der Umstellung. Seitdem fünfhundert Euro. Er hat zuerst behauptet, es wäre für die Jagdpacht. Dabei ist er ja gar nicht mehr zur Jagd gegangen. Das ist mir natürlich aufgefallen, und ich bin ihm dahintergekommen. Männer sind manchmal ziemlich naiv.«

»Wohinter sind Sie gekommen?«

»Dass er ein uneheliches Kind hat und dafür zahlen musste. Na ja. Das war ja vor meiner Zeit. Muss wohl passiert sein, als er noch Student war. Es kann ja niemand von einem jungen Mann erwarten, dass er wie ein Mönch lebt. Aber dann hat mir die Polizistin, die hier war, erzählt, dass Theo sich mit diesem Mädchen, mit seiner Tochter ...«

»Und wenn Ihr Mann nicht Annas Vater war?«, fragte van de Loo.

Monika Grossmann sah ihn verdutzt an. »Wieso sollte mein Mann denn all die Jahre bezahlen, wenn er nicht der Vater war?«

»Das weiß ich nicht. Vermutlich ist er jahrelang fälschlicherweise davon ausgegangen.«

»Was wissen Sie noch?«

»Ich weiß nur, dass er für Anna eine Art Onkel war. Ein Beschützer. Jemand, der sie unterstützt und sich wirklich um sie gekümmert hat.«

»Warum hat er das gemacht?«

»Ich hatte gehofft, das mit Ihrer Hilfe herauszufinden.«

»Da muss ich Sie enttäuschen.«

»Wenn Sie, wie Sie sagen, den Namen Anna Lechtenberg noch nie gehört haben. An wen ist die angebliche Jagdpacht denn die ganzen Jahre über geflossen?«

»Da muss ich nachschauen.«

»Würden Sie das bitte tun?«

»Ja. Aber dann muss ich Sie bitten zu gehen. Ich muss mich um die Kinder und das Geschäft kümmern.«

***

Du hast es getan. Warum soll ich mir was vormachen? Ich weiß es. Das muss mir niemand beweisen. Ich weiß es, obwohl ich es immer noch nicht glauben kann. Du hast mein Vertrauen und dieses Kind missbraucht. Das steht fest. Deshalb bist du bestraft worden, von wem auch immer.

Vielleicht hattest du zu viel getrunken. Wahrscheinlich sogar. Aber das ist keine Entschuldigung. Du gemeines Schwein! Kippst dir ein halbes Dutzend Schnäpse hinter die Binde und spielst den starken Mann.

Das ist so mickrig, so verdammt mickrig!

Dabei hab ich immer zu dir gestanden. Hast du das vergessen? Habe ich gar keine Rolle für dich gespielt? War ich so unwichtig? Los, sag schon! Mach endlich die Klappe auf!

Ich hab nie was gesagt wegen deiner Sauferei in der letzten Zeit, obwohl es nicht mehr zum Aushalten war. Warum hast du plötzlich so viel getrunken? Hattest du Ärger im Geschäft? War irgendetwas anderes? Mein Gott, Theo! Das Zeug hat dich kaputt gemacht. Du hast von Tag zu Tag schlechter ausgesehen. Du hättest dich sehen sollen, wenn du von einer deiner Sauftouren zurückgekommen bist!

Wir haben nie richtig miteinander darüber geredet. Ich hätte dich vielleicht zum Arzt schicken oder eine Entziehungskur für dich beantragen sollen. Aber du wärst ja sowieso nicht gegangen.

Für dich war das kein Thema. Wenn du wiederkamst, hab ich blöde Kuh dich auch noch umsorgt und die Kinder von dir ferngehalten, damit sie nichts merkten. Verdammt! Ich hätte dich rausschmeißen sollen!

Und jetzt? Was mach ich jetzt? Wie konntest du mich so demütigen! Du hättest nicht hinfahren dürfen zur Hütte! Ich hatte gleich ein ungutes Gefühl. Was soll ich denn jetzt machen? Mit den Kindern und dem Haushalt komme ich zurecht. Aber die Firma? Davon habe ich keine Ahnung. Ich weiß nicht mal, wer für dich gearbeitet hat und wem ich vertrauen könnte. Du hast mir ja nie was gesagt.

Musst du dich nicht drum kümmern, Moni. Lass mal schön die Finger davon. Keine Sorge. Ich mach das schon. Scheiße, ich mach das schon! Was machst du denn schon? Besäufst dich, fällst über dieses Mädchen her und lässt dich abknallen wie ein Hund! Warum? Warum hast du mir nicht gesagt, dass du sie schon lange kanntest und dich regelmäßig getroffen hast mit deiner angeblichen Tochter?

Du und deine Freunde! Das war von Anfang an nicht in Ordnung! Wenn jemand von denen angerufen hat und dich sprechen wollte, bist du immer rausgegangen, damit ich nicht mithören konnte. Was habt ihr da besprochen? Worum ging es? Um dieses Mädchen? Was gab es zu verheimlichen? Und wo sind sie jetzt, deine schönen Freunde? Warum meldet sich denn keiner bei mir?

Letzte Woche, da hat einer von denen tatsächlich angerufen, fällt mir jetzt ein. Der wollte dich sprechen. Ich hab ihm gesagt, dass du in die Hütte gefahren bist. Weiß gar nicht, wer es war. Ich hatte ja keinen Kontakt zu denen. Du wolltest das ja nicht. Warum hast du mich ferngehalten von Sachen, die wichtig waren? Warum musstest du Geheimnisse vor mir haben? Wegen diesem Mädchen? Oder wird da noch mehr kommen?

Theo! Ich hab Angst, weißt du das? Angst vor deinem Scheißtod, vor dem, was in der Zeitung stehen wird, vor der Beerdigung und den Blicken der Nachbarn. Ich habe Angst vor der Wahrheit und dem Leben ohne dich. Ich hab dich nämlich geliebt, und ich liebe dich noch immer. Verdammt noch mal, das hast du doch gewusst! Und trotzdem hast du mich belogen und betrogen! Ach Theo, warum musstest du so dumm sein? Jetzt kannst du das nicht mehr in Ordnung bringen. Nie mehr!

***

In den meisten Fällen begnügte sich Carsten Peters mit ein oder zwei Schreibmaschinenblättern, um seine Notizen zu machen. Kam es dicker, kaufte er eine Kladde. Weil er keine zur Hand hatte, nahm er ein Blatt Papier aus dem Drucker. Um sechzehn Uhr sollte er zum Chef. Danach war eine Pressekonferenz anberaumt, und Peters versuchte Ordnung in das Chaos seiner Gedanken zu bringen.

»Was habe ich?«, schrieb er mit seiner ungelenken Altmännerschrift auf das Blatt. Dann legte er den Stift wieder beiseite.

Inzwischen ist eindeutig nachgewiesen, dass Anna Lechtenberg Geschlechtsverkehr mit Theo Grossmann hatte, was allerdings noch lange nicht heißt, dass sie tatsächlich vergewaltigt wurde. Es gibt keine Spuren von Gewaltanwendung, keine blauen Flecken an den Oberarmen. Nichts. Mein Gefühl sagt mir allerdings, dass sie es nicht war, und wenn mein Gefühl mich nicht täuscht, wer war es dann? Wer wurde durch die Vorgänge in der Hütte am tiefsten gekränkt oder verletzt? Wer wurde durch Grossmanns Tat zum Mörder gemacht? Oder gibt es ein völlig anderes Mordmotiv?

Vielleicht hat die Kleine ja einen Freund, einen jungen Burschen, der eifersüchtig war und ihr nachgeschlichen ist? (Wäre möglich. Nachforschen! Habe ich blöderweise zu fragen vergessen.) Angeblich hat sie jemanden auf dem Hochsitz gesehen. Aber hätte ihr Freund die Courage, sich dahin zu setzen? Der wäre doch früher eingeschritten. Der hätte im Affekt möglicherweise sogar geschossen. Aber im Nachhinein und vorsätzlich? Und dann noch die Verstümmelungen. Die sind fachmännisch vorgenommen worden, wie mir Frau Norden versichert hat. Von jemandem, der sich in Anatomie auskennt!

Angenommen, es gibt ihn nicht, diesen Freund. Wer kommt sonst in Frage? Die Mutter, klar, aber die fällt allem Anschein nach aus. (Hat nach Angaben der Krefelder Kollegen gar nicht richtig auf die Nachricht reagiert. War betrunken. Arbeitslose Alkoholikerin, die wahrscheinlich von Papierkorb zu Papierkorb torkelt. Sucht da bestimmt nicht nach der Wahrheit oder nach ihrer Tochter. Kann ich vergessen.)

Was bleibt noch?, dachte Peters. Klar. Der Vater! Interessanter Aspekt. Fühlt sich bestimmt beschissen an, wenn man es wissen oder mitkriegen würde. Dass sich so ein Kerl über deine Tochter hermacht. Aber in der Urkunde heißt es »Vater unbekannt«.

Und Grossmanns Frau? Sie hat zwar angegeben, nichts von der Beziehung ihres Mannes zu Anna Lechtenberg gewusst zu haben, aber was ist, wenn sie gelogen hat? Sie hätte ein Motiv. Aus Eifersucht geschehen die unglaublichsten Dinge, aber kann sie eine bislang unbescholtene Frau dazu bringen, ihren Mann zu erschießen und dann sein Geschlechtsteil zu verstümmeln?

Was habe ich sonst noch? Den Hüttenbesitzer. Johannes Winkens. Bekanntes Gesicht. Politiker. Hat ein Alibi. Reicher Mann. Hat mit dem Geld seines Vaters sein Glück gemacht. Äcker gekauft auf der Aldekerker Platte. Muss gewusst haben, dass der Gemeinderat seinen Plänen zustimmen würde. Jetzt wird da Kies gebaggert, jede Menge Kies. Muss sich keine Sorgen mehr machen und hat eine blendend weiße Politikerweste. (Wusste sein Freund Theo Grossmann vielleicht was? Irgendetwas, was der Karriere nicht zuträglich war?)

Die Liste mit den Namen der Leute, die regelmäßig die Hütte benutzt haben, aus welchen Gründen auch immer, muss noch durchgecheckt werden.

Scheißfall. Hab kaum was in der Hand. Der Chef wird Wirbel machen. Und erst die Pressefritzen. Scheißpresse. Weiß nicht, was ich denen erzählen soll.

Außerdem muss ich unbedingt eine Maus besorgen. Heute oder morgen. Für Anneliese. Na ja, die kann notfalls warten. Verhungert nicht so schnell. Macht ihr nichts aus, zwischendurch Kohldampf zu schieben.

Und wenn es doch Zufall war? Die Hüttentür stand offen, und irgendein gewaltgeiles Arschloch hat kurz mal reingeschaut, ob da jemand ist, den er umbringen kann, was! (Peters, du spinnst jetzt!) So ein perverses Schwein, wie es sie zu Hunderten in Amerika gibt, hat sich zufällig an unseren schönen Niederrhein verirrt. (Mensch, was denke ich denn da! Ich mach mich doch lächerlich!)

Es darf kein Zufall sein, verdammt! Zufälle sind das Schlimmste! Man hört automatisch auf zu denken. (Ich muss mich entscheiden. Anneliese macht das auch, wenn ich gleichzeitig zwei Mäuse ins Terrarium setze.)

Peters sah auf das Blatt Papier. Es war leer bis auf den Fragesatz, den er zu Beginn notiert hatte. Er hatte nichts aufgeschrieben. Die Gedanken waren kreuz und quer durch sein Hirn geflossen und hatten keine klare Spur hinterlassen, nur ein schwammiges Gefühl.

Peters nahm das Blatt, zerriss es in kleine Fetzen und warf sie in den Papierkorb.

***

Der junge Paketdienstkurier hielt vor dem Haus mit der Nummer 28. Er schaltete die Warnblinkanlage an und sah noch einmal auf den Auslieferungsbogen. Dann steckte er sich eine Zigarette an, stieg aus und ging um den Wagen herum. Er öffnete die Seitentür und kletterte in den Frachtraum. Er fand die Sendung auf Anhieb. Sie war nicht allzu groß und auffallend leicht. Er nahm das Päckchen mit einer Hand und kontrollierte die Anschrift. Dabei fiel sein Blick auf die Schriftzeichen am Rand. Chinesisch, dachte er. Koreanisch oder japanisch. Irgend so was.

Vor einigen Wochen hatte er ein ähnliches Päckchen bei derselben Adresse abgeliefert. Früher hatte er nur ganz selten eine exotische Sendung dabeigehabt. Inzwischen war die Welt geschrumpft. Die Chinesen, Japaner und Koreaner wohnten quasi in der Nachbarschaft. Bald würde es gar kein Ausland mehr geben.

Er ging mit der Sendung zur Haustür, drückte auf den Klingelknopf und warf die Zigarette achtlos auf den Boden. Wenig später wurde geöffnet. Ein hagerer Mann stand in der Tür. Er sah ihn nicht an.

»Guten Tag«, sagte der Kurier.

»Machen Sie das weg!«, sagte der Mann in der Tür.

»Was denn?«

»Die Zigarette.«

»Welche Zigarette?«

»Die Zigarette, die Sie gerade auf mein Grundstück geworfen haben!«

»Entschuldigung«, sagte der Kurier. Er trat die Zigarette aus, bückte sich und schob den Stummel in seine Jackentasche. Dann überreichte er das Päckchen. Der Mann in der Tür unterschrieb, nahm das Päckchen, drehte sich wortlos um und schloss die Tür.

Der Kurier ging zum Auto zurück und kletterte auf den Fahrersitz.

»So ein Arschloch!«, sagte er laut, steckte sich wütend eine neue Zigarette an und sah zu, dass er wegkam.

Der Mann hielt das Päckchen mit beiden Händen, hob es an die Nase und schnüffelte daran. Erleichtert stellte er fest, dass kein Nikotingeruch wahrnehmbar war. Dann ging er mit dem Päckchen durch das Haus, stieg eine kleine Treppe hinunter, zog einen Vorhang beiseite und betrat seine Welt.

Er stellte das Päckchen behutsam auf dem Boden ab und holte ein Messer. Im Schneidersitz setzte er sich davor und konzentrierte sich auf die Kordeln, mit denen es verschnürt war. Dann vollführte er blitzschnell drei Schnitte und legte das Messer beiseite.

Es war perfekt. Das Packpapier ließ sich mühelos auseinanderfalten. Der Mann schob mit den Fingerspitzen die Holzwolle beiseite und nahm die Teeschale mit äußerster Vorsicht heraus. Er drehte sie in den Händen und betrachtete sie. Dann blies er den Staub ab, hielt sie gegen das Licht und strich mit der Spitze des Zeigefingers über den Rand der Schale. Er war sehr zufrieden mit seiner Wahl.

Dann stand er auf und brachte die Schale zu dem kleinen Tisch. Er stellte sie ab und nahm die andere Schale, die dort stand. Er trat in die Mitte des hellen Raums und schloss die Augen. Seine Hände öffneten sich, und die Schale zersplitterte vor seinen Füßen.

Eine Weile stand er reglos da. Dann nahm er einen kleinen Besen, fegte die Scherben sorgsam zusammen und schob sie auf ein

Blatt Papier. Er ging damit zu der dunklen Urne und schüttete die Scherben hinein.

***

Als van de Loo nach Hause kam, stand Tante Gertrud in der Küche. Sie hatte einen Quast in der Hand, trug einen Hut aus Zeitungspapier und war von oben bis unten mit Farbe beschmiert.

»Wie siehst du denn aus?«, fragte van de Loo entgeistert.

»Ich streiche Annas Zimmer, aber ich komme nicht an die Ecken ran. Ich mag eigentlich Ecken und Kanten. Jedenfalls bei Menschen. Aber in diesem Fall brauche ich eine Treppenleiter.«

Van de Loo sah Tante Gertrud an. Vor ein paar Monaten war jemand von der Krankenkasse da gewesen und hatte ihr nach einem ausführlichen Gespräch »Pflegestufe 2« zuerkannt. Jetzt schien sie plötzlich überhaupt keiner Pflege mehr zu bedürfen.

Van de Loo holte die Leiter aus der Scheune und brachte sie nach oben. Er wollte Tante Gertrud gerade mit der Technik des Rollens vertraut machen, als er das Telefon hörte.

»Bin gleich zurück«, sagte er, stürmte die Treppe hinunter und nahm den Anruf entgegen.

»Ich habe gehört, dass Sie in den Mordfall Theo Grossmann verwickelt sind«, sagte eine Männerstimme.

»Verwickelt ist wohl der falsche Ausdruck«, sagte van de Loo.

»Na ja, Sie haben auf jeden Fall damit zu tun. Soweit ich informiert bin, waren Sie am Tatort. Zusammen mit dem Mädchen.«

»Na und?«

»Ich könnte Ihre Dienste brauchen.«

»Wer spricht denn da überhaupt?«

»Hat Ihnen das meine Sekretärin nicht gesagt?«

»Ich habe mit keiner Sekretärin gesprochen.«

»Ach so. Ja. Entschuldigung. Ich bin es gar nicht mehr gewohnt, selbst eine Nummer einzugeben. Johannes Winkens am Apparat.«

Es hörte sich an, als müsste van de Loo augenblicklich strammstehen oder wenigstens Haltung annehmen. Er tat nichts dergleichen.

»Muss ich Sie kennen?«, fragte er unbeeindruckt.

»Lesen Sie keine Zeitung?«

»Doch. Aber vornehmlich den Sportteil und die Todesanzeigen.«

»Jedenfalls passiert es mir nicht allzu oft, dass jemand, der in der Gegend wohnt, nichts mit meinem Namen anfangen kann.«

»Wieso?«

»Ich werde, wenn nichts dazwischenkommt, im nächsten Jahr Europaparlamentarier.«

»Vorzeitiger Ruhestand«, sagte van de Loo. »Mit garantierter Sofortrente. Herzlichen Glückwunsch! Jetzt fällt mir übrigens ein, dass ich Ihren Namen tatsächlich kenne.«

»Das ist ja beruhigend«, sagte Winkens lachend. »Wer einen nicht kennt, der kann einen schließlich auch nicht wählen.«

»Sie sind der Besitzer der Hütte, in der Theo Grossmann ermordet wurde.«

»Das stimmt. Unangenehm genug.«

»Für Grossmann oder für Sie?«

Einen Augenblick herrschte Schweigen, und van de Loo spürte, dass er den richtigen Ton getroffen hatte.

»Theo war mein Freund«, sagte Winkens. »Wir kannten uns aus gemeinsamen Studientagen in Aachen. War eine ziemlich wilde Zeit damals.«

»Kann ich mir denken«, sagte van de Loo.

»Er war ein wirklicher Freund. Und darum habe ich ein persönliches Interesse daran, dass der Mord an ihm möglichst rasch aufgeklärt wird.«

»Die Kripo ist an der Sache dran«, sagte van de Loo.

»Die Kripo? Entschuldigen Sie! Die Kripo ist ein lahmarschiger Beamtenhaufen. Die wurschteln vor sich hin und kommen keinen Zentimeter voran. Außerdem sitzt denen die Presse im Nacken. Die will mit Informationen gefüttert werden. Und so kommen Dinge ans Licht der Öffentlichkeit, die dort nichts zu suchen haben. Ich habe keine Lust, mir von diesen Pimpfen ans Bein pinkeln zu lassen! Ich habe meine Karriere schon während des Studiums vorbereitet. Junge Union. Das war damals in Studentenkreisen nicht besonders angesagt, aber ich habe auf die Zukunft gebaut und recht behalten.«

»Und jetzt?«

»Jetzt steht mein guter Ruf auf dem Spiel.«

»Und den soll ausgerechnet ich retten?«

»Ja«, sagte Winkens. »Jedenfalls könnten Sie dazu beitragen.«

»Und was soll ich tun?«

»Nachforschungen anstellen. Informationen sammeln. Und dabei vor allem Diskretion wahren.«

»Haben Sie einen Verdacht oder einen Hinweis?«

»Ja.«

»Und Sie haben nicht mit der Polizei gesprochen?«

»Ich habe Ihnen doch gesagt, was ich von diesem Haufen halte.«

»Na, dann schießen Sie mal los«, sagte van de Loo. »Ich bin ganz Ohr.«

»Wir waren zu viert«, sagte Winkens. »Wir nannten uns das ›Kleeblatt‹. Jetzt ist Theo tot, und ein anderer von uns hat große finanzielle Probleme. Er steckt bis zum Hals in der Scheiße, wenn Sie mir den Ausdruck erlauben. Ich habe es kommen sehen. Er war schon immer ein Versager. Das Beste, was er jemals in seinem Leben gemacht hat, war, seine Frau zu heiraten. Ich habe nie begriffen, wie Jutta so dumm sein konnte. Na ja, Frauen. Reiterinnen vor allem. Kommt aus gutem Haus, hat Geld und leider Gottes diesen Pferdefimmel. Der Reiterhof ist ihr Werk. Sie hat das alles organisiert und bezahlt. Tolle Frau! Seit der Scheidung geht es ihr besser und mit ihm immer mehr bergab.«

»Von wem sprechen Sie?«

»Der Mann heißt Hubert Moelderings.«

»Und warum erzählen Sie mir das alles?«, fragte van de Loo.

»Sie brauchen ein paar Hintergrundinformationen, sonst verstehen Sie das Ganze nicht. Hubert Moelderings hat Dreck am Stecken. Er könnte in den Mord an Theo verwickelt sein. Außerdem hat er versucht, mich zu betuppen.«

»Was heißt das?«

»Er will Geld von mir. Vielleicht hat er das Gleiche auch bei Theo versucht. Er will mich erpressen. Mit irgendwelchen alten Geschichten. Wie ich Ihnen bereits sagte: Wir kennen uns seit mehr als zwanzig Jahren. Da kommt einiges zusammen.«

»Was genau soll ich denn tun?«, fragte van de Loo.

»Machen Sie ihm klar, dass sein mieses Spiel beobachtet wird. Er soll merken, dass er das mit mir nicht machen kann. Fahren Sie hin und sehen Sie sich um. Befragen Sie ihn. Lassen Sie ihn spüren, dass er unter Beobachtung steht. Sie sind der Kiebitz am Kartentisch.«

»Wo finde ich den Tisch, an dem gespielt wird?«

»Der Reiterhof liegt bei Xanten. Ganz in der Nähe des Archäologischen Parks. Wenn Sie in der Gegend sind, sehen Sie an jeder Ecke Hinweisschilder zum ›Gut Moelderings‹.«

»Und was habe ich davon?«

»Sie verdienen Geld. Ich überweise Ihnen einen Vorschuss von fünftausend Euro.«

»Fünftausend Euro?«, fragte van de Loo nach. »Ist das nicht ein bisschen viel?«

»Das kommt ganz auf die Perspektive an«, sagte Winkens ungerührt. »Allerdings müssen Sie mir eine Rechnung vorlegen, mit einer exakten Auflistung Ihrer Leistungen. Fahrtkosten, Spesen, das Übliche. Es muss alles seine Ordnung haben und legal sein. Das ist wichtig. In meiner Position muss man vor allem auf die Kleinigkeiten achten, verstehen Sie? Die scheinbaren Nebensächlichkeiten, die bringen einen zu Fall. Deshalb muss man vorsichtig sein. Man steht ja permanent unter Beobachtung.«

»Gut. Überweisen Sie mir das Geld, und ich werde mich um diesen Hubert Moelderings kümmern. Sobald ich etwas erfahre, was Sie interessieren könnte, rufe ich Sie an.«

»Tun Sie das«, sagte Winkens.

So einfach und schnell war van de Loo noch nie zu Geld gekommen.

***

Charly Jaspers hatte sich den ganzen Tag nicht richtig angezogen. Er hatte abgehangen, wie er es aus dem Knast gewohnt war. Zwischendurch hatte er den Fernseher eingeschaltet, aber kein Programm gefiel ihm. Er lag auf der Couch und wartete, ohne eigentlich zu wissen, worauf. Er spürte eine gewisse Anspannung, weil er nicht die geringste Ahnung hatte, was er in den nächsten Tagen machen und wie es mit ihm weitergehen sollte. Er war sich auch nicht mehr sicher, ob es richtig gewesen war, ausgerechnet bei Werner, einem Angestellten der Justizvollzugsanstalt, unterzuschlüpfen. Aber er kannte sonst niemanden. Nur Sonja, aber die steckte selbst bis zum Hals in Schwierigkeiten. Sie hatte ihm den Tipp mit der Hütte gegeben. Dann hatten sie sich gestritten, er war wütend geworden und hatte wieder einmal zugeschlagen.

Das Telefon klingelte. Es hatte schon ein paarmal geklingelt, aber er war nicht rangegangen. Dann hörte er ein Geräusch. Es kam von draußen. Er stand auf und trat ans Fenster. Ein alter Mann arbeitete im Nachbargarten. In aller Gemütsruhe schnitt er die Rosen, als gäbe es nichts Wichtigeres auf der Welt. Dann begann er, Unkraut aus den Beeten zu klauben. Charly legte sich wieder auf die Couch und döste, bis ihn ein anderes Geräusch hochfahren ließ.

Wieder trat er ans Fenster und zog die Vorhänge ein wenig beiseite. Nichts. Kein Mensch zu sehen. Auch der alte Mann war verschwunden. Nur die Schubkarre stand noch da, gefüllt mit Rosenzweigen und Unkraut, dessen Wurzeln voller Erde waren.

***

Als Carsten Peters das Büro des Polizeipräsidenten betrat, erwartete ihn eine Überraschung. Neben dem Chef stand eine junge Frau. Sie stand tatsächlich neben ihm, obwohl er normalerweise größten Wert darauf legte, dass man ihm gegenüber Platz nahm.

»Tach zusammen«, sagte Peters grinsend.

»Guten Tag, Carsten«, sagte der Chef des Klever Polizeipräsidiums förmlich. »Darf ich vorstellen: Das ist Frau Fichte. Sie kommt frisch von der Polizeihochschule in Münster. Hat übrigens einen hervorragenden Abschluss gemacht.«

Die Frau kam auf Peters zu. Sie hatte einen geschmeidigen Gang, als hätte sie früher Ballett getanzt, trug ihr kastanienbraunes Haar ziemlich kurz und hatte auffallend dunkle Augenbrauen. In ihrem linken Ohr steckte mindestens ein Dutzend Ringe. Hinzu kam ein kleiner silberner Knopf in der Stupsnase. Sie wirkte souverän, ohne dabei eine Spur von Überheblichkeit an den Tag zu legen.

»Mareike Fichte«, sagte sie und reichte Peters die Hand.

»Angenehm«, sagte Peters zu seiner eigenen Überraschung und musste sich eingestehen, dass es tatsächlich angenehm war, die Hand dieser Frau in der seinen zu spüren. Sie gefiel ihm auf Anhieb, auch wenn er es sich nicht erklären konnte.

»Frau Fichte wird dir in nächster Zeit bei deinen Ermittlungen zur Seite stehen«, sagte der Polizeipräsident.

»Das wird nicht nötig sein«, wehrte Peters wie gewohnt ab. »Ich komme ganz gut allein zurecht.«

»Ich weiß. Allerdings bin ich mir nicht sicher, ob das auf Dauer gut für dich und den Rest der Mannschaft ist.«

»Hast du was an meiner Arbeit auszusetzen?«

»Es geht nicht um deine Arbeit. Die ist hervorragend, und du weißt ganz genau, wie sehr ich sie schätze.«

»Willst du mir den Fall Grossmann entziehen?«

»Mensch, Carsten! Darum geht es doch nicht. Du bleibst an dem Fall dran. Da fällt mir übrigens ein, dass du eine gewisse Frau Norden zurückrufen sollst.«

»Worum geht es dann?«, fragte Peters unbeirrt.

»Meiner Meinung nach bist du zu viel allein. Du hängst da unten in deinem Kellerloch herum, das kann auf die Dauer nicht gesund sein. Ich dachte, eine frische Kraft würde dir guttun.«

»Kann sein«, sagte Peters. Er sah Mareike Fichte noch einmal an. Ihr Blick war klar, beinahe durchdringend, und es kam ihm so vor, als würde sie mehr sehen als andere Menschen. »Kann auch nicht sein.«

»Ich werde Sie nicht stören«, sagte sie.

»Frau Fichte hat übrigens vorletzte Woche geheiratet«, sagte der Polizeipräsident und lächelte undurchschaubar.

»Glückwunsch!«, sagte Peters lächelnd.

Auch Mareike Fichte lächelte. Peters kam nicht dazu, dieses Lächeln zu deuten, weil in diesem Augenblick jemand heftig an die Tür klopfte und sie gleichzeitig öffnete. Es war Max Scheler. Er hatte ein rotes Gesicht, wie immer, wenn er etwas Aufregendes erlebt oder mitzuteilen hatte.

»Das Mädchen war es tatsächlich nicht«, platzte er heraus.

»Das Mädchen ist eine junge Frau«, korrigierte Peters sofort.

»Auf jeden Fall war sie es nicht«, insistierte Scheler. »Und es sieht ganz so aus, als wüssten wir, wer es stattdessen war!«

»Das wäre ein Sechser mit Superzahl«, sagte der Polizeipräsident.

»Jedenfalls haben wir einen Volltreffer gelandet!«, sagte Scheler.

»Wer ist denn getroffen worden?«, fragte Peters dazwischen.

»Die Leute von der Spurensicherung haben die Fingerabdrücke abgeglichen, die sie in der Hütte und auf der Tatwaffe gefunden haben. Und stellt euch vor: Ein alter Bekannter ist dabei. Der Mann wurde erst vor wenigen Tagen aus der Haft entlassen. Er saß mehrfach wegen Körperverletzung ein. Er heißt Karl Jaspers und steht in direkter Verbindung zu Anna Lechtenberg. Ein Genabgleich hat ergeben, dass er ihr Vater ist. Er hatte ein klares Motiv, wir haben den Täter!«

»Das wäre ein Wunder«, sagte Peters, wobei er selbst nicht wusste, warum er dem Braten nicht traute.

»Es ist so«, blieb Scheler hartnäckig. »Jetzt müssen wir den Kerl nur noch dingfest machen, und der Fall hat sich erledigt. Sollen wir ihn zur Fahndung ausschreiben?«

»Natürlich«, sagte der Chef.

»Das volle Programm?«, wollte Scheler wissen.

»Klar. Leitet die Großfahndung ein. Dann haben wir auch gleich was für die Pressefritzen. Und schickt die Sachen sofort per E-Mail an alle Dienststellen und Kontaktleute. Habt ihr ein Bild?«

»Liegt schon für die Presse bereit«, sagte Scheler und verließ das Zimmer. Er schien Mareike Fichte in der Aufregung gar nicht wahrgenommen zu haben.

»Glaub ich nicht«, sagte Peters leise.

»Was glaubst du nicht?«, fragte der Chef.

»Ich glaube nicht, dass es das war. So einfach geht die Rechnung bestimmt nicht auf.«

»Wie kommst du darauf?«

»Mein Gefühl sagt mir, dass der Fall komplizierter ist.«

»Ach was. Sei doch nicht immer so pessimistisch. Vielleicht ist Frau Fichte für uns ja eine Art Glücksbringerin. Neue Besen kehren bekanntlich gut.«

Blödsinn, dachte Peters. Diese Frau Fichte hat noch nicht einmal einen Kaffee gekocht, geschweige denn einen Besen in die Hand genommen!

Er verließ zusammen mit seiner neuen Kollegin das Büro des Polizeipräsidenten. Ihre Schritte klangen selbstbewusst und wurden immer lauter, je näher sie dem Raum kamen, in dem die Pressefritzen warteten.

Vor der Tür stand ein Stuhl, auf dem nur noch drei Fotos des mutmaßlichen Täters lagen. Die Journalisten hatten sich offenbar bereits bedient. Peters schnappte sich ein Foto und sah sich den Mann an. Er schüttelte den Kopf, während er die Tür zum Presseraum öffnete. Sofort drehten sich die Wartenden zu ihm um. Peters ging nach vorn und nahm am Tisch mit den Mikrofonen Platz. Mareike Fichte setzte sich zu den Journalisten und fischte einen kleinen Notizblock aus der Tasche.

Peters machte seinen Job, mehr nicht. Er berichtete, was er für nötig hielt. Es war ein knapper, schmuckloser Vortrag, auf den ein paar Fragen folgten. Die meisten wehrte er ab und verwies darauf, dass die Ermittlungen noch im Gange seien und die Polizei grundsätzlich keine voreiligen Schlüsse ziehe. Das würde sie der Presse überlassen. Die Damen und Herren zogen bald darauf ab, das Bild des mutmaßlichen Täters in den Taschen.

»Sie hätten ihnen ein bisschen mehr Futter geben können«, sagte Mareike Fichte, als sie den Presseraum verließen.

»Denen Futter geben?«, fragte Peters. »Das sind Haie. Die darf man nicht füttern, sonst werden sie immer gefräßiger.«

»Trotzdem sollten Sie den Journalisten ein wenig mehr entgegenkommen.«

»Wie denn?«, fragte Peters.

»Das ist ziemlich einfach. Man muss nur gewisse Konventionen bedienen und Konversationsregeln beachten. Rhetorische Techniken. Die Leute anschauen, zu denen man spricht. Pausen lassen, damit sie nachdenken können und glauben, sie wären selbst auf das eben Gesagte gekommen. Und so weiter. Ich kann es Ihnen bei Gelegenheit einmal vorführen.«

»Wollen Sie die nächste Pressekonferenz für mich übernehmen?«

»Gern.«

Peters sah die neue Kollegin an. Sie verunsicherte ihn, weil sie anders war als alle Kollegen, mit denen er jemals zu tun gehabt hatte.

»Rauchen Sie?«, fragte er, als sie vor seinem Kellerverlies angekommen waren.

»Manchmal. Aber keinen Tabak.«

Peters brauchte einen Augenblick, bis er die Bemerkung begriff.

»Sie dulden es aber, wenn jemand in Ihrem Beisein schnöden Tabak raucht, der Teer und Nikotin enthält?« Peters öffnete die Tür.

»Muss ich wohl, so wie es hier riecht«, sagte sie und sah sich um. »Na ja. Gemütlich ist es nicht gerade, aber groß genug für zwei.«

»Wenn Sie wollen, können wir einen Schreibtisch von oben holen«, sagte Peters.

»Ich brauche keinen Schreibtisch. Nur meinen Laptop und eine Sitzgelegenheit.«

»Sollen Sie haben.«

»Allerdings kann ich etwas anderes gar nicht brauchen.«

»Was denn?«

»Einen Mann, mit dem ich zusammenarbeiten soll und der nicht aufhört, mich zu siezen.«

»Carsten«, sagte Peters.

»Mareike«, sagte sie. »Kann ich die Akte haben?«

»Wozu?«

»Ich würde sie gern lesen.«

»Du glaubst also auch nicht, dass es das war?«

»Ich ziehe keine voreiligen Schlüsse. Genauso wenig wie du.«

Mareike schnappte sich die Akte, ging zur Tür und warf sie mit dem Fuß zu. Dann hörte Peters das Getrommel ihrer Absätze auf dem Betonboden.

***

Der entscheidende Hinweis auf den Aufenthaltsort des Gesuchten war aus der Justizvollzugsanstalt Pont gekommen, wo Werner Frege arbeitete. Karl Jaspers war dort ein alter Bekannter.

Obwohl Frege anderes behauptete, musste Jaspers als gefährlich und gewaltbereit eingestuft werden. Sein Vorstrafenregister sprach eine eindeutige Sprache. Deshalb war es viel zu risikoreich, einen Zivilbeamten zu Freges Haus zu schicken, ihn klingeln zu lassen und den Verdächtigen zu bitten, ihm zu folgen. Man hatte auf höchster Ebene entschieden, dass aus Sicherheitsgründen das volle Programm gefahren werden sollte.

Die Trupps des Sonderkommandos näherten sich dem Haus von zwei Seiten. Die Männer wirkten aus der Entfernung wie riesige Insekten. Ihre Gesichter waren nicht zu erkennen, und sie bewegten sich wie Schatten.

Charly hatte sich ein Bier aus dem Kühlschrank geholt. Werner zuliebe nahm er ein Glas, obwohl er es vorzog, aus der Flasche zu trinken. Er entfernte den Kronkorken mit dem Feuerzeug. Als er eingießen wollte, merkte er, dass seine Hand zitterte. Es kam plötzlich, und er sah die Hand an, als wäre sie etwas Fremdes, was nicht zu ihm gehörte. Ohne es zu wollen, trank er einen Schluck aus der Flasche. Dann stand er auf und ging noch einmal zum Fenster. Nichts. Nur die einsame Schubkarre. Und doch war da etwas. Es umgab ihn von allen Seiten. Es rückte näher, unaufhaltsam. Er konnte es nicht sehen, aber er spürte es.

Er ging zur Haustür, die Flasche in der Hand, wagte aber nicht, die Tür zu öffnen. Er bückte sich und hob mit zwei Fingern die Klappe des Briefeinwurfs. Er sah ein rechteckiges Stück Straße, ein rechteckiges Stück Welt. Er ließ die Klappe los und hob die Flasche an den Mund. Im selben Augenblick explodierte alles.

Die Tür flog aus den Angeln und traf ihn mit voller Wucht. Die Flasche splitterte vor seinem Gesicht, und die Tür begrub ihn unter sich. Er schrie laut auf, dann war er still. Stiefel trampelten über ihn und die Tür hinweg.

Wenig später wurde er unter der Tür hervorgezogen. Man drehte ihn auf den Bauch und fesselte ihn mit Kabelbindern. Er merkte es nicht. Er merkte gar nichts mehr.

Als er wieder zu sich kam, saß er im Flur, die Hände hinter dem Rücken. Er blutete. Wo genau, wusste er nicht, aber er schmeckte das Blut. Er konnte nicht aufstehen und verstand nichts von dem, was die Männer mit den Masken sagten, obwohl sie schrien, als wäre er taub. Zwei Männer packten ihn und trugen ihn zu einem Wagen. Jemand hüllte seinen mageren Körper in eine Decke.

Der Wagen fuhr an. Erneut verlor Charly das Bewusstsein. Er wachte erst auf der Krankenstation wieder auf. Die Blutungen im Gesicht waren zum Stillstand gekommen. Er sah die Gitter vor den Fenstern und stellte erleichtert fest, dass er wieder zu Hause war.

VIER

21.26 Uhr. Der alte Mann wartet auf seinen Enkel. Er sieht den Jungen zwischen den Autos, sieht das Unglück kommen, reißt den Mund auf und schreit. Aber niemand hört ihn.

Gut Moelderings lag abseits der Landstraße auf einer künstlich geschaffenen Anhöhe. Wenn der Rhein Hochwasser hatte und über die Ufer trat, verwandelte sich der Hof mitsamt der näheren Umgebung in eine Hallig. Der Fluss war vielleicht drei Kilometer entfernt, aber das bedeutete nicht, dass man vor den Wassermassen in Sicherheit war. Van de Loo hatte die Bilder der letzten großen Überschwemmung noch ziemlich gut in Erinnerung.

Er saß neben Johanna in ihrem Wagen. Katharina hatte sich auf den Rücksitz gelegt, hörte Musik und träumte vor sich hin. Land und Leute interessierten sie offenbar nicht, sie sah kein einziges Mal aus dem Fenster. Sie hatte genug mit sich selbst zu tun. Van de Loo hatte mit ihr ausgemacht, dass sie Moelderings gegenüber so tun sollte, als sei sie an einer Reitausbildung interessiert. Er selbst würde sich ein wenig auf dem Hof umsehen und sich ansonsten auf sein Gespür verlassen. Irgendetwas hatte er immer herausgefunden, wenn er sich auf eine Sache oder einen Menschen eingelassen hatte. Er würde Winkens' Auftrag erfüllen und vielleicht gleichzeitig ein Stück weiterkommen bei der Klärung des Falls Grossmann.

Johanna bog in den Zufahrtweg ein, der von hohen Pappeln gesäumt wurde. Rechts und links streckten sich weite, feucht glänzende Koppeln, auf denen ein paar Pferde standen. Die Zäune bestanden aus ehemaligen Eisenbahnschwellen, zwischen denen sich breite Gummibänder spannten. Überall hingen Hinweisschilder, dass die Tiere nicht gefüttert werden durften, und alles wirkte sehr gepflegt. Kurz vor der Zufahrt zum Hof verbreiterte sich der Weg. Auf der linken Seite parkten einige Autos. Rechts stand ein halbes Dutzend Pferdeanhänger, die anscheinend schon länger nicht mehr bewegt worden waren. Gerade führte eine junge Frau ihr Pferd durch das Hoftor.

Johanna stieg aus, nahm Katharina in den Arm, und gemeinsam gingen sie der jungen Frau mit dem Pferd nach. Van de Loo wollte sich zunächst die Gebäude von außen ansehen. Der Hof musste erst vor wenigen Jahren renoviert worden sein. Die dunklen Backsteine waren mit hellem Mörtel verfugt; auf dem First leuchtete eine Wetterfahne in Gestalt eines galoppierenden Pferdes.

Gut Moelderings war ein Reiterhof wie aus dem Bilderbuch. Die ehemalige Scheune war zu einer Reithalle umgebaut worden. Früher hatte es dort offenbar auch einen kleinen Ausschank gegeben. Über der verschlossenen Eingangstür hing ein Reklameschild der Diebels-Brauerei. Das Kästchen für die Preisliste war leer und stand offen.

Van de Loo ging weiter. Hinter der Reithalle gab es einen kleinen Sandplatz. Am Rand lagen Gestänge und Balken zum Aufbau von Hindernissen. Van de Loo wollte schon umkehren, als er den Mann sah. Er trug einen blauen Overall und war mit der Reparatur eines Zaunes beschäftigt. Neben ihm stand eine leere Flasche Bier. Als van de Loo näher kam, richtete sich der Mann auf, wobei er den Hammer nicht aus der Hand legte.

»Tach«, sagte van de Loo.

Der Mann sah ihn aus trüben Augen an.

»Arbeiten Sie hier?«, fragte van de Loo.

Der Mann gab keine Antwort.

»Entschuldigung«, sagte van de Loo und wandte sich zum Gehen.

»Woröm?«, fragte der Mann. Er war kaum zu verstehen.

»Wie bitte?«

»Woröm?«, fragte der Mann noch einmal, nahm die Flasche und stellte sie auf den Zaunpfahl. Dann holte er aus und schlug zu. Die Scherben spritzten in alle Richtungen.

»Woröm ni?« Der Mann grinste.

Van de Loo hatte das Gefühl, es mit einem Geistesgestörten zu tun zu haben, und sah zu, dass er wegkam. Auf dem Hofplatz winkte er Johanna und Katharina zu, die mit drei jungen Katzen beschäftigt waren, und ging zur Tür des Wohnhauses. Es gab keine Klingel, also klopfte er. Als sich nichts tat, öffnete er die Tür. Er trat in einen langen Flur, blieb stehen und lauschte. In einem Nebenraum hörte er eine Männerstimme, die offenbar ein Telefongespräch führte. Es schien keine angenehme Unterhaltung zu sein, denn der Mann regte sich ziemlich auf, wie van de Loo den Gesprächsfetzen unschwer entnehmen konnte. Schließlich beendete er das Gespräch. »Scheißkerl!«, fluchte er laut.

Van de Loo klopfte erneut. Augenblicke später wurde die Tür aufgerissen. Vor ihm stand ein Mann in engen Reiterhosen und Stiefeln.

Das also ist der Typ, dem Theo Grossmann nach Angaben seiner Frau monatlich fünfhundert Euro überwiesen hat, dachte van de Loo. Dieser Mann versucht, Johannes Winkens zu erpressen.

Moelderings hatte ein schmales Habichtgesicht mit einer auffallend großen Nase. Für sein Alter sah er einigermaßen sportlich aus. Er hatte die Fäuste geballt, als wollte er jeden Augenblick zuschlagen.

»Was machen Sie hier?«, fragte er schroff. »Wer hat Sie reingelassen?«

Van de Loo merkte, dass Moelderings Mühe hatte, die Ruhe zu bewahren. Das rechte Augenlid zuckte nervös, und ihm stand der Schweiß auf der Stirn.

»Ich wollte mit Ihnen sprechen«, sagte van de Loo. »Eines der Mädchen hat mich hergeschickt.«

»Wie oft muss ich denen noch sagen, dass ich niemanden im Haus haben will«, maulte Moelderings. »Warten Sie draußen. Ich komme gleich.«

Er verschwand wieder in dem Zimmer, in das van de Loo einen kurzen Blick werfen konnte. Er sah eine Holzplatte auf zwei Böcken, die als Tisch fungierte. Daneben gab es noch einen Stuhl. Sonst nichts. Keinen Schrank. Keinen Wandschmuck. Nichts.

Moelderings hatte sich eine Weste übergezogen, als er zu van de Loo auf den Hofplatz kam. Er wollte die Haustür abschließen, aber es dauerte eine ganze Weile, bis er den richtigen Schlüssel fand.

»Also. Was wollen Sie von mir?«

»Wir suchen nach einem geeigneten Reitstall«, sagte van de Loo.

»Wir?«

Van de Loo winkte Johanna und Katharina zu sich. Moelderings strich sich das dünn gewordene Haar aus der Stirn, als die beiden näher kamen. Seine Gestalt straffte und sein Gesicht entspannte sich. Der Anblick der Frauen schien ihn milde zu stimmen.

»Haben Sie ein Pferd?«, fragte er.

»Noch nicht«, sagte van de Loo.

»Wollen Sie eins kaufen? Ich habe ein paar ruhige Tiere, ideal für Anfänger. Ich kann Ihnen ein gutes Angebot machen.«

»Vielleicht«, wich van de Loo aus.

»Pferde sind wunderbare Geschöpfe«, fuhr Moelderings fort. »Absolut friedlich und sehr treu. Wir Menschen können viel von ihnen lernen. Sie sollten sich eines anschaffen.«

»Katharina wollte sich erst einmal umsehen. Sie hat noch nicht viel Erfahrung mit Pferden gesammelt.«

»Noch nie geritten?«, fragte Moelderings und lächelte Katharina an.

»Nein.«

»Dann wird's aber Zeit. Wie alt bist du denn?«

»Ich werde übernächsten Monat siebzehn«, antwortete Katharina.

»Schönes Alter«, sagte Moelderings. »Haben Sie etwas dagegen, wenn ich Ihre Tochter kurz entführe?« Er wandte sich mit einem gewinnenden Lächeln an Johanna. Van de Loo schien er vollkommen vergessen zu haben.

»Wenn Sie sie mir heil wieder zurückbringen«, sagte Johanna.

»Selbstverständlich«, sagte Moelderings. Dann wandte er sich an Katharina: »Soll ich dir zuerst die Stallungen zeigen?«

»Warum nicht?«

Katharina ging mit Moelderings in Richtung der Ställe. Er hielt sich dicht an ihrer Seite, und es sah fast so aus, als würde er jeden Augenblick seinen Arm um ihre Schulter legen. Kurz bevor Katharina im Stall verschwand, wandte sie sich noch einmal um.

»Soll ich hinterher?«, fragte van de Loo.

»Lass nur«, sagte Johanna. »Katharina kann gut auf sich selbst aufpassen.«

Van de Loo ging mit Johanna zur Reithalle. Zwei Mädchen

drehten auf dem sandigen Boden mit ihren Pferden ihre Runden. Die Zöpfe der Mädchen wippten neckisch, und die großen Leiber der Pferde dampften. Aus den Nüstern der Tiere strömten Atemwolken. Am Ende der Halle, etwas erhöht, war hinter Plexiglas die ehemalige Reiterstube zu erkennen. Anscheinend wurde sie seit längerer Zeit nicht mehr benutzt. Die Stühle standen umgedreht auf den Tischen und streckten ihre verstaubten Beine in die Luft.

»Hier stimmt was nicht«, flüsterte Johanna. »Ich habe das Gefühl, das ist alles Fassade. Dahinter schimmelt es und stinkt gewaltig zum Himmel.«

»Er ist nervös und hat eine Menge Probleme«, sagte van de Loo. »Er steckt bis zum Hals in der Scheiße und versucht mit allen Mitteln, da wieder rauszukommen.«

»Und er ist ein Vollidiot. Sein Beuteschema ist so verdammt offensichtlich, dass einem richtig schlecht werden kann.«

»Beuteschema?«, fragte van de Loo.

»Hast du nicht mitgekriegt, wie er Katharina angeglotzt hat? Der ist voll auf sie abgefahren. Wie ein Tier, das seine Beute ausgemacht hat. Moelderings steht auf junges Gemüse. Ich wette, der kann die Finger nicht von den Mädels lassen. Die meisten sind sicher bis über beide Ohren in ihn verknallt.«

»Vielleicht hat seine Frau ihn deshalb verlassen.«

»Dann war sie klug. Er ist mir jedenfalls nicht geheuer.«

»Dann müsstest du erst mal den Stallknecht kennenlernen«, sagte van de Loo. »Der kann einem richtig Angst einjagen.«

»Und was willst du jetzt machen?«, fragte Johanna.

»Mich weiter umsehen. Eindrücke sammeln. Nachher noch einmal mit Moelderings reden.«

»Was ist denn eigentlich mit dem?«

»Er soll etwas mit dem Mord in der Hütte zu tun haben.«

»Das kannst du vergessen«, sagte Johanna.

»Warum?«

»Weil dieser Mann nicht fähig ist, einen Mord zu begehen. Der gibt sich doch nur mit den Mädchen ab, weil er zu feige ist, sich auf eine gestandene Frau einzulassen.«

»Außerdem versucht er, meinen Auftraggeber zu erpressen. Anscheinend besitzt er Informationen über ihn, die nicht an die Öffentlichkeit gelangen sollen.«

»Dann hat also auch dein Auftraggeber etwas auf dem Kerbholz?«

»Ja. Alte Geschichten, die nicht wieder aufgewärmt werden sollen.«

»Es sind immer alte Geschichten, die den Leuten zu schaffen machen«, sagte Johanna.

Moelderings und Katharina betraten die Reithalle. Er führte ein Pferd am Zügel, plauderte vergnügt mit Katharina und half ihr in den Sattel. Van de Loo hatte das Gefühl, dass er mit Absicht dafür sorgte, dass es nicht auf Anhieb klappte. Endlich saß sie auf dem Rücken des Pferdes und blickte stolz zu ihnen herüber. Moelderings nahm das Pferd am Zügel und führte es im Schritt durch die Halle.

»Ihre Tochter ist begabt«, sagte er, als er an ihnen vorbeikam. »Und vor allem hat sie keine Angst. Pferde spüren, wenn jemand Angst hat.«

Katharina machte tatsächlich keinen schlechten Eindruck. Sie hielt die Zügel locker in der Hand und saß aufrecht, aber entspannt im Sattel. Moelderings drehte ein paar Runden mit ihr, dann half er ihr wieder aus dem Sattel und kam zu Johanna und van de Loo herüber. Das Pferd hielt er lässig am Zügel.

»Hat es Spaß gemacht?«, fragte van de Loo.

»Und wie!«

Katharina schien wirklich begeistert. Moelderings übergab ihr die Zügel, und sie führte das Pferd allein in den Stall zurück.

»Und? Was meinen Sie?«, fragte Moelderings.

»Ich meine, dass meine Tochter gut mit Tieren umgehen kann«, sagte Johanna.

»Das kann man wohl sagen«, stimmte Moelderings zu. »Sie ist ein geborenes Reittalent. Schade, dass sie nicht schon früher zu mir gekommen ist.«

»Als Ihre Frau noch da war?«, fragte van de Loo, um Moelderings aus der Reserve zu locken.

»Was hat meine Frau damit zu tun?« Sofort ballte Moelderings wieder die Fäuste.

»Sie fehlt«, sagte Johanna. »Man merkt es an allen Ecken und Enden. Hat sie früher die Reiterstube da oben betrieben?«

»Ja. Nicht nur das. Mit ihr war tatsächlich alles viel leichter.«

»Übrigens: Einen schönen Gruß von Ihrem Freund Johannes Winkens«, legte van de Loo noch einen drauf und sah genüsslich zu, wie Moelderings' Gesichtszüge entgleisten.

»Was soll das heißen?«, fragte Moelderings. »Arbeiten Sie für ihn? Oder hat er Ihnen etwas aufgetragen?«

»Nur dass ich Sie grüßen soll«, sagte van de Loo grinsend.

»Sprechen Sie ihn heute noch?«

»Schon möglich.«

»Dann richten Sie ihm aus, dass ich mich nicht länger hinhalten lasse. Er soll am besten selbst vorbeikommen, damit wir die Sache regeln können. Sonst mache ich morgen Ernst!«

»Machen Sie sich nicht unglücklich«, sagte van de Loo. »Mit Politikern ist nicht zu spaßen!«

»Kümmern Sie sich um Ihren eigenen Dreck!«, maulte Moelderings, drehte sich um und verließ die Reithalle. Seine Reitstiefel bohrten sich tief in den Sand. Er ist ein Erpresser, dachte van de Loo, aber auf keinen Fall ein Mörder.

Er ging mit Johanna auf den Hof, und sie warteten, bis Katharina aus dem Stall kam. Sie strahlte über das ganze Gesicht.

»Wie war's?«, fragte Johanna noch einmal.

»Super! Meinst du, ihr könntet mich öfter hierherbringen?«

»Vielleicht«, sagte Johanna ausweichend. Gemeinsam gingen sie zum Auto zurück. Van de Loo hielt Ausschau nach dem verrückten Knecht, aber er war nirgendwo zu sehen.

***

Tante Gertrud stand vor der Badtür und hielt den Atem an. Im Haus herrschte Stille. Nur das Plätschern des Wassers hinter der Tür war zu hören. Sie bückte sich, um einen Blick durchs Schlüsselloch zu werfen, aber der Schlüssel steckte, sodass sie nichts sehen konnte. Vorsichtig drückte sie die Klinke herunter, öffnete die Tür und steckte ihren Kopf ins Badezimmer.

»Entschuldigung«, sagte sie, als sie Anna sah.

»Du brauchst dich nicht zu entschuldigen«, sagte Anna. »Komm ruhig rein. Du störst mich nicht.«

Gertrud zögerte einen Augenblick, dann schlüpfte sie ins Bad und schloss die Tür. Anna hatte einen weißen Bademantel an, stand am Fenster und ordnete die Handtücher auf dem Trockenständer. Das Wasser in der Wanne dampfte.

»Ich brauche ab und zu ein Bad«, sagte sie. »Zur Entspannung. Und jetzt, wo die anderen nicht da sind, wollte ich die Gelegenheit nutzen.«

»Na, dann viel Vergnügen«, sagte Tante Gertrud schüchtern und wandte sich zum Gehen.

»Bleib doch. Ich hab es gern, wenn jemand da ist, mit dem ich reden kann.«

»Ich weiß nicht …«

»Ist doch nichts dabei!«

»Also gut.« Gertrud klappte den Klodeckel herunter und setzte sich. »Es ist schön, dass du hier bist«, sagte sie.

»Für mich ist es das größte Glück. Ich habe noch nie eine richtige Familie gehabt. Ein Zuhause. Immer hat was gefehlt. Und jetzt so was! Ein eigenes Zimmer! Leute, die mich gern haben.«

»Ich wollte eigentlich eine Wand in deinem Zimmer rot streichen«, sagte Tante Gertrud. »Sarah hat Rot immer geliebt.«

»Ich auch«, sagte Anna. »War Sarah deine Freundin?«

»Ich habe sie geliebt«, sagte Tante Gertrud leise. »Und sie mich auch. Aber damals ging das nicht. Liebe zwischen Frauen war verboten.«

»Verboten? Wie kann man denn die Liebe verbieten?«

»Du hast recht. Aber die Menschen sind manchmal sehr dumm. Sie verstehen nicht, dass das Glück seine eigenen Wege geht. Sie meinen, alle müssten gleich sein.«

Anna zog ihren Bademantel aus, warf ihn über den Trockenständer und trat an den Wannenrand. Sie hatte die Augen geschlossen und lächelte versonnen in sich hinein, wie jemand, der allein ist und an etwas Schönes denkt. Dann beugte sie sich vor und stellte den Wasserhahn ab. Mit einer Hand prüfte sie die Temperatur, dann stieg sie in die Wanne. Ihr jugendlicher Körper versank im warmen Schaum. Gertrud saß wie versteinert auf dem Klodeckel.

»Willst du auch reinkommen?«, fragte Anna.

»Du bist nicht Sarah«, sagte Tante Gertrud. »Sie haben Sarah damals mitgenommen. Sie hatte kein Glück und die falschen Haare.«

»Entschuldige«, sagte Anna. »Ich wollte dich nicht an etwas Schlimmes erinnern. Komm doch trotzdem rein. Auch wenn ich nicht Sarah bin. Erzähl mir von damals. Ich mag Geschichten, die von der Liebe handeln, auch wenn sie traurig sind.«

Tante Gertrud zögerte einen Augenblick. Dann stand sie auf und begann sich auszuziehen. Ihr magerer Körper zitterte. Vom Hals bis zu den Füßen war sie von einer Gänsehaut überzogen, als sie vorsichtig in die Wanne stieg. Die Wärme umfing sie von allen Seiten. Sie streckte ihre weißen Beine und schloss die Augen. Tränen liefen über ihre eingefallenen Wangen. Sie weinte, über die Vergangenheit, die Geschehnisse, die mehr als sechzig Jahre zurücklagen. Aber sie weinte auch über die Gegenwart, die sie so glücklich machte, dass sie es nicht fassen konnte.

***

Karl Jaspers hatte bei seiner Festnahme neben einem Nasenbruch nur harmlose Schnittwunden davongetragen. Am Nachmittag gaben die Ärzte grünes Licht für eine Befragung. Mareike Fichte fuhr allein zum Gefängniskrankenhaus. Peters wollte die junge Frau auf die Probe stellen. Jetzt konnte sie beweisen, was wirklich in ihr steckte, und er wartete gespannt auf ihre Rückkehr und den Bericht.

In der Zwischenzeit hatte er mit Werner Frege gesprochen und auf diese Weise bereits einiges in Erfahrung gebracht. Dann hatte er sich Jaspers' Personalakte aus der Justizvollzugsanstalt zukommen lassen. Schon bei oberflächlicher Durchsicht hatte sich seine Überzeugung gefestigt, dass Jaspers nicht Grossmanns Mörder war. Der Mann war nur zur falschen Zeit am falschen Ort gewesen. Das Einzige, was man ihm vorwerfen konnte, war die Tatsache, dass er seiner Hinweispflicht nicht nachgekommen und geflüchtet war. Das war ein Fehler gewesen, aber Peters konnte dieses Verhalten gut nachvollziehen.

Als Mareike Fichte von der Befragung zurückkam, legte sie das Aufnahmegerät auf den Tisch.

»Willst du es hören?«, fragte sie.

»Nicht unbedingt. Eine Zusammenfassung genügt mir erst einmal. Wie war es?«

»Ziemlich einfach. Jaspers war ziemlich kooperativ, und nach allem, was ich gehört und gesehen habe, glaube ich nicht, dass er der Mörder ist. Er wurde von Annas Mutter zur Hütte geschickt, angeblich damit er dort für ein paar Tage unterschlüpfen konnte. Nach seinen Angaben stand die Hüttentür bei seiner Ankunft offen. Er ist hineingegangen, und auf dem Tisch lag ein Gewehr. Er hat es genommen, weil er das Gefühl hatte, dass etwas nicht stimmte. Na ja, sein Gefühl hat ihn nicht getrogen. Er hat im Nebenraum den toten Grossmann gefunden, die Waffe in den Schrank zurückgestellt und ist getürmt.«

»Hätte ich an seiner Stelle auch gemacht«, sagte Peters lächelnd. »Ich glaube, der Mann hat einfach nur Pech gehabt oder ist von seiner Ex hereingelegt worden. Die beiden waren nicht besonders gut aufeinander zu sprechen. Jaspers hat Sonja Lechtenberg geschlagen und sich nicht um sein Kind gekümmert. Sie hat ihn im Gegenzug kein einziges Mal im Knast besucht. Und schließlich kommt noch die Tatsache hinzu, dass er ausgerechnet zu einem Vollzugsbeamten gefahren ist. Das hätte er bestimmt nicht getan, wenn er Grossmann umgebracht hätte.«

»Und jetzt?«, fragte Peters.

»Jetzt stehen wir wieder am Anfang, ohne zu wissen, wo der Anfang ist.«

»Was schlägst du vor?«

»Vielleicht sollten wir als Erstes mit Annas Mutter sprechen«, sagte Mareike. »Am besten noch heute. Ich wüsste gern, wie sie das Zusammentreffen mit dem Vater ihrer Tochter erlebt hat und ob sie ihn tatsächlich hereingelegt hat. Außerdem ist das Protokoll ihrer ersten Befragung nicht besonders ergiebig. Sogar ziemlich dürftig, wenn ich mir die Bemerkung erlauben darf.«

»Sonja Lechtenberg ist allem Anschein nach ein etwas schwieriger Fall!«

»Sind wir nicht dazu da, schwierige Fälle zu lösen?«

»Du hast recht«, sagte Peters. »Allerdings hat die Frau keinen festen Wohnsitz. Die ist sicher nicht leicht zu finden. Sie kann überall und nirgends sein.«

»Ich werde unterwegs die Kollegen vor Ort anrufen. Die Krefelder kennen ihre Pappenheimer sicher ziemlich gut. Und vielleicht gibt es dort ja auch Streetworker.«

»Bestimmt«, sagte Peters grinsend. »Schließlich wird überall in Deutschland gebaut.«

»Dann also los«, sagte Mareike. »Wir fahren mit meinem Wagen. Bei der Gelegenheit würde ich auch gern den Tatort inspizieren.«

»Wozu denn das?«

»Ich möchte mir einen genaueren Eindruck der räumlichen Umgebung verschaffen. Vielleicht bringt es nichts, aber einen Versuch ist es allemal wert. Ist schließlich kein großer Umweg, wenn wir Richtung Krefeld fahren.«

»Du bist verdammt hartnäckig«, sagte Peters.

»Klar«, sagte Mareike. »Können wir endlich?«

»Von mir aus«, brummte Peters.

Wenig später quetschte er sich in ihr Auto, einen kleinen flachen Sportwagen, in dem Peters das Gefühl hatte, mit dem Hintern direkt auf der Fahrbahn zu sitzen. Zudem war es ein Importauto aus England, und er saß auf der falschen Seite. Als Mareike das Gelände des Polizeipräsidiums verließ, hatte er ein mulmiges Gefühl. Er brauchte ein paar Kilometer, bis er sich an die neue Perspektive gewöhnt hatte. Dann genoss er die Fahrt.

***

Hubert Moelderings war noch einmal in die Küche gegangen, um den Anrufbeantworter zu kontrollieren. Als er sah, dass Johannes Winkens sich noch immer nicht gemeldet hatte, beschloss er, den Ausritt mit Lucky nachzuholen.

Diesmal war das Pferd ruhiger, und Moelderings hatte kein Problem, es zu satteln. Er setzte die Reitkappe auf, weil Mädchen auf dem Hofplatz waren und er kein schlechtes Vorbild abgeben wollte. Grüßend hob er kurz die Hand an die Kappe und ritt durch das Hoftor nach draußen.

Obwohl er es ihm ausdrücklich verboten hatte, hatte Alfons die Gatter geschlossen. Moelderings war zu faul, vom Pferd zu steigen. Deshalb ritt er auf dem Zufahrtsweg bis zur Umgehungsstraße und bog von dort in den Reitweg ein, neben dem der Nachbar einen Haufen mit Großballen aufgestapelt hatte. Die Ballen erinnerten aus der Ferne an ein Haus ohne Türen und Fenster.

Die hellen Plastiküberzüge glänzten in der Spätnachmittagssonne.

Moelderings starrte beim Näkerkommen angestrengt zu dem Strohhaus hinüber. Er hatte etwas gesehen. Eine schnelle Bewegung, rechts neben den Ballen, die ihn aufmerken ließ. Irgendetwas musste dort sein. Ein Schatten, der sofort wieder in Deckung gegangen war.

Moelderings behielt den Haufen im Auge, als er daran vorbeiritt. Es war nichts mehr zu sehen, und er redete sich ein, dass es eine streunende Katze oder ein Fuchs gewesen sein musste. Beruhigend klopfte er Lucky auf den Hals. Als er ein Stück weitergeritten war, drehte er sich noch einmal um. Niemand war zu sehen. Er musste sich geirrt haben.

Wenig später ließ er die Zügel frei, und Lucky fiel augenblicklich in Galopp. Moelderings spürte die ungeheure Kraft, die sein Pferd besaß, er fühlte den Wind auf seinem Gesicht und hatte seit vielen Tagen zum ersten Mal wieder das Gefühl von Freiheit. Er beugte sich weit über den Hals des Pferdes und spürte die gleichmäßigen Bewegungen, die ihn vorwärtstrugen und gleichzeitig mit seinem Pferd verbanden. Sie waren noch immer eine Einheit, und für Augenblicke durchströmte Moelderings die Gewissheit, dass diese Einheit unzerstörbar war.

Erst als er in unmittelbarer Nähe des Rheins den Wendepunkt des Ausritts erreichte, schlug seine Stimmung wieder um. Mit jedem Meter, den er sich dem Gut näherte, ballten sich die Gedanken in seinem Kopf wie dunkle Gewitterwolken zusammen.

Er hatte auf der ganzen Linie versagt. Nicht nur im Studium. Auch später. Er war nie ein guter Freund gewesen. Und seine Schuld war es gewesen, dass er und Lucky es nicht geschafft hatten. Seinetwegen war Jutta gegangen. Seinetwegen schimmelten die Stühle und Bänke in der Reiterstube vor sich hin. Seinetwegen war Gut Moelderings bankrott. Und seinetwegen würde Lucky bald von einem Händler auf einen Wagen geladen und an einen unbekannten Ort gebracht werden.

Moelderings blickte über die Wiesen und Stoppelfelder. Er hörte das Brüllen der Kühe, die zum Melken in den Stall getrieben wurden, und einen Traktor, der tuckernd über einen Feldweg fuhr. Irgendwo arbeitete jemand mit einer Kettensäge. Die

Maschine fraß sich heulend ins Holz. Kurze Zeit später kamen die aufgeschichteten Großballen wieder in sein Blickfeld. Links daneben streckte eine verkrüppelte Eiche ihre morschen Äste in die Luft. Und dann bemerkte Moelderings erneut die schattenhafte Bewegung, die ihm schon auf dem Hinweg aufgefallen war. Jemand musste sich hinter den Ballen verstecken. Das war keine Katze oder ein Fuchs. Das war eindeutig ein Mensch!

Sofort musste Moelderings an Winkens denken. Hatte der nicht nur den unverschämten Kerl mit der Tochter vorbeigeschickt, die ihm mit ihrer Reiterei die Zeit gestohlen hatte? War jetzt noch jemand gekommen, um ihm Angst einzujagen und ihn von seinen Plänen abzubringen? War das eine Drohung? Moelderings spürte, wie er wütend wurde. Er war fest entschlossen, der Sache auf den Grund gehen, und ritt unbeirrt auf die Ballen zu. Er glitt aus dem Sattel und führte Lucky die letzten Meter am lockeren Zügel. Die schattenhafte Bewegung war auf der rechten Seite zu sehen gewesen. Moelderings ging links herum, um den Mann zu überraschen. Als Lucky schnaubte, hielt er ihm die Hand vor die Nüstern. Jetzt hatte er die Ballen erreicht. Für einen Augenblick blieb er stehen und lauschte. Nichts. Kein Geräusch. Vorsichtig ging er weiter und streckte den Kopf vor, um hinter die Ballen zu schauen.

Im selben Augenblick traf es ihn. Es war ein gewaltiger, wohlgezielter, tödlicher Schlag. Moelderings hatte nicht einmal mehr die Zeit, schützend die Hände zu heben, und landete mit dem Gesicht auf der feuchten Erde. Die Hand mit dem Zügel öffnete sich. Lucky wieherte schrill auf, stieg auf die Hinterbeine, warf sich herum und stürmte davon.

Der Schatten beugte sich über Moelderings, nahm dessen rechte Hand und setzte das Messer an.

***

Erst als sie wieder zu Hause waren, stellte Katharina fest, dass sie ihr Handy bei Moelderings liegen gelassen hatte. Sie hatte es auf einem Strohballen vor der Pferdebox abgelegt, weil es sie beim Reiten störte.

»Und jetzt?«, fragte van de Loo.

»Ich brauch es zurück«, jammerte Katharina. »Da sind ziemlich persönliche Sachen drauf!«

»Ich kann ja anrufen und Moelderings bitten, es uns zuzuschicken«, schlug van de Loo vor.

»Dann bin ich ja mindestens zwei Tage ohne Handy«, rief Katharina. »Außerdem liest der Moelderings bestimmt alle meine Nachrichten. Das will ich nicht!«

»Dann musst du in Zukunft eben besser aufpassen!«

»Fahr doch noch einmal hin«, schlug Johanna vor. »Hast doch bislang sowieso noch nicht allzu viel herausgefunden, oder? Außerdem kriegst du die Fahrten ja bezahlt.«

Van de Loo gab nach, war allerdings nicht besonders guter Laune, als er in seinen Volvo stieg und losfuhr. Es war früher Abend. Die genaue Uhrzeit wusste er nicht, und die großen Uhren der Dorfkirchen waren sich nicht einig. Er kam an Rübenfeldern vorbei, die bald geerntet werden würden. Er sah abgemähte Kornfelder, in Plastik eingeschlagene Strohballen, schier undurchdringliche Maisfelder, in die Erntemaschinen ihre Schneisen schlugen. Die Maschinen kamen ihm vor wie große, gierige Insekten, die über die Äcker krochen, um alles aufzufressen, was ihnen vors Maul kam. Menschen und Tiere waren diesen Monstern eindeutig unterlegen. Maschinen hatten das Land erobert.

Als van de Loo auf den Zufahrtsweg zu »Gut Moelderings« einbog, hörte er ein Geräusch, das ihn irritierte. Er blickte in den Rückspiegel und zuckte zusammen. Ein Pferd stürmte auf ihn zu. Es musste durchgegangen sein, hatte Schaum vor dem Maul und schien ihn zu verfolgen, jedenfalls kam es im gestreckten Galopp näher. Van de Loo überlegte, ob er Gas geben sollte, um der Furie zu entkommen, dann entschied er sich anders. Er zog den Volvo nach rechts, ganz nahe an die Pappeln heran, um den Weg frei zu machen, hielt an und blickte über die Schulter. Erst sah es so aus, als würde der Gaul in seiner Panik frontal gegen das Auto laufen oder versuchen, es mit einem gewaltigen Satz zu überspringen. Dann erkannte das Pferd glücklicherweise die Lücke und stürmte laut schnaubend links am Volvo vorbei.

Van de Loo atmete auf. Das Pferd hielt im Vollgalopp auf das Hoftor zu. Sein Schweif peitschte die Luft, die Hufe wirbelten, und die losen Steigbügel tanzten wie Marionettenfüßchen über dem Sattel. Als der Gaul genügend Vorsprung hatte, fuhr van de Loo langsam weiter. Er sah, wie das Tier den Hofplatz erreichte und mehrfach auf den Pflastersteinen ausrutschte. Menschen liefen aufgeregt hin und her, hilflos mit den Armen rudernd.

Van de Loo stellte den Volvo ab und betrat den Hofplatz. Ein halbes Dutzend Mädchen und eine Frau versuchten, das Pferd einzufangen. Sie hatten einen weiten Kreis um das verängstigte Tier gebildet, das am ganzen Körper zitterte. Immer wieder warf es den Kopf in den Nacken und trippelte panisch auf der Stelle, die Augen weit aufgerissen.

»Wir müssen zusehen, dass er in die Reithalle kommt!«, rief die ältere Frau. »Da ist er in Sicherheit und kann sich erst einmal beruhigen!«

Jemand stieß das Tor zur Reithalle auf, und van de Loo reihte sich in den Kreis der Mädchen ein. Vorsichtig näherten sich alle dem Pferd, das noch ein paar Pirouetten drehte, aber allmählich ruhiger wurde. Es senkte den Kopf und schnaubte. Seine Flanken bebten, das Fell war schweißnass. Helle Schaumflocken lösten sich vom Maul, flogen durch die Luft und landeten auf den Pflastersteinen. Nach einer Weile trabte es tatsächlich in die Reithalle.

Der Stallknecht hatte währenddessen die ganze Zeit reglos auf einem Strohballen gesessen. Statt zu helfen, hatte er Löcher in die Luft gestarrt. Van de Loo ging zu ihm.

»Woröm?«, murmelte der Mann, nahm die Flasche, die zwischen seinen Füßen stand, genehmigte sich einen kräftigen Schluck und schüttelte ratlos den Kopf. »Woröm ni?«

Van de Loo hätte darauf wetten können, dass der Mann die Flasche auf den Hofplatz warf, aber nichts geschah. Rasch betrat er den Stall. Die Pferde mussten gerade gefüttert worden sein, denn sie waren, trotz der Aufregung auf dem Hof, sehr ruhig. Katharinas Handy lag auf dem Strohballen. Van de Loo steckte es ein und schaute das Pferd an, auf dem sie vor zwei Stunden gesessen hatte. Es betrachtete ihn neugierig, aber er hatte nicht den Mut, das Tier zu streicheln, und ging auf den Hof zurück.

Die Frau, die beim Einfangen des Pferdes das Kommando geführt hatte, war von aufgeregten Mädchen umringt. Sie gebärdete sich wie eine Gutsbesitzerin.

»Leonie und Marie, ihr reitet jetzt den Weg ab und haltet nach Herrn Moelderings Ausschau. Ich rufe in der Zwischenzeit die Polizei an«, sagte sie.

»Warum denn gleich die Polizei alarmieren?«, mischte sich van de Loo ein. »Ist das nicht ein wenig voreilig?«

»Da ist was passiert«, sagte die Frau und sah van de Loo verächtlich an. Aus irgendeinem Grund schien sie ihm übel zu nehmen, dass er ein Mann war.

»Und wenn Herr Moelderings irgendwo abgestiegen ist, um eine kleine Pause zu machen? Vielleicht hat er dabei das Pferd nicht richtig angebunden, und es ist getürmt. Wahrscheinlich ist er gerade zu Fuß auf dem Weg hierher.«

»Unmöglich«, sagte die Frau.

»Und warum?«

»Lucky würde das nie machen, der reißt nicht aus. Er kennt Moelderings seit seiner Geburt. Die beiden sind Freunde, auch wenn Sie das vielleicht nicht verstehen. Nie würde einer den anderen im Stich lassen!«

»Und wenn Moelderings vom Pferd gefallen ist und sich den Fuß verstaucht hat?«, versuchte van de Loo es erneut.

»Hören Sie«, sagte die Frau. »Hubert Moelderings ist ein hervorragender Reiter. Er wäre vor ein paar Jahren beinahe in die Nationalmannschaft berufen worden, falls Sie das nicht wissen sollten. So ein Mann fällt nicht einfach so vom Pferd! Da ist was passiert, da bin ich mir ganz sicher!«

Die Frau wandte sich den beiden Mädchen zu, die mit ihren Pferden bereitstanden. »Also los, Mädels! Worauf wartet ihr noch?«

Van de Loo hatte keine Lust auf weitere Diskussionen und wandte sich zum Gehen. Er sah noch einmal zu dem merkwürdigen Stallknecht hinüber, der noch immer am selben Platz saß. Eine Katze hatte es sich auf seinem Schoß gemütlich gemacht. Es sah aus, als würde er sie streicheln wollen, aber plötzlich packte er das Tier am Nackenfell, hob es in die Luft und schleuderte es in Richtung des Misthaufens.

Als van de Loo vor seinem Volvo stand, hatte er große Lust, sich aus dem Staub zu machen und schnurstracks nach Hause zu fahren. Er würde Winkens anrufen und den beschissenen Auftrag zurückgeben. Was gab es denn herauszufinden? Dass Hubert Moelderings nervös war? Dass sein Stallknecht Flaschen zerdepperte und Katzen auf Misthaufen warf? Dass ein Pferd ausgerissen war und gleich die Polizei eintreffen würde? Verdammt! Das hatte doch alles gar nichts mit seinem dubiosen Auftrag und dem Mord an Grossmann zu tun!

Van de Loo stützte sich auf dem Dach des Volvos ab und blickte über die Koppeln. Die Mädchen, die nach Moelderings suchen sollten, bogen gerade von der Straße ab und näherten sich einem Haufen mit Großballen. Plötzlich zügelten sie ihre Pferde und hielten an. Ein Mädchen schwang sich aus dem Sattel, rannte aber wenig später wieder zu ihrem Pferd zurück.

Etwas stimmte da nicht. Die Frau schien recht gehabt zu haben, und van de Loo machte sich auf den Weg, der Sache auf den Grund zu gehen. Kurz danach kamen ihm die Mädchen auf ihren Pferden entgegen. Sie preschten an ihm vorbei wie eine Vorhut der apokalyptischen Reiter; ihre Rufe und Schreie vermischten sich mit dem wilden Getrappel der Hufe. Van de Loo ging weiter. Er hatte gerade die Umgehungsstraße erreicht, als ein Streifenwagen auftauchte. Er musste zufällig in der Nähe gewesen sein. Der Fahrer hatte das Blaulicht eingeschaltet und hielt neben van de Loo.

»Wissen Sie, was hier los ist?«, fragte die Polizistin. Sie war ziemlich jung und schob ihren Ellbogen durch das geöffnete Beifahrerfenster.

»Wahrscheinlich ein Verletzter«, sagte van de Loo.

»Dann sollten Sie einen Krankenwagen rufen«, sagte die Frau lächelnd.

»Ich weiß doch gar nicht, ob er verletzt ist«, sagte van de Loo.

»Wer weiß denn was?«, fragte die Beamtin.

»Die Mädchen«, sagte van de Loo. »Sie sind gerade auf den Hof geritten.«

Der Streifenwagen fuhr im Schritttempo auf den Hof zu. Besonders eilig schien der Fahrer es nicht zu haben. Van de Loo setzte seinen Weg fort. Angewidert betrachtete er den Müll, der im Straßengraben lag. Flaschen, halb volle Tüten, leere Zigarettenpackungen, die achtlos weggeworfen worden waren.

Wenig später stand er vor dem Schild, das den Reiterweg markierte. Die Ballen waren knapp dreißig Meter entfernt, aber der Weg war in einem verheerenden Zustand, denn Pferdehufe hatten die feuchte, mit Kot durchmischte Erde aufgewühlt. Van de Loo blickte auf seine Schuhe und ärgerte sich, dass er nicht die Stiefel angezogen hatte, die im Kofferraum lagen. Tapfer ging er weiter. Die fettigen Dreckklumpen an seinen Füßen wurden mit jedem Schritt größer und schwerer. Er ging um den Strohhaufen herum, auf die verkrüppelte Eiche zu. Und dann sah er ihn.

Van de Loo wusste sofort, dass Moelderings tot war. Er lag bäuchlings im Dreck; dunkle, angefaulte Weizenstoppeln umkränzten seinen leblosen Körper wie verwelkte Blumen.

Van de Loo bückte sich und prüfte vorsichtshalber den Puls. Nichts. Dann fiel sein Blick auf Moelderings' rechten Arm. Er war merkwürdig angewinkelt, und die Hand war voller Blut. Wahrscheinlich hatte er bei seinem tödlichen Sturz die Zügel nicht rechtzeitig losgelassen, und das Pferd hatte sie ihm bei seiner Flucht aus der Hand gerissen.

Van de Loo richtete sich auf und sah, wie ein Wagen mit jaulendem Martinshorn und Blaulicht in den Reiterweg einbog. Der Motor heulte auf, die Räder drehten durch, und der Wagen blieb nach wenigen Metern im morastigen Untergrund stecken. Der Fahrer versuchte noch ein paarmal, seine Kiste aus dem Dreck zu befreien, indem er sie ins Schaukeln brachte. Aber die Räder gruben sich nur umso tiefer ein, und er malträtierte wütend das Lenkrad.

Die Polizisten schienen für Augenblicke unschlüssig, wie sie weiter vorgehen sollten. Endlich stellte der Fahrer das Martinshorn ab und stieg aus. Seine Schuhe versanken sofort im Dreck. Auch seiner Kollegin blieb nichts anderes übrig, als durch die schmierige Pampe zu stiefeln. Das Blaulicht drehte weiter seine Runden und schien stumme Hilferufe gen Himmel zu senden.

»Was machen Sie denn noch hier?«, fragte die Frau, als sie bei van de Loo angekommen war.

»Ich habe nachgesehen, ob Erste Hilfe geleistet werden muss«, sagte van de Loo. »Aber der Mann ist tot. Dem kann niemand mehr helfen. Den schäbigen Rest überlasse ich Ihnen.«

»Warten Sie«, sagte die Beamtin. »Sie können hier nicht einfach verschwinden.«

»Ich verschwinde nicht«, sagte van de Loo. »Ich wechsle nur

den Ort. Ich bin da drüben, auf ›Gut Moelderings‹. Wenn Sie noch Fragen haben sollten, ich warte da auf Sie.«

Ohne ein weiteres Wort stapfte er los, an dem festgefahrenen Polizeiauto vorbei. Am Straßenrand blieb er stehen und kratzte mit einem Stock den gröbsten Dreck von den Schuhen. Schon wieder hielt neben ihm ein Auto.

»Was ist denn da los?«, fragte der Fahrer.

»Sehen Sie doch«, brummte van de Loo.

Der Mann bugsierte seinen Mercedes an den Straßenrand, stieg aus und gaffte. Es dauerte nicht lange, bis er Gesellschaft bekam. Der festgefahrene Polizeiwagen mit dem rotierenden Blaulicht war eine ziemliche Attraktion. Schließlich hielt noch ein Bauer an, der mit seinem Güllefass unterwegs war.

»Wo habt ihr denn den Führerschein gemacht?«, rief er den Uniformierten lachend zu. »Fünfzig Euro, und ich ziehe eure Karre aus dem Dreck!«

Als die Beamten nicht auf sein Angebot eingingen, fuhr er weiter. Auch van de Loo sah zu, dass er wegkam. Auf dem Hofplatz herrschte heilloses Durcheinander; die beiden Mädchen, die Moelderings gefunden hatten, konnten sich kaum beruhigen. Immer wieder versuchten sie zu erzählen, was sie gesehen hatten, konnten ihre Sätze aber nicht beenden und brachen in Tränen aus. Die anderen standen um sie herum und versuchten zu trösten. Van de Loo setzte sich auf den Strohballen, auf dem der Stallknecht gesessen hatte.

»Woröm?«, murmelte er und sah auf seine schmutzigen Schuhe. »Woröm ni?«

***

Als Mareike und Peters zur Hütte kamen, waren sie nicht die einzigen Besucher. Ein älterer Herr saß auf der Verandabank. Er trug Wanderkluft und eine Kappe mit der Aufschrift »Michigan«. Der Stock, auf dem er seinen Oberkörper abstützte, war von oben bis unten mit Plaketten bedeckt. Neben der Bank standen zwei Nordic-Walking-Stöcke.

»Guten Abend«, sagte er freundlich. »Interessieren Sie sich auch für die Hütte?«

»Ja«, sagte Peters knapp. Er ging zur Hüttentür und sah, dass das Siegel aufgebrochen worden war. »Waren Sie das?«, wandte er sich an den alten Herrn.

»Was denn?«

»Haben Sie das polizeiliche Siegel entfernt?«

»Um Gottes willen«, sagte der Mann. »So etwas würden wir nie tun. Herr Winkens hat mir gesagt, wo der Schlüssel liegt, und ich habe aufgeschlossen. Das Siegel war längst entfernt. Vor uns waren sicher schon andere Interessenten da.«

In diesem Augenblick kam eine Frau aus der Hütte, die ebenfalls wie eine passionierte Wanderin gekleidet war. Sie reichte erst Mareike Fichte und dann Carsten Peters die Hand. »Wir müssten ziemlich viel umbauen, Herbert«, sagte sie zu ihrem Mann. »Außerdem müsste ich immer an die schrecklichen Sachen denken, die hier passiert sind.«

»Ganz wie du meinst, Marianne.«

»Obwohl der Kaufpreis nicht überhöht ist. Wirklich nicht! Haben Sie von dem Mord hier gehört?«, wandte sich die Frau an Mareike.

»Ja«, sagte Mareike. »Wir sind deswegen hier.«

»Macht Ihnen das denn keine Angst?«

»Nicht unbedingt«, sagte Mareike.

»Na ja. Sie sind noch jung.« Die Frau drehte sich kurz zu Peters um und musterte ihn. »Wenn man jung ist, stört einen so etwas wahrscheinlich weniger. Außerdem haben Sie einen gestandenen Mann an Ihrer Seite, der bestimmt gut auf Sie aufpasst!«

Mareike grinste. Herbert reichte seiner Marianne die Stöcke, die beiden grüßten noch einmal und verschwanden wenig später im Hohlweg. Mareike sah zu dem Hochsitz am Waldrand hinüber.

»Sind da eigentlich Spuren gesichert worden?«, fragte sie.

»Wo?«

»Auf dem Hochsitz. Anna Lechtenberg hat zu Protokoll gegeben, jemanden dort oben gesehen zu haben.«

»Da hat man nichts gefunden. Nur ein paar angerostete Patronenhülsen«, sagte Peters.

»Vielleicht sollten wir uns das nachher trotzdem mal ansehen«, sagte Mareike, dann betrat sie die Hütte und sah sich um.

Wieder einmal wurde ihr bewusst, wie sehr Bilder zu täuschen vermögen. Auf den Fotos hatte der Raum viel kleiner und dunkler gewirkt. Außerdem war sie davon überzeugt gewesen, dass es hier muffig roch. Aber dem war nicht so. Sie sah den großen Tisch, die moderne Kochnische, den Waffenschrank, der inzwischen geleert worden war. Mareike setzte sich kurz an den Tisch und schaute durch das Fenster nach draußen. Sie stand wieder auf und ging in den angrenzenden Raum, wo Grossmann tot und verstümmelt aufgefunden worden war. Hier also war es passiert. Die blutverschmierten Wände waren bereits getüncht worden, und es roch nach frischer Farbe. Auf dem Bett lag eine helle Tagesdecke. Mareike ging in den Hauptraum zurück und fragte sich, was sich hier genau zugetragen hatte. Sie strich mit dem Zeigefinger an den Wänden entlang. Und dann bemerkte sie die helle, rechteckige Stelle neben der Eingangstür. Sie war auf den Tatortfotos nicht zu erkennen gewesen.

»Da hing ein Bild«, sagte sie, als sie wieder auf die Veranda trat. Carsten Peters saß auf der Bank. Ein wenig erinnerte er Mareike an den alten Mann, der zuvor dort gesessen hatte. Allerdings fehlten die Wanderschuhe, die Knickerbocker und die Mütze mit der Aufschrift der amerikanischen Universität.

»Und?«, fragte Peters. »Was Neues?«

»Es fehlt ein Bild«, sagte Mareike noch einmal. »Es hing neben der Eingangstür. Ich wüsste gern, wer es da weggenommen hat und warum. Außerdem frage mich, wozu eine solche Hütte eigentlich gut sein soll, wenn man nicht auf die Jagd geht.«

»Um sich in Ruhe besaufen zu können«, sagte Peters. »Grossmann hat das in den letzten Monaten jedenfalls getan. Und vögeln lässt sich hier vielleicht auch ganz gut.«

»Du bist geschmacklos«, sagte Mareike.

Im selben Augenblick dudelte Peters' Handy. Er schaute auf das Display. Es war Max Scheler. Er sagte nicht viel, aber das, was er mitteilte, ließ Peters die Fahrt nach Krefeld auf der Stelle vergessen.

Zwanzig Minuten später trafen Mareike und Peters auf Gut Moelderings ein. Am Straßenrand standen bereits drei Polizeiautos und ein Krankenwagen; hinzu kam ein Wagen, der sich offenbar festgefahren hatte, dessen Blaulicht aber unbeirrt rotierte. Eine Gruppe von Gaffern, etwa dreißig Personen, stand herum. Ein junger Mann machte Aufnahmen mit seinem Handy. Mareike stiefelte unerschrocken durch den Dreck, Peters folgte ihr fluchend. Die Beamten, die am Tatort herumstanden, wirkten ziemlich hilflos. Mareike wandte sich an den erstbesten der Männer.

»Guten Abend«, sagte sie knapp. »Würden Sie bitte dafür sorgen, dass der Wagen wieder fahrtüchtig wird? Das macht einen denkbar schlechten Eindruck! Sieht ja geradezu so aus, als würde das ganze nordrhein-westfälische Polizeiwesen in der Scheiße stecken.«

»Geht in Ordnung«, sagte der Beamte. Er war der Fahrer des Wagens und sichtlich beeindruckt. Er hob kurz seine Hand an die Schirmmütze und kümmerte sich mit seiner Kollegin um das Auto.

»Und Sie gehen mal zu den Gaffern«, wandte Mareike sich an den Rest der Belegschaft. »Machen Sie ruhig ein wenig Rabatz, damit die Leute verschwinden. Sonst kommen die womöglich noch näher und trampeln alle Spuren in Grund und Boden. Der Krankenwagen kann übrigens auch abziehen! Es gibt hier keine Kranken oder Verletzten. Der Wagen wird woanders sicher dringender gebraucht!«

Peters war inzwischen zu der Leiche gegangen. Die Ärztin, die er bereits bei Grossmann angetroffen hatte, kniete neben dem Toten und sprach gerade in ihr kleines Aufnahmegerät. Sie war vollkommen in ihren Monolog vertieft und bemerkte Peters nicht.

»Guten Abend, Frau Dr. Norden«, sagte er.

»Ach Sie!« Die Medizinerin blickte auf. »Warum haben Sie mich nicht angerufen? Ich hatte doch ausdrücklich um einen Rückruf gebeten.«

»Das habe ich glatt vergessen«, sagte Peters.

»Das ist schade«, sagte Frau Norden. »Ich hatte nämlich noch eine interessante Neuigkeit für Sie.«

»Und die wäre?«

»Theo Grossmann war krank. Todkrank. Er hatte Krebs im

Endstadium. Er hätte nur noch wenige Wochen gelebt, wenn er nicht ermordet worden wäre.« Sie warf einen flüchtigen Blick auf Mareike Fichte. »Ihre neue Assistentin?«

»Kollegin«, sagte Peters.

»Mareike Fichte«, sagte Mareike, als sie sich zu den beiden gesellte. Sie reichte Frau Norden die Hand. »Keine schönen Arbeitsbedingungen hier, was?«

»Die kann man sich schließlich nicht aussuchen.«

»Was ist passiert?«

»Der Mann wurde erschlagen«, sagte Frau Norden.

»Könnte er nicht ...« Peters sah zu der Eiche auf. Der unterste Ast hatte die richtige Höhe für einen Mann auf einem Pferd.

»Unmöglich«, sagte Nora Norden. »Ich habe zuerst auch daran gedacht, aber dieser Mann ist eindeutig erschlagen worden. Er wurde im Nacken getroffen. Wenn es der Ast gewesen wäre, hätte er rückwärts reiten müssen. Mit ziemlichem Tempo. Aber dann wäre er auch anders gefallen.«

»Fehlt ihm was?«, fragte Mareike.

»Sie sind gut«, sagte Frau Norden. »Der Mann ist tot! Ihm fehlt sozusagen alles.«

»Ich meine: Fehlt ihm neben dem Leben sonst noch was?«

»Ja«, sagte die Ärztin. »Finger. Ich dachte zuerst, sie wären beim Sturz vom Pferd abgerissen worden.« Sie nahm den Arm des Toten und hielt ihn hoch, damit Peters und Mareike sich die Hand genauer anschauen konnten. »Wie Sie sehen, fehlen Daumen und Zeigefinger. Allerdings wurden sie nicht abgerissen, sondern abgetrennt. Ziemlich fachmännisch. Ich nehme an, der Täter hat die Gliedmaßen mitgenommen oder sie liegen hier irgendwo im Dreck. Aber das muss die Spurensicherung klären.« Sie ließ Moelderings Arm wieder auf den Boden fallen.

»Sehen Sie Parallelen zu dem Toten in der Hütte?«, fragte Peters.

»Grossmanns Genitalien wurden verstümmelt«, sagte Nora Norden. »Hier ist es die rechte Hand.«

»Mit dem gleichen Messer?«, fragte Peters.

»Das kann ich noch nicht sagen. Ich bin mir nicht einmal sicher, ob ein Messer benutzt wurde. Es könnte auch ein Skalpell gewesen sein. Die exakten Schnitte deuten darauf hin.«

»Glauben Sie, dass es sich um denselben Täter handelt?«, beharrte Peters.

»Möglich wäre es.« Nora Norden sah ihn an. »Und wenn dem tatsächlich so ist, werden wir uns in nächster Zeit noch häufiger sehen. Serientäter hören in der Regel erst auf, wenn sie erwischt werden.«

»Sie trauen uns nicht viel zu«, sagte Peters. »Warum haben Sie ein so negatives Bild von der Polizei?«

»Ich habe meine Erfahrungen«, gab Nora Norden zurück.

»Auf jeden Fall rufe ich Sie morgen an«, sagte Peters.

»Vergessen Sie es nicht wieder«, sagte Nora Norden. »Vielleicht habe ich ja erneut eine Überraschung für Sie.«

Peters verließ mit Mareike den Tatort. Inzwischen waren auch die Leute von der Spurensicherung eingetroffen, und der Polizeiwagen wurde aus dem Dreck gezogen. Ein Reporter der Bildzeitung machte Aufnahmen.

»Die nächsten Tage können wir vergessen«, sagte Peters, als sie im Auto saßen.

»Macht nichts«, sagte Mareike. »Ich arbeite gern.«

Sie fuhren zum Reiterhof. Zwei gesattelte Pferde standen auf dem Hofplatz, und eine Gruppe von Mädchen scharte sich um eine ältere Frau. Die meisten Mädchen hatten blasse, verheulte Gesichter.

»Guten Abend«, grüßte Mareike in die Runde. »Wir würden Ihnen allen gern ein paar Fragen stellen. Bleiben Sie also bitte auf dem Hof.«

»Die Mädchen waren mit den Pferden beschäftigt, als es passiert ist«, sagte die ältere Frau. »Das kann ich bezeugen. Nur der Herr da drüben, der ist später gekommen. Kurz nachdem Lucky auf den Hofplatz gestürmt ist.«

»Lucky?«, fragte Mareike.

»So heißt das Pferd, mit dem Herr Moelderings unterwegs war. Ist er wirklich tot?«

»Ja«, sagte Mareike.

»Wie konnte das denn passieren?«

»Das versuchen wir herauszufinden.«

Peters war inzwischen zu van de Loo gegangen, der noch immer auf dem Strohballen saß.

»Sie schon wieder«, sagte Peters. »Das müssen Sie mir jetzt aber erklären!«

»Mach ich«, entgegnete van de Loo trocken. »Aber nur, wenn Sie mir erklären, warum ich ein Knöllchen bekommen habe.«

***

Die Nacht warf ihr schwarzes Tuch über Gut Moelderings. Die Wiesen glitzerten feucht, und über ihnen wölbte sich der dunkle Himmel. Van de Loo stieg in seinen Volvo. Peters und seine Kollegin hatten ihn lange warten lassen. Sie hatten darauf bestanden, erst den Stallknecht zu befragen, der wie vom Erdboden verschluckt schien, bis jemand ihn schlafend in einer Pferdebox fand.

Van de Loo schaltete die Scheinwerfer an. Sie bohrten einen schmalen Lichttunnel in die Dunkelheit. Es war Mitte September. Der Sommer ging zu Ende, und der Mond zeigte sich nicht. Wolken versteckten die Sterne. Der Niederrhein war ein düsterer, unheimlicher Landstrich.

Van de Loo fuhr durch seine Heimat und hatte gleichzeitig das Gefühl, anderswo zu sein. Alles kam ihm fremd und unwirklich vor. Das Leben war ein ferner, schwach glimmernder Stern, der jederzeit verglühen konnte.

Seinen Auftrag konnte er vergessen. Ein anderer hatte ihm die Arbeit abgenommen. Moelderings würde Winkens nie wieder erpressen können.

Die Ampeln waren ausgeschaltet worden. Jetzt lag die Verantwortung bei jedem Einzelnen. Jeder musste auf sich selbst aufpassen. Niemand nahm einem die Verantwortung ab. Nirgendwo konnte man sich sicher fühlen. Man konnte nur hoffen, dass alles gut ging.

Van de Loo fühlte sich leer und ausgebrannt. Er machte das Radio an und gleich wieder aus. Die Landschaft rauschte ungesehen an ihm vorbei.

Es war Nacht.

Sie würde vergehen.

Es würde wieder Tag werden.

Wahrscheinlich.

FÜNF

Ein dumpfes, furchtbares Geräusch. Der Wagen bricht kurz nach links aus. Dann ist er wieder in der Spur. Im Rückspiegel sieht der Fahrer ein dunkles Bündel auf der Straße. Der Schreck lässt ihn scharf bremsen.

Als Carsten Peters am nächsten Morgen ins Präsidium kam, war ihm klar, dass ihn das Chaos erwartete. Er hatte in der Nacht noch einen kurzen Bericht zu den Vorfällen auf dem Reiterhof geschrieben und ihn zur Korrektur an Mareike geschickt. Dann hatte er wenig und schlecht geschlafen. Anneliese wartete immer noch auf ihre Maus.

Er ging in den Keller. Auf seinem Schreibtisch lag ein Zettel von Max Scheler. Wenn Scheler eine seiner knappen, kaum lesbaren Nachrichten hinterließ, bedeutete das meist nichts Gutes. »Sofort zum Chef!«, las Peters.

Er stieg die Treppen wieder hinauf. Die Türen standen wie gewohnt offen. In jedem Zimmer herrschte Aufregung, alle hatten Stress, telefonierten gerade oder schrieben Berichte, die niemand richtig zur Kenntnis nahm. Überall wurden Mails verschickt, Dateien geöffnet und neue Ordner angelegt. Der Betrieb lief auf Hochtouren, aber Peters bezweifelte, dass etwas Brauchbares dabei herauskam. Er war der Ansicht, dass zu viele Köche den Brei verdarben und der ganze virtuelle Kram zu nichts führte.

Er klopfte kurz und trat ein. Auch der Chef telefonierte. Er hatte hochrote Ohren, wie stets, wenn er sich aufregte.

»Du hast recht, Carsten«, sagte er, nachdem das Gespräch zu Ende war.

»Womit?«, fragte Peters.

»Mit deiner Feststellung, dass dieser Fall vielleicht eine Nummer zu groß für uns ist.«

Peters sah seinen Chef verblüfft an. Er konnte sich nicht erinnern, so etwas gesagt oder geschrieben zu haben. Aber vielleicht stimmte es dennoch.

»Du glaubst ja nicht, was hier los ist. Düsseldorf hat sich eingeschaltet. Der Staatssekretär hat gerade angerufen. Die drehen alle dermaßen am Rad, dass man nicht mehr weiß, wo einem der Kopf steht! Die sind vollkommen hysterisch. Schon wieder ein Mord am Niederrhein! Und dann noch diese Sauereien, die Verstümmelungen der Leichen. Das schreit doch zum Himmel. Das passt doch nicht in diese Gegend!«

»Wohin passen schon zwei Morde?«, fragte Peters. »Was glaubst du?«

»Ich glaube gar nichts. Ich weiß nur, dass eine Sonderkommission gebildet wurde. Jemand aus Krefeld hat die Leitung übernommen. Das ist von oben so bestimmt worden. Ich wollte es dir nur offiziell mitteilen, bevor du es von den Kollegen erfährst. Nicht dass du wieder denkst, ich würde dir nicht vertrauen!«

»Kann ich trotzdem an dem Fall weiterarbeiten?«

»Na klar. Du musst sogar! Du und Frau Fichte, ihr bildet jetzt ein Ermittlungsteam mit besonderen Aufgaben. Wie die aussehen, überlasse ich euch. Es sollen alle verfügbaren Kräfte eingesetzt werden, so ist die Order. Ihr seid ziemlich nahe dran an der Sache. Hast du schon einen Verdacht?«

»Ich verdächtige grundsätzlich alle«, sagte Peters grimmig. »Das mache ich immer so. Dann entgeht mir wenigstens keiner!«

»Wenn du neue Erkenntnisse hast, will ich augenblicklich davon erfahren. Ich muss zwischendurch Meldung machen. Da muss was kommen. Sonst denken die glatt, wir wären hier eingeschlafen.«

Peters ging in seine Kellergruft zurück. Mareike war da. Sie sah frisch und ausgeschlafen aus. Sie lächelte, als sie Peters begrüßte.

»Was hast du mit meinem Bericht gemacht?«, fragte er.

»Ich sollte ihn doch korrigieren. Da habe ich ihn eben ein klein wenig verbessert!«

»Und dabei deutlich gemacht, dass dieser Fall eine Nummer zu groß für mich ist und mir über den Kopf wächst! Spinnst du?«

»Willst du arbeiten und ermitteln, oder hast du Lust, die Arbeit anderer zu dirigieren und zu überwachen?«, fragte Mareike. »Als Kommissionsleiter bist du doch total außen vor. Du sitzt nur noch am Schreibtisch und musst die ganze Fahndungs- und Ermittlungsarbeit koordinieren. Wir leben hier im Grenzgebiet, wahrscheinlich musst du dich also auch noch mit unseren niederländischen Freunden kurzschließen. Du musst jeden Tag vor die Öffentlichkeit treten und die Haie von der Presse füttern. Das ist der pure Wahnsinn! Und …«

»Hör auf«, zischte Peters.

»… und wozu das alles? Nur um am Ende die vorbildliche Arbeit der Polizei würdigen und zuversichtlich in die Kameras grinsen zu müssen. Das passt doch wirklich nicht zu dir!«

»Ist ja schon gut«, sagte Peters. »Aber ich würde in Zukunft gern vorher gefragt werden, wenn du so etwas in die Wege leitest.«

»Und was bringt das?«

»Selbstwertgefühl«, sagte Peters.

»Brauchst du so was?«

»Sieht so aus.«

»Dann will ich dir was sagen: Wir zwei klären diesen Fall! Wir ganz alleine. Und dann ist der Tank deines Selbstwertgefühls, das anscheinend auf Reserve fährt, wieder bis an den Rand gefüllt.«

»Weißt du, was mir an dir nicht gefällt?«, fragte Peters.

»Sag schon!«

»Dass du für mich mitdenkst!«

»Und? Denke ich falsch?«

»Nein«, sagte Peters. »Aber genau das könnte unser Problem werden.«

Irgendein Schlaumeier hatte der Sonderkommission den Namen »Kormoran« gegeben, weil das der Vogel des Jahres war.

»Ich finde das ziemlich passend«, sagte Mareike. »Kormorane sind gefräßige Tiere. Ich habe gelesen, dass sie den Fisch wieder auskotzen, wenn sie genug gefressen haben. Und wenn sie sich richtig ausgekotzt haben, gehen sie erneut auf die Jagd.«

»Bulimie im Tierreich, was!«

Es dauerte eine Weile, bis Peters einsah, dass Mareike ihm durch die Manipulation des Berichts einen Gefallen getan hatte. Sie waren jetzt nur noch zwei kleine Rädchen im großen Getriebe der Fahndungsarbeit, und die »Soko Kormoran« war ihre Chance.

Sie konnten in Ruhe arbeiten und mussten sich nicht um den Kleinkram kümmern. Ein Tatortteam würde zusammen mit den Leuten von der Spurensicherung die Hütte noch einmal auf den Kopf stellen und den Hochsitz untersuchen. Die matschige Umgebung des Strohhaufens würde erneut nach Spuren abgesucht werden. Spezialisten würden die Stelle umgraben, an der Moelderings gelegen hatte. Sie würden wahrscheinlich auch den Sattel mitnehmen, auf dem er zuletzt gesessen hatte. All das konnten sie jetzt getrost anderen überlassen.

Peters schaltete den PC an. Seine Augen brannten, während er versuchte, aus dem Wust der Meldungen, die inzwischen eingegangen waren, etwas Brauchbares herauszufiltern. Es war immer das Gleiche. Der Misthaufen überflüssiger Informationen wuchs unentwegt. Und niemand war da, der diesen Mist beiseiteschaffte.

Noch immer hatte er sich keine Kladde zugelegt. Und nun, nachdem Mareike seinen Bericht verfälscht hatte, nahm er sich vor, gar nichts mehr aufzuschreiben. Seine neue Kollegin hatte anscheinend ein erstaunlich gutes Gedächtnis. Nach der Lektüre der Akten hatte sie sich an jedes Detail im Fall Grossmann erinnern können. Auch das Gespräch mit Karl Jaspers hätte sie auf Nachfrage bestimmt wörtlich wiedergeben können. Also würde er in Zukunft seinen Gedanken freien Lauf lassen, einfach drauflosreden, ohne auf logische Zusammenhänge zu achten, und darauf bauen, dass Mareikes analytischer Verstand Ordnung in das Chaos seiner Tiraden brachte.

»Anna Lechtenberg hat Theo Grossmann nicht umgebracht, genauso wenig wie Karl Jaspers, und meiner Meinung nach gibt es einen Zusammenhang zwischen dem Mord an Grossmann und dem an Moelderings. Wenn diese These richtig ist, haben wir es mit einem Serienmörder zu tun«, begann er. »Es muss ein Mann sein. Eine Frau würde sicher anders vorgehen. Und dieser Mann mordet nach einem Plan. Er folgt einem Muster. Das heißt: Es gibt einen Grund, eine Vorgeschichte, einen Ausgangspunkt für die Morde. Es gibt eine Ursache, und die Toten sind die konsequente Folge. Es ist eigentlich ganz einfach. Wenn es uns gelingt, der Sache auf den Grund zu gehen, haben wir den Fall so gut wie gelöst.«

Mareike war mit ihrem Laptop beschäftigt. Sie schien nicht zuzuhören, aber das war Peters egal. Er zündete sich eine Roth-Händle an, inhalierte tief und betrachtete das glühende Ende der Zigarette, während er weiter monologisierte.

»Ganz sicher hängen die Verstümmelungen mit dieser Vorgeschichte zusammen. Sie haben eine Bedeutung und sollen etwas deutlich machen. Vielleicht handelt es sich dabei ja um eine Art spiegelnder Strafe. In einigen Teilen der Welt wird das tatsächlich noch praktiziert. Einem Dieb wird die Hand abgehackt, damit in Zukunft jeder sofort weiß, was er getan hat. Außerdem hat die Strafe den Vorteil, dass der Dieb sich nie wieder am Hab und Gut anderer vergreifen kann. Man hat ihn mit einem Zeichen versehen, ihn sozusagen gebrandmarkt, damit er wiedererkannt werden kann. Auch in unserem Fall soll die ganze Welt wissen, warum die Männer sterben mussten. Der Mörder will es uns zeigen, auch wenn wir es vielleicht erst begreifen, wenn alles zu spät ist!«

Peters stand auf, trat ans Fenster und blies den Rauch durch den Spalt ins Freie.

»Bei Theo Grossmann liegt die Sache auf der Hand. Grossmann hat sich an Anna Lechtenberg vergangen und folgerichtig sein Glied eingebüßt. Der Mörder muss also gewusst haben, dass Grossmann das Mädchen vergewaltigt hat. Hat er es von ihm selbst erfahren? Hat Grossmann seine männliche Heldentat vorher angekündigt? Oder hat der Mörder auf dem Hochsitz gesessen und zufällig beobachtet, wie Anna fluchtartig die Hütte verlassen hat? Moelderings, das zweite Opfer, hat Daumen und Zeigefinger eingebüßt. Was bedeutet das? Was will uns der Mörder damit sagen? Welches Vergehen oder Verbrechen spiegelt sich in diesem Verlust?«

»Sieh dir das mal an«, sagte Mareike, ohne in irgendeiner Weise auf Peters' Wortschwall zu reagieren.

»Hast du mir überhaupt zugehört?«, fragte Peters.

»Natürlich«, sagte Mareike. »Ich habe jedes Wort verstanden. Willst du eine wörtliche Wiedergabe oder reicht eine kurze Zusammenfassung?«

»Verzichte«, sagte Peters. »Was hast du gefunden?«

»Einen Artikel«, sagte Mareike. »Online in der NRZ.«

»Und was steht drin?«

»Guck dir erst mal das Bild an!«

Peters ging zu Mareike, stellte sich hinter ihren Stuhl und schaute auf den Bildschirm.

»Schöne Frau«, murmelte er.

»Das ist Jutta Moelderings. Die Exfrau des Toten. Sie sagt, dass es höchstwahrscheinlich ein Neider aus der Reiterszene gewesen ist.«

»Na ja«, grummelte Peters.

»Außerdem will sie den Reiterhof weiterführen. Sie meint, das Lebenswerk ihres Mannes sollte auf jeden Fall erhalten werden.«

»Nach dem Artikel hat sie bestimmt eine Menge neuer Kunden. Eine bessere Werbung gibt es nicht. Sagt sie auch etwas zu den Fingern?«

»Ja. Angeblich kann man ohne Daumen und Zeigefinger ein Pferd nicht richtig führen. Man kann es lenken, nach links und rechts, aber nicht wirklich zügeln. Das ist offenbar Filigranarbeit, bei der jeder Finger gebraucht wird. Ihrer Meinung nach ist das, was ihrem Exmann geschehen ist, das Gleiche, als würde man einem Pianisten die Hand abhacken.«

»Grossmann wurde umgebracht, weil er ein junges Mädchen vergewaltigt hat.« Peters ging zu seinem Schreibtisch und drückte die Zigarette aus. »Und Moelderings, weil er ein verdammt guter Reiter war. Man muss nur ein wenig wie ein schmieriger Bild-Reporter denken, dann liegt der Zusammenhang doch auf der Hand.«

Mareike ging nicht auf seine blöde Bemerkung ein.

»Was meinst du?«, fuhr Peters fort. »Was will man damit andeuten, wenn man einem Menschen Daumen und Zeigefinger abschneidet? Wozu brauchen wir die am häufigsten?«

»Pinzettengriff«, sagte Mareike wie aus der Pistole geschossen. »Kinder erlernen ihn in einer bestimmen Lebensphase. Seine Beherrschung ist ein Indiz dafür, dass sich die taktilen Fähigkeiten altersgerecht entwickeln.«

»Den Pinzettengriff konnte Moelderings bestimmt. Und später? Was machen wir mit Daumen und Zeigefinger?«

»Man führt sie an die Lippen, wenn es einem hervorragend geschmeckt hat. Und soweit ich weiß, bilden die Italiener damit einen Kreis, wenn sie andeuten wollen, dass alles in bester Ordnung ist.«

»Wir haben es doch nicht mit der Mafia zu tun«, sagte Peters. »In England, Holland oder bei den Mongolen bedeutet das Zeichen sicher wieder was ganz anderes. Ich glaube nicht, dass wir einen Ethnologen zurate ziehen müssen.«

Mareike gab keine Antwort. Sie durchforstete weiter die Eingänge. Immer wenn sie glaubte, etwas Interessantes gefunden zu haben, spitzte sie die Lippen.

»Stört das eigentlich deinen Mann nicht?«, fragte Peters irgendwann.

»Was denn?«

»Dass du so viel arbeitest!«

»Warum sollte ihn das stören?«

»Weil ihr erst vor Kurzem geheiratet habt. Normalerweise ist man in der ersten Zeit der Ehe noch ziemlich hungrig aufeinander.«

»Wir nicht«, sagte Mareike knapp.

»Und wieso nicht?«, hakte Peters nach.

»Weil wir eine Scheinehe führen.«

»Scheinehe?«

»Ja. Eine Ehe zum Schein. Wir haben nichts miteinander, aber es gibt eine amtliche Bescheinigung vonseiten des Standesamtes.«

»Warum macht man so was?«, fragte Peters.

»Vielleicht weil man die Menschen gern hat.«

»Das verstehe ich nicht.«

»Ist doch ganz einfach«, sagte Mareike. »Du lernst einen sympathischen Mann kennen. Er kommt aus dem Iran und soll zurückgeschickt werden. Das würde sein Todesurteil bedeuten. Du willst nicht, dass dieser Mensch sterben muss, nur weil es eine Diktatur gibt. Nur weil es Irrsinn ist. Und deshalb heiratest du ihn, damit er in Deutschland bleiben und weiterleben kann.«

»Hast du Geld dafür verlangt?«, fragte Peters.

»Nein. Ich habe nur von ihm verlangt, dass er mich in Ruhe lässt.«

»Und?«

»Bislang kann ich nicht klagen.«

»Du hast also einen falschen Mann«, sagte Peters nachdenklich.

»Es gibt auch falsche Väter.«

»Falsche Väter?«

»Gleiches Problem, andere Lösung«, sagte Mareike. »Wenn du als Ausländer ohne Aufenthaltserlaubnis mit einer deutschen Frau ein Kind hast, bist du nicht mehr vogelfrei. Das Kind sichert dir dein Bleiberecht.«

»Obwohl es nicht von dir ist? Die Vaterschaft ist doch heute nicht mehr unsicher. Das lässt sich doch schnell überprüfen.«

»Wenn die Frau mitspielt, hat niemand ein Recht dazu. Dann ist es kein Problem!«

»Müssen die Männer dafür bezahlen?« Peters rieb Daumen und Zeigefinger aneinander.

»Das ist es!«, rief Mareike und sprang auf.

»Was denn?« Peters verstand jetzt gar nichts mehr.

»Deine Bewegung mit den Fingern! Mach das noch mal!«

Peters sah auf seine rechte Hand. Er rieb Daumen und Zeigefinger aneinander. »Du hast recht«, sagte er. »Wir sollten uns die Kontoauszüge von Hubert Moelderings besorgen.«

Mareike beauftragte einen Kollegen mit der Beschaffung der Kontoauszüge, weil sie wusste, dass das jedes Mal mit einigem Aufwand verbunden war. Das Bankgeheimnis hatte in Deutschland den gleichen Stellenwert wie das Reinheitsgebot, und man musste schon gewichtige Gründe anführen, wenn man wollte, dass es gelüftet wurde.

Dann nahm sie sich die Sachen vor, die in Moelderings Haus sichergestellt worden waren. Moelderings hatte seine Pferde anscheinend über alles geliebt. Es gab ein Dutzend Kladden, die genaue Beschreibungen der Tiere enthielten, ihre Abstammung, Herkunft und Lebensgeschichte. Die Preise und Auszeichnungen, die sie errungen hatten, waren peinlich genau aufgelistet worden. Zum Schluss hatte Moelderings jedes seiner Pferde charakterisiert. »›Ein lieber Kerl, sehr verlässlich und sensibel‹«, las Mareike. »›Die Stute mag es sehr, wenn man sie lange abduscht‹, ›intelligent und elegant‹, ›Ein wenig scheu und nicht unbedingt ungeübten Reitern zu empfehlen‹.«

Natürlich fand sich auch ein Ordner über »Lucky«. Moelderings hatte alle Zeitungsartikel, in denen er erwähnt worden war, ausgeschnitten und eingeklebt. Mareike sah sich die Bilder an. Der Reiter hatte auf dem Rücken seines Lieblingspferdes wirklich eine gute Figur gemacht. Dann stieß sie auf etwas ganz anderes.

»Warum sammelt jemand so ein Zeug?«, fragte sie Peters.

»Was denn?«

»Hier die Mappe. Sie stammt von Moelderings.«

»Und was ist da drin?«

»Zeitungsausschnitte. Alte Sachen. Liegen beinahe zwanzig Jahre zurück. Es geht um einen Unfall mit Todesfolge. Ein Junge wurde in Düren angefahren. Am 3. August 1993. Abends gegen halb zehn. Er hat den Unfall nicht überlebt und ist auf der Straße verblutet. Der Täter hat Fahrerflucht begangen.«

»So etwas sammelt man nur, wenn man etwas damit zu tun hat«, sagte Peters. »Vielleicht war der Junge mit Moelderings verwandt.«

»Das müsste sich herausfinden lassen«, sagte Mareike.

»Oder Moelderings war zufällig Zeuge des Unfalls«, fuhr Peters fort. »Dann hatte er jedenfalls einen triftigen Grund, das Zeug aufzubewahren. Damit kann man jemanden erpressen. Man konnte es jedenfalls, denn inzwischen liegt die Sache so weit zurück, dass sie längst verjährt ist.«

»Und wenn er damals der Fahrer war?«

»Wieso sollte er Zeug sammeln, das ihn belastet?«

»Vielleicht hatte er ein schlechtes Gewissen«, sagte Mareike. Sie blätterte weiter in den Zeitungsausschnitten. Die Presse hatte den Fall damals ziemlich hochgekocht. Der Junge hätte gerettet werden können, wenn sofort Erste Hilfe geleistet worden wäre. Angeblich waren sogar Leute weitergefahren, ohne sich um den Schwerverletzten zu kümmern. Die zunehmende Verrohung wurde angeprangert. Die Unmenschlichkeit einer Gesellschaft, in der sich jeder nur noch für sich selbst verantwortlich fühlte und die Mitmenschlichkeit auf der Strecke blieb. Mareike sah sich vornehmlich die Schlagzeilen an. Ganz hinten stieß sie auf einen Briefumschlag. Sie öffnete ihn und zog ein Blatt heraus.

»Ich kriege euch alle!‹«, las sie laut vor. »›Verlasst euch drauf!«

»Was ist denn das jetzt schon wieder?«, fragte Peters.

»Das steht hier«, sagte Mareike. »Das ist ein Drohbrief an Moelderings. Er ist sogar unterzeichnet.«

»Wiederhol noch mal!«, sagte Peters.

»Ich kriege euch alle! Verlasst euch drauf! Arnold Gehlen.«

»Dieser Gehlen hat den Plural benutzt«, sagte Peters. »Er will *alle* kriegen. Wenn Moelderings tatsächlich der Fahrer war, dann war er nicht allein im Auto. Vielleicht hat ja Theo Grossmann neben ihm gesessen.«

Mareike nahm den Briefumschlag aus der Mappe. Erst jetzt sah sie, dass jemand eine Nummer auf die Rückseite gekritzelt hatte. Sie griff sofort zum Telefon und stellte auf Lautsprecher.

»Gehlen.« Eine tiefe, männliche Stimme.

»Hier spricht Mareike Fichte von der Kripo Kleve.«

»Polizei?«, fragte die Stimme. Mareike fürchtete, dass der Mann gleich wieder auflegen würde, aber er tat es nicht. »Was wollen Sie von mir?«

»Kennen Sie einen gewissen Hubert Moelderings?«

Mareike konnte hören, wie sich die Atmung des Mannes veränderte. Er musste Moelderings kennen oder hatte wenigstens seinen Namen schon einmal gehört. Daran bestand kein Zweifel.

»Ja«, sagte Gehlen. »Allerdings nicht persönlich. Warum fragen Sie danach?«

»Herr Moelderings ist tot. Er wurde ermordet. Und wir haben in seinen Unterlagen Ihre Nummer gefunden.«

»Das ist nicht meine Nummer«, sagte Gehlen.

»Sondern?«

»Ich bin hier bei meinem Vater.«

»Könnte ich ihn sprechen?«

»Nein. Das ist unmöglich.«

»Warum?«

»Er kann nicht mehr sprechen. Er kann so gut wie gar nichts mehr.«

»Das tut mir leid«, sagte Mareike. Sie schwieg einen Augenblick. »Können Sie uns denn sagen, in welcher Verbindung Ihr Vater zu Herrn Moelderings stand?«

»Nein. Das kann ich nicht!«

Es klickte in der Leitung. Gehlen hatte aufgelegt. Mareike

versuchte es noch ein paarmal, aber der Mann ging nicht mehr ans Telefon.

»Ich glaube, wir müssen dahin«, sagte Mareike. »Da stimmt was nicht!«

***

Der Mann stand vor der Wand aus Glas und schaute in den Garten. Irgendetwas störte ihn, aber noch wusste er nicht, was es war. Dann sah er, wie vom Nachbargrundstück etwas in den Garten segelte. Es sah aus wie ein Schatten, aber es war nur ein Blatt, das Blatt der großen Rotbuche, die im angrenzenden Garten stand. Und jetzt sah der Mann auch, dass bereits mehrere Blätter in seinem Garten gelandet waren.

Er schob die Glastür auf und trat ins Freie. Er schlüpfte aus den Lederpantoffeln und ging barfuß über den Kies, um die Blätter einzusammeln und zu einem Eimer zu bringen. Dann nahm er eine Harke und schritt in die Mitte des Gartens. Er verbeugte sich und begann zu tanzen. Jedenfalls sah es so aus. Mit geschmeidigen Bewegungen bewegte er sich vorwärts und zog dabei die Harke hinter sich her. Er ging im Kreis und entfernte sich immer weiter vom Mittelpunkt des Gartens. Als er den äußersten Rand erreicht hatte, umrundete er das Steinfeld ein letztes Mal und sprang schließlich mit einem Satz auf einen größeren Stein, der vor der Glastür lag. Er hob die Harke in die Luft und verbeugte sich erneut. Sein Blick glitt über das Muster, das er geschaffen hatte. Er war zufrieden. Noch hatte kein neues Blatt die Ordnung zerstört.

Er schlüpfte in die Lederpantoffeln, trat ins Haus zurück und schloss die Glastür. Dann wandte er sich um und ging zu dem niedrigen Tischchen, auf dem die Teeschale stand. Er hatte bereits eine neue Schale bestellt, ein wertvolles Stück, noch feiner gearbeitet als die letzte. Aber das wirkliche Meisterwerk würde noch folgen. Eine Raku-Keramik aus der Mamoyama-Zeit. Über vierhundert Jahre alt. Eigentlich unbezahlbar. Aber er wäre auch bereit gewesen, sein ganzes Vermögen für dieses Gefäß aufs Spiel zu setzen. Wenn der Augenblick gekommen war, in dem er diese Schale in seinen Händen halten und aus ihr trinken würde, würde Geld für ihn keine Rolle mehr spielen. Nie mehr!

***

»Manchmal denke ich, es war nur wegen ihres Namens. Sie hatte nämlich den schönsten Namen der Welt. Sarah. Sarah Rosenboom. Ich habe sie darum beneidet. Wenn ich den Namen hörte, habe ich mir immer einen Baum vorgestellt. Einen Baum mit einem hohen, schlanken Stamm und großer Krone. Und an diesem Baum wuchsen Rosen, ganz viele Rosen in den unterschiedlichsten Farben. Das habe ich immer gedacht, wenn ich Sarahs Namen hörte.«

Tante Gertrud hielt inne. Auf ihrem Schoß lag die Zigarrenkiste, die van de Loo auf dem Speicher gesehen hatte. Tante Gertrud hielt sie mit ihren mageren Händen fest umklammert. Das Stück Kuchen, das vor ihr auf dem Teller lag, hatte sie nicht angerührt. Niemand sagte ein Wort. Alle sahen Tante Gertrud an und warteten darauf, dass sie mit ihrer Geschichte fortfuhr.

»Wir sind zusammen in den Kindergarten gegangen, und in der Schule haben wir nebeneinander in einer Bank gesessen. Ich habe mich jeden Morgen auf die Schule gefreut, weil ich dann Sarah sehen konnte. Wir wurden größer. Wir wechselten auf die höhere Handelsschule, und unsere Freundschaft wurde immer enger. Wir sind zusammen mit dem Rad zur Schule gefahren, und ich habe oft bei Sarah übernachtet. Wir haben dann im selben Bett geschlafen. Hierher, zu mir nach Hause, ist sie aber nur ganz selten gekommen. Meine Schwester Luise war eifersüchtig, und meine Eltern wollten nicht, dass Sarah mich besuchte. Sie sagten, Sarah wäre nicht der richtige Umgang für mich. Ich habe lange nicht verstanden, was sie gegen Sarah hatten. Ich vermutete, sie hätten gemerkt, dass ich mich in sie verliebt hatte. Aber das war gar nicht der wirkliche Grund, wie ich später erfahren habe.«

Wieder machte Tante Gertrud eine Pause, und alle starrten auf ihre Teller.

»Eines Tages ist sie nicht zur Schule gekommen. Ich habe Frau Maltritz, unsere Lehrerin, gefragt, ob sie wüsste, was mit Sarah los sei. Sie hat mich ganz komisch angeguckt. Und dann hat sie gesagt, dass Sarah die Schule verlassen hätte und nicht wieder zurückkommen würde. Ich konnte das nicht verstehen, weil Sarah die Beste aus der Klasse war. Und dann hat Frau Maltritz gesagt, Sarah hätte den falschen Namen und würde schon deshalb nicht auf die Schule passen. Sie kam tatsächlich nicht wieder. Sie ging überhaupt nicht mehr zur Schule. Wir mussten uns heimlich treffen, unten an der Niers. Da hatten wir ein Versteck, und im Sommer haben wir dort gebadet. Ich habe ihr alles haarklein berichtet, was wir in der Schule durchgenommen haben. Ich wollte ja nicht, dass sie den Anschluss verpasst. Und dann hat sie mir irgendwann erzählt, dass schon viele ihrer Verwandten geholt und weggebracht worden waren. Niemand wusste genau, wohin und was dort mit ihnen geschah. Ihr Vater hatte keine Arbeit mehr. Ihre Mutter ist krank geworden. Ihr Bruder ist eines Nachts abgehauen und nicht wiedergekommen. Sie hungerten. Ich habe ihr zu jedem Treffen etwas zu essen mitgebracht. Und dann kam der Tag, an dem ich ihr die Haare gefärbt habe.«

»Warum denn das?«, fragte Anna.

»Damit sie nicht so auffiel. Sie hatte wunderschönes dunkles Haar, und das sah nicht besonders arisch aus.«

»Wie habt ihr das denn damals gemacht?« Anna spürte, wie angespannt Gertrud war. Durch ihre harmlose Frage versuchte sie, die Atmosphäre ein wenig aufzulockern.

»So ein Wasserstoffzeug«, sagte Tante Gertrud. »Das war eine ziemliche Stinkerei. Für die Haare war es auch nicht gut, und es sah ganz unnatürlich aus. Vielleicht lag es daran, dass wir kein warmes Wasser hatten, unten an der Niers. Es hat auch gar nichts genutzt. Sie hätte nämlich gleichzeitig einen neuen Pass gebraucht. Aber ich war jung und hatte nicht die geringste Ahnung, wie ich ihr einen Pass besorgen sollte.«

»War deine Freundin eine richtige Jüdin?«, fragte Katharina.

»Was heißt richtig? Was ist falsch?«, fragte Tante Gertrud.

»Ich meine, eine Jüdin wie die Anne?«

»Welche Anne?«

»Anne Frank«, sagte Katharina. »Die haben wir im Unterricht durchgenommen. Sie musste sich verstecken und hat ein Tagebuch geschrieben.«

»Ich habe Sarah auch versteckt«, sagte Tante Gertrud. »Hier

auf dem Hof. Zwei Monate lang. Ihre Eltern und Geschwister waren schon abgeholt worden. Ich bin immer in dieses Versteck auf dem Speicher gegangen. Ich hatte ihr da aus Heu und alten Laken ein Bett gemacht. Hinter dem großen Schrank, in der Ecke. Es war wunderbar. Nie war ich so glücklich wie damals. Und nie war ich so unglücklich wie an dem Tag, an dem sie geholt und weggebracht wurde.«

»Man hat sie geholt?, fragte Anna.

»Ja, man hat sie geholt.« Tante Gertrud weinte.

Warum weiß ich von alldem nichts?, fragte sich van de Loo. Warum hat bis heute nie jemand darüber gesprochen?

Er wusste nur, dass sein Vater zwei Jahre nach dem Ende des Krieges aus der Gefangenschaft zurückgekommen war und studiert hatte. Zwei seiner Onkel waren an der Ostfront gefallen. Eine Schwester des Vaters hatte geheiratet und war nach Amerika ausgewandert. Der Hof war dann von einem Verwalter bewirtschaftet worden, einem polnischen Zwangsarbeiter, der nach dem Krieg dort geblieben war. Er hatte in den ganzen Jahren keine einzige neue Maschine gekauft, alles war auf dem alten Stand geblieben. Tante Gertrud und er waren dabei nicht reich geworden, aber sie hatten leben können. Auf Familienfeiern war der Mann nie dabei gewesen. Und dann war er plötzlich von einem Tag auf den anderen verschwunden, und van de Loo war mit Johanna und Katharina auf den Hof gezogen.

Warum weiß ich so wenig?, fragte sich van de Loo erneut, obwohl er die Antwort kannte. Er hatte nie nachgefragt! Er hatte sich eingeredet, Trude sei zu verwirrt, um vernünftig mit ihr reden zu können. In Wirklichkeit hatte er gar nicht den Versuch gemacht, weil er sich im Grunde für sie und ihr Leben nicht interessierte. Er hatte sie fünf Jahre lang nicht richtig wahrgenommen. Jetzt schämte er sich. Mit Annas Hilfe war Tante Gertrud in die Vergangenheit zurückgekehrt, in die Zeit, in der sie sich bestens auskannte und zurechtfand. Anscheinend musste erst jemand von außen kommen, jemand wie Anna, um ihm die Augen zu öffnen. Jetzt wusste er, warum Tante Gertrud nie geheiratet hatte und von der Verwandtschaft geschnitten worden war. Trude war eine Lesbe! Und die Familie hatte diese Tatsache aus Scham verschwiegen. Oder steckte noch mehr dahinter?

»Ist sie verraten worden?«, fragte Anna.
Tante Gertrud nickte.
»Wer war das? Wer hat sie damals verraten?«
Tante Gertrud schüttelte lange den Kopf. Sie stellte die Zigarrenkiste auf den Tisch und öffnete sie. Ihre Hände zitterten, als sie einen Packen vergilbter Briefe und eine lange Halskette herausnahm und zur Seite legte. Dann zog sie ein Bild hervor und gab es an Anna weiter. Anna betrachtete es. Zwei junge Frauen, wunderschön und strahlend vor Glück, lächelten in die Kamera.
»Ist sie das?«, fragte Anna und tippte mit dem Zeigefinger auf die junge Frau, rechts im Bild.
»Ja«, sagte Tante Gertrud. »Das ist Sarah.«
»Und wer ist die andere?«, fragte Anna.
»Das bin ich«, sagte Tante Gertrud. »So sieht man aus, wenn man jung und glücklich ist!«
Sie stand auf und verließ die Küche.

***

»Gehört Düren eigentlich noch zum Niederrhein?«, fragte Mareike. Sie fuhren über die A61. Die Sonne strahlte, der Spätsommer zeigte noch einmal, was in ihm steckte.
»Ganz wie man's nimmt«, sagte Peters.
»Und wie nimmst du es?«
»Ich ziehe eine Linie. Sie beginnt am Rhein zwischen Neuss und Düsseldorf, geht über Mönchengladbach und endet im holländischen Roermond. Das krumme Kuchenstück, das sich nördlich davon zwischen dem Rhein und der holländischen Grenze befindet, das ist für mich Niederrhein. Linker, unterer Niederrhein, genauer gesagt.«
»Düren gehört also nicht dazu?«
»Nein. Düren ist kein Niederrhein.«
»Und was ist mit den Gebieten auf der anderen Seite des Rheins? Wesel zum Beispiel?«
»Ist für mich auch kein richtiger Niederrhein«, sagte Peters. »Da sind die Römer ja nie hingekommen. Also keine Kultur. Die von der anderen Rheinseite wollen heute vielleicht dazugehören,

aber sie sind keine echten Niederrheiner. Sie leben jenseits der Grenze.«

»Ich werde im Netz nachschauen«, sagte Mareike. »Auf Wikipedia weiß man vielleicht mehr als du.«

Sie waren diesmal im Dienstwagen unterwegs. Peters ließ Mareike fahren. Als sie am Kreuz Jackerath waren, rief er Nora Norden an.

»Gut, dass Sie sich diesmal melden«, sagte die Ärztin. »Ich habe darauf gewartet!«

»Tut mir leid, dass ich beim letzten Mal so schludrig war«, sagte Peters. »Wird nicht wieder vorkommen. Gibt es etwas Neues?«

»Ja. Ich habe schon wieder eine kleine Überraschung für Sie.«

»Dann schießen Sie mal los«, sagte Peters. »Bin sehr gespannt.«

»Wenn mich nicht alles täuscht, wurde Hubert Moelderings mit einem Bō erschlagen.«

»Womit?«

»Einem Kampfstock. Allem Anschein nach war es ein Hakkaku Bō.«

»Sie wollen mich auf den Arm nehmen«, sagte Peters.

»Nein. Ich meine es ernst. Die Verletzungen deuten darauf hin«, sagte Nora Norden. »Ich habe es rekonstruiert. Es muss ein achteckiger Stock gewesen sein, etwas kleiner als ein Baseballschläger. Ein Hakkaku Bō hat genau diese Form.«

»Woher wissen Sie so was?«, fragte Peters.

»Ich bin eine neugierige Frau«, sagte Nora Norden. »Deshalb würde ich Sie bei Gelegenheit auch gern näher kennenlernen. Was halten Sie davon, wenn wir mal zusammen essen gehen?«

»Mal sehen«, wich Peters aus. »Im Augenblick habe ich furchtbar wenig Zeit.«

»Ich weiß«, sagte Nora Norden. »Alles ziemlich hektisch im Moment. Die Presse macht heftig Dampf. Die ›Soko Kormoran‹ arbeitet auf Hochtouren. Grenzt für meine Begriffe an Hysterie. Waren schon dreimal Leute hier. Haben mich jedes Mal das Gleiche gefragt. Und Sie? Haben Sie eine Spur?«

»Wir verfolgen sie gerade!«

»Dann viel Erfolg! Wenn Sie nämlich nicht bald einen Volltreffer landen, sehen wir uns in Kürze wieder. Und bestimmt nicht in einem Restaurant!«

»Alle Düren schließen!«, hatte jemand auf das Ortseingangsschild gekritzelt. Die Stadt wirkte auf den ersten Blick tatsächlich nicht besonders anheimelnd, und Peters konnte den Wunsch des Kritzlers nachvollziehen. Auch der zweite Blick änderte nichts an diesem Eindruck. Düren war im Krieg beinahe vollkommen zerstört worden. Man hatte damals ernsthaft überlegt, auch noch die Reste dem Erdboden gleichzumachen. Dann war der Aufbauplan gekommen, und der war viel zu schnell und viel zu unüberlegt umgesetzt worden. Es ging damals ums nackte Überleben. An Schönheit oder Lebensqualität hatte niemand einen Gedanken verschwendet.

Der Bau, in dem Arnold Gehlen wohnte, war ein grauer Klotz, drei Stockwerke hoch. Neben jedem Fenster war eine Satellitenschüssel angebracht worden. Die ungepflegten Rasenflächen wurden vornehmlich von Hunden genutzt.

Mareike drückte auf den Klingelknopf. Wenig später war der Summer zu hören. Sie stießen die Tür auf und betraten ein blank geputztes Treppenhaus. Glasbausteine warfen unwirkliche Farben auf die Treppenstufen. Aus einer offen stehenden Tür im zweiten Stock blickte ihnen ein Mann entgegen.

»Herr Gehlen?«, fragte Mareike.

Der Mann nickte. »Ja. Ich bin Heinz Gehlen.«

»Wir haben vor einer Stunde miteinander telefoniert«, sagte Mareike. »Sie haben das Gespräch plötzlich unterbrochen. Das ist mein Kollege Peters. Wir müssen mit Ihnen reden.«

»Kommen Sie herein.«

In der Wohnung herrschte Trostlosigkeit. Es roch nach Enge, nach Trauer und nach Krankheit. Heinz Gehlen führte sie durch den kleinen Flur ins Wohnzimmer. Es war altertümlich eingerichtet; ein Eichenschrank, zwei Sessel, ein Sofa, der Fernseher. An den Wänden eine Stickerei, Dürers Hase und ein pflügender Bauer. Die Umgebung nahm Peters den Atem.

»Sie wohnen hier mit Ihrem Vater?«, fragte Mareike.

»Woher wissen Sie das?«, fragte Heinz Gehlen.

»Sie haben am Telefon so etwas angedeutet«, sagte Mareike.

»Mein Vater ist seit Jahren pflegebedürftig«, sagte Gehlen. »Er hatte einen Schlaganfall und leidet zudem unter Asthma. Ich kann ihm nicht zumuten, in ein Altenheim zu gehen. Mein Vater braucht mich. Ich habe keine eigene Wohnung. Ich schlafe hier, auf dem Sofa. Ich kümmere mich um ihn, so gut es geht. Zweimal in der Woche kommt jemand vom Pflegedienst.«

»Und Sie?«, fragte Peters. »Was ist mit Ihrer Familie?«

»Mein Sohn ist vor langer Zeit angefahren worden«, antwortete Gehlen. »Er ist auf der Straße verblutet, weil nicht sofort Erste Hilfe geleistet wurde. Meine Frau hat seinen Tod nicht verkraftet. Sie hat mich ein paar Jahre später verlassen. Sie hat die Vergangenheit nicht aushalten können.«

Mareike trat ans Fenster und zog die vergilbten Gardinen beiseite.

»Da unten ist es passiert«, sagte Gehlen.

»Direkt vor diesem Fenster?«

»Ja«, sagte Gehlen müde. »Mein Vater hat alles beobachtet.«

»Er hat gesehen, wie sein Enkel angefahren wurde?«

»Ja. Er stand hier oben und wartete auf Jens. Mein Sohn sollte hier übernachten, weil ich mit meiner Frau noch zur Annakirmes wollte. Er hat seinen Opa sehr geliebt.«

»Warum hat er nicht geholfen?«

»Er hat einen Schock erlitten. Als er wieder zu sich kam, war es schon zu spät.«

»Und in all diesen Jahren hat Ihr Vater auf die Unglücksstelle geschaut?«

»Er saß stundenlang hier und war nicht ansprechbar. Ich habe ihm immer gesagt, dass er die Sache vergessen muss. Aber er konnte es nicht.«

»Vielleicht hätten Sie dafür sorgen sollen, dass er umzieht. Dann wäre ihm das Vergessen sicher leichter gefallen.«

»Einen alten Baum verpflanzt man nicht«, sagte Gehlen.

»Und Ihr Vater hat herausgefunden, wer der Fahrer des Unglücksautos war?«

»Es hat ihm keine Ruhe gelassen. Er hat den Wagen gesehen, aber das Nummernschild nicht erkannt. Er wusste nur den Wagentyp und die Farbe. Und dann hat er nachgeforscht. Es war eine Manie. Niemand konnte ihn davon abhalten. Bis zu seinem

Schlaganfall hat er weitergemacht. Es war schrecklich. Er hat von nichts anderem mehr geredet.«

»Ist seine Hartnäckigkeit denn belohnt worden?«, fragte Peters.

In diesem Augenblick hörten sie ein furchtbares Geräusch. Es war ein Husten, wie Peters es noch nie gehört hatte. Gehlen sprang auf und hastete ins Nebenzimmer. Peters und Mareike hörten ihn beruhigend auf seinen Vater einreden, der jetzt würgende Schreie ausstieß. Es hatte nichts Menschliches. Es erinnerte Peters an ein sterbendes Tier. Dann ebbten die Geräusche ab. Und schließlich herrschte wieder Stille.

»Entschuldigen Sie«, sagte Gehlen, als er ins Wohnzimmer zurückkam. »Er hat sich aufgeregt. Er hat wohl gemerkt, dass Sie gekommen sind. Gut, dass es Cortison gibt. Mein Vater wäre sonst bestimmt schon längst erstickt.«

»Hat Ihr Vater etwas herausgefunden?«, fragte Peters erneut.

»Ja«, sagte Gehlen. »Warten Sie. Ich hole Ihnen die Sachen.«

Wenig später kam er mit einem halben Dutzend Aktenordner zurück. Sie waren sorgsam nummeriert, und auf jedem stand in schwungvoller Schrift »Jens«. Mareike schlug den Ordner mit der Nummer eins auf. Es war eine Sammlung von Zeitungsartikeln. Die meisten hatte sie schon in der Kladde von Hubert Moelderings gesehen.

»Mein Vater hat tatsächlich zwei der Männer ermitteln können, die damals im Auto gesessen haben müssen«, sagte Gehlen. »Er hat jahrelang im Dunkeln getappt, aber dann hat der Betreiber eines Kinderkarussells ihm den entscheidenden Tipp gegeben.«

»Und?«

»Was, und?«

»Wer war es? Wer saß damals im Auto?«

»Hubert Moelderings und Theo Grossmann.«

»Sie sind beide tot«, sagte Peters. »Was hat Ihr Vater gemacht, nachdem er wusste, wer es war?«

»Er hat ihnen Drohbriefe geschrieben. Er wollte die ganze Wahrheit erfahren. Schließlich hatte er vier Männer gesehen. Es hat ihm keine Ruhe gelassen. Es musste erst der Schlaganfall kommen.«

»Dürfen wir die Ordner mitnehmen?«, fragte Mareike.

»Nur wenn Sie sie mir wieder heil zurückbringen. Das ist ja sozusagen das Lebenswerk meines Vaters!«

»Wir werden achtsam damit umgehen«, versprach Mareike.

»Haben Sie das Werk Ihres Vaters fortgesetzt?«, fragte Peters.

»Ich?«

»Ja. Sie. Sie sind schließlich der Vater des Jungen. Außerdem ist Ihre Ehe an dem Schicksalsschlag zerbrochen. Sie haben allen Grund, sich zu rächen. Haben Sie das gemacht?«

»Ich?«, fragte Gehlen noch einmal. Er ließ sich auf einen Sessel fallen und sah erst Mareike und dann Peters an. Sein Blick war leer und nichtssagend.

»Herr Gehlen. Wo waren Sie in der Nacht zum letzten Freitag?«, fragte Peters. »Und wo haben Sie sich Dienstagabend aufgehalten?«

»Hier. Ich bin meistens hier.«

»Kann das jemand bezeugen?«

»Mein Vater. Aber der fällt als Zeuge wohl aus.«

Mareike und Peters sahen sich an. Sie wussten, dass sie jetzt nicht weiterkamen und das Gespräch sich nur im Kreis drehen würde. Sie verabschiedeten sich von Heinz Gehlen und verließen das Haus. Peters trug die Ordner. Er hatte ein Gefühl, als wäre er gerade aus dem Krankenhaus entlassen worden.

»Was sagst du?«, fragte er.

»Ich weiß nicht«, sagte Mareike. »Rache ist ein starkes Motiv.«

»Wer aus Rache mordet, legt keine Spuren. Der quält seine Opfer vielleicht, aber warum sollte er sie symbolhaft verstümmeln?«

»Wir sollten ihn dennoch überwachen lassen«, sagte Mareike. »Jedenfalls die nächsten Tage.«

***

Am Montag war Theo Grossmanns Leiche offiziell freigegeben worden, am Donnerstag konnte er endlich beerdigt werden. Van de Loo fuhr mit Anna hin, weil sie trotz allem von ihrem Onkel Abschied nehmen wollte. Johanna hatte ihr eine Entschuldigung für die Schule geschrieben.

»Wie lange kanntest du Theo Grossmann eigentlich?«, fragte van de Loo.

»Onkel Theo? Den kenne ich, seit ich denken kann«, sagte Anna. »Als Kind bin ich manchmal mit Mama zur Hütte gefahren. Wir wurden dann von einem Taxi abgeholt, deshalb habe ich es nicht vergessen. In der Hütte waren vier Onkel, das weiß ich auch noch. Aber an die Gesichter und Namen der anderen kann ich mich nicht erinnern. Die habe ich ja später nie mehr gesehen. Nur Onkel Theo hat mich regelmäßig besucht. Wir sind dann Eis essen oder shoppen gegangen. Und in den letzten Jahren bin ich manchmal mit ihm in die Hütte gefahren.«

»Hast du das der Polizei erzählt?«

»Keine Ahnung«, sagte Anna. »Ich habe nur die Fragen beantwortet, die mir gestellt wurden. Ich mochte den Mann von der Kripo ja nicht. Und wenn ich jemanden nicht mag, dann habe ich keine Lust, ihm etwas von mir zu erzählen. Glaubst du eigentlich, dass es jemand aus der Familie war?«

»Aus der Familie?« Van de Loo wusste nicht sofort, wovon Anna sprach.

»Es könnte doch sein, dass einer aus deiner Familie Sarah Rosenboom verraten hat. Waren deine Eltern Nazis?«

»Nicht dass ich wüsste«, antwortete van de Loo verlegen. »Aber jede Familie hat ihr Geheimnis. Ich wusste zum Beispiel nichts von dem, was Tante Gertrud erzählt hat. Ich habe gedacht, sie wäre viel zu durcheinander, und habe nie nach ihrer Vergangenheit gefragt. Aber du kannst dich darauf verlassen, dass ich irgendwann herausfinden werde, was damals passiert ist.«

Es war eine überschaubare Gruppe von Trauergästen, die sich auf dem kleinen Kesseler Friedhof eingefunden hatte. Das Glöckchen der Friedhofskapelle bimmelte durchdringend, und van de Loo spürte bereits beim Betreten des Friedhofs, dass etwas anders war als auf normalen Beerdigungen. Es hing eine seltsame Spannung in der Luft, was vielleicht mit der Tatsache zusammenhing, dass Theo Grossmann nicht nur Opfer, sondern auch Täter gewesen war. In der Zeitung waren Andeutungen gemacht worden, und der Dorftratsch hatte bestimmt den Rest besorgt.

Die Witwe stand dicht vor dem Grab. Sie trug einen schwarzen Schleier, um ihr Gesicht zu verbergen, und hielt verschämt den Kopf gesenkt. Ihre beiden halb erwachsenen Jungs standen mit unbewegter Miene links und rechts neben ihr. Jeder von ihnen hatte einen Arm der Mutter genommen, um sie zu stützen.

Hinter den Familienmitgliedern stand die engere Verwandtschaft. Van de Loo fiel eine alte Frau auf, die ihren dünnen, gekrümmten Körper auf einen Stock stützte. Die Verbitterung war ihr tief ins Gesicht geschrieben. Van de Loo vermutete, dass es die Mutter von Theo Grossmann war. Sie sah immer wieder mit finsterem Blick zu Monika Grossmann hinüber. Anscheinend machte sie insgeheim ihre Schwiegertochter für den Tod ihres Sohnes verantwortlich, denn ihr Blick vereinigte Vorwurf und Verachtung.

Dann kamen die Nachbarschaft, Freunde, Bekannte, und ganz am Rand der Gesellschaft hielten sich ein paar Leute auf, die nicht richtig dazuzugehören schienen. Van de Loo vermutete, dass es Grossmanns Angestellte waren oder Vertreter von Firmen, mit denen er Geschäfte gemacht hatte.

Johannes Winkens war in Begleitung seiner Frau gekommen und hatte einen Platz in der Mitte gewählt. Er hatte eine ernste, undurchschaubare Miene aufgesetzt und die Hände vor seinem beträchtlichen Bauch zusammengelegt. In seinem langen, dunklen Mantel und dem schwarzen, breitkrempigen Hut wirkte er wie ein alter Patriarch. Er sah sich immer wieder um, und wenn er zwischendurch seiner Frau etwas zuflüsterte, beugte er sich gönnerhaft zu ihr hinab.

Nachdem Grossmann seine letzte Ruhe gefunden und die Trauergäste ihre Blumen ins Grab geworfen hatten, ließ Winkens es sich nicht nehmen, die Witwe tröstend in die Arme zu schließen. Für van de Loos Geschmack ein wenig zu lange. Nachdem Monika Grossmann im Kreis der engsten Verwandten den Friedhof verlassen hatte, ging van de Loo zu Winkens. Anna hielt sich im Hintergrund.

»Conrad van de Loo«, sagte er und gab erst Frau Winkens, dann ihrem Mann die Hand.

»Ach Sie sind das«, sagte Johannes Winkens. »Freut mich, Sie kennenzulernen. Allerdings könnte man sich bessere Umstände für eine erste Begegnung wünschen, nicht wahr?«

»Ja«, sagte van de Loo. »Und das Schlimme ist, dass Sie schon bald erneut auf eine Beerdigung gehen müssen.«

»Wenn das so weitergeht, bin ich bald Stammgast auf Friedhöfen«, sagte Winkens und lachte kurz auf. Seine Frau schien es gewohnt zu sein, ihrem Mann in jeder Situation hilfreich zur Seite zu stehen, denn sie lachte ebenfalls.

»Macht Ihnen das keine Sorgen?«, fragte van de Loo.

»Schon. Aber ich habe keine Lust, klein beizugeben. Ich gehe jetzt in die Offensive. Die Öffentlichkeit soll wissen, dass ich mit den Toten befreundet war. Mauern hilft nicht. Das gibt nur Anlass zu Spekulationen. Es ist mein ausdrücklicher Wunsch, dass die Fälle restlos aufgeklärt werden.«

»Das wünscht sich der ganze Niederrhein«, sagte van de Loo. »Ich konnte allerdings bislang nicht viel bewerkstelligen. Und den Tod von Hubert Moelderings konnte ich schon gar nicht verhindern. Ich werde den Rest des Honorars in den nächsten Tagen an Sie zurücküberweisen.«

»Tun Sie das nicht«, sagte Winkens mit Nachdruck. »Bleiben Sie am Ball. Ich will wissen, was los ist. Von mir aus können Sie alles in Rechnung stellen. Auch die Stunden, in denen Sie nur über die Morde nachdenken. Ich wäre froh, wenn Sie weiterhin für mich arbeiten würden.«

»Für den Personenschutz bin ich zu alt«, sagte van de Loo.

»Darum geht es nicht«, sagte Winkens. »Sie können mir glauben, dass ich ganz gut auf mich selbst aufpassen kann. Außerdem habe ich ja meine Frau.« Er lachte wieder, und sie ließ sich nicht lange bitten. »Allerdings gibt es jemanden, der auch zum Freundeskreis gehörte und um den ich mir wirklich Sorgen mache.«

»Und der wäre?«

»Er heißt Thomas. Thomas Schelling. Er gehörte zum Kleeblatt, meinte aber immer, etwas Besonderes zu sein. Leider habe ich ihn seit Monaten nicht mehr gesehen. Und gehört habe ich auch nichts mehr von ihm.«

»Wieso?«

»Es gab Meinungsverschiedenheiten.«

»Weshalb?«

»Weil ich ihm die Wahrheit gesagt habe.«

»War sie so schlimm?«

»Es hat den Anschein.«

»Und wo finde ich Herrn Schelling?«, fragte van de Loo.

»Ich habe mein Adressbuch nicht dabei, aber er ist Lehrer auf der Gaesdonck«, sagte Winkens.

»Nicht schon wieder«, entfuhr es van de Loo.

»Was denn?«, fragte Winkens.

»Ich war selbst mal Schüler da.«

»Und? Hat man Sie mit eiskaltem Wasser abgespritzt? Mussten Sie im ehemaligen Klostergarten nackt posieren oder hat man andere schmutzige Dinge von Ihnen verlangt? Gehören Sie etwa auch zu den Missbrauchsfällen in der katholischen Kirche?«

»Nein«, sagte van de Loo. »Das habe ich alles nicht erlebt. Eigentlich war es eine ganz schöne Zeit. Man hatte ein System, eine feste Ordnung und Regeln, an die man sich halten konnte. Außerdem hatte man viele Gleichgesinnte und ein paar gute Freunde. Jedenfalls sehe ich das heute so.«

Inzwischen hatte sich der Friedhof weitgehend geleert, und Anna stand ein wenig verloren vor den Gräbern herum.

»Wer ist denn die junge Frau da drüben?«, fragte Winkens. »Gehört die zu Ihnen?«

»Das ist Anna«, sagte van de Loo. »Anna Lechtenberg.«

»Anna Lechtenberg?« Van de Loo sah, wie sich Winkens' Gesicht veränderte. »Das ist wirklich Anna? Sonjas Tochter?«

Winkens löste sich vom Arm seiner Frau und ging langsam auf Anna zu. Je näher er ihr kam, umso kürzer wurden seine Schritte. Als er vor ihr stand, breitete er für einen Augenblick die Arme aus, als wollte er sie umarmen. Dann besann er sich, fasste Anna an den Oberarmen, hielt sie fest und schaute sie lange an. Es sah aus, als würde er sie eingehend prüfen. Sein Kopf bewegte sich langsam hin und her. Van de Loo hatte den Eindruck, dass Winkens sehr zufrieden war mit dem, was er sah.

»Was ist das für eine Anna?«, fragte Frau Winkens streng.

»Anna Lechtenberg«, wiederholte van de Loo. »Sie kannte Theo Grossmann ziemlich gut.«

»Hübsches Mädchen«, sagte Frau Winkens. »Irgendwie anders als die meisten jungen Dinger heutzutage.«

Van de Loo sagte nichts. Er sah, wie Johannes Winkens mit Anna redete. Er hatte nicht das Gefühl, dass es ihr unangenehm war. Sie wirkte entspannt und lachte zwischendurch sogar ein paarmal. Winkens zeigte sich offenbar von seiner besten Seite, während seine Frau sich krampfhaft bemühte, ein Gespräch in Gang zu bringen. Sie sprach van de Loo erneut auf die schrecklichen Missbrauchsfälle in der katholischen Kirche an, aber er ging nicht darauf ein. Das Thema hing ihm allmählich zum Hals heraus, und er war erleichtert, als Johannes Winkens endlich mit Anna zurückkam.

»Und Sie kümmern sich jetzt um meinen alten Freund Thomas Schelling?«, wandte sich Winkens an ihn.

»Werde ich«, sagte van de Loo. »Und natürlich auch um den Mord an Hubert Moelderings.«

»Das ist gut«, sagte Winkens.

»Sind Sie sich da sicher?«, fragte van de Loo.

»Absolut!«

Das Ehepaar Winkens verabschiedete sich und verließ den Friedhof.

»Was hat er von dir gewollt?«, fragte van de Loo.

»Er wollte mich ein wenig näher kennenlernen«, sagte Anna. »Herr Winkens ist wirklich ein netter Mensch.«

»Kanntest du ihn?«

»Nein, aber er hat mir erzählt, dass er ein guter Freund von Onkel Theo war und wir uns begegnet sind, als ich noch ein kleines Kind war. Er hat mir Komplimente gemacht und gesagt, ich sei schön und Mama wie aus dem Gesicht geschnitten. Er hat mir Glück gewünscht und gesagt, ich solle so weitermachen. Außerdem hat er mir Geld zugesteckt.«

»Wie viel?«

»Fünfhundert Euro.«

»Fünfhundert Euro?«, fragte van de Loo nach. Es war genau der Betrag, den Theo Grossmann jeden Monat an Hubert Moelderings überwiesen hatte. »Was hat er dafür verlangt?«

»Nichts. Er hat mir das Geld einfach so gegeben.«

»Einfach so gibt es nicht«, sagte van de Loo. »Alles hat seinen Grund.«

»Und was ist der Grund?«

»Das kann uns sicher deine Mutter sagen. Wir fahren jetzt zu ihr.«

»Das möchte ich nicht«, sagte Anna.

»Und warum nicht?«

»Weil ich mich schäme. Ich hab sie im Stich gelassen.«

»Vielleicht siehst du das falsch. Meiner Meinung nach hat sie dich im Stich gelassen.«

»Mama ist krank!«

»Krankheit entschuldigt nicht alles. Sie könnte einen Entzug oder so etwas machen. Auch dir zuliebe.«

»Das schafft sie allein nicht!«

»Dann müssen wir ihr eben helfen«, sagte van de Loo. »Ich muss sie ein paar Dinge fragen, nicht nur wegen der Sache von vorhin. Ich brauche Antworten, sonst komme ich nicht weiter, und wir erfahren nie, wer deinen Onkel umgebracht hat.«

»Ich habe Angst«, sagte Anna leise.

»Vor wem?«

»Vor Mama. Und vor dem, was alles noch kommt«, sagte Anna. »Ich habe das Gefühl, dass das alles irgendwie mit mir zu tun hat. Nicht nur der Tod von Onkel Theo. Dabei habe ich doch gar nichts getan!«

***

Krefeld war einmal eine reiche Stadt gewesen, eine »Stadt wie Samt und Seide«, aber die Zeiten hatten sich geändert. Jetzt wurde die Seide irgendwo anders hergestellt, und auch der internationale Fußball wurde anderswo gespielt. Dennoch hatte die Stadt etwas, was andere Städte nicht hatten. Es war schwer zu beschreiben. Van de Loo nannte es das »Krefelder Gefühl«. Es hatte mit Trotz zu tun und stand den Bewohnern in die Gesichter geschrieben. Auf dem Markt war es zu sehen. In den Auslagen der Geschäfte. Wer in Krefeld lebte, musste ein Kämpferherz haben, sonst war er verloren.

Van de Loo fuhr über den Ring, an mächtigen, alten Bäumen vorbei. Anna hatte auf der Fahrt geschwiegen, ihre Headphones aufgesetzt und die Augen geschlossen. Sie wollte nicht in ihr altes Leben zurück, das sie vor knapp zwei Monaten hinter sich gelassen hatte, und sträubte sich dagegen, dass van de Loo ihrer Mutter begegnete.

Er fuhr zuerst zu Sonja Lechtenbergs Wohnung. Es gab kein Klingelschild mit ihrem Namen, kostenlose Wochenzeitungen verstopften die Briefkästen. Anna hatte keinen Hausschlüssel dabei und schellte bei einer Nachbarin. Der Türöffner summte; vom Treppenabsatz der ersten Etage schaute eine Frau neugierig auf sie herab.

»Was machst du denn hier?«, fragte sie.

»Ich suche Mama«, sagte Anna tapfer.

»Ach Gott! Du Ärmste! Deine Mutter wohnt nicht mehr hier. Sie hat die Miete nicht bezahlt. Auch die Stadtwerke nicht. Ehrlich gesagt sind alle im Haus froh, dass sie endlich weg ist. Seitdem du gegangen bist, ging es mit ihr immer weiter bergab. Ich habe sie mindestens drei Mal im Flur gefunden. Sie hat da geschlafen. War zu besoffen, den Schlüssel ins Schloss zu kriegen. Aber irgendwann ist Ende, verstehst du? Irgendwann ist Schluss!«

»Und wo ist sie jetzt?«

»Keine Ahnung, wo sie sich rumtreibt. Irgendwo in der Stadt. Das letzte Mal hab ich sie auf dem Platz hinter dem Hauptbahnhof gesehen. Sie sah nicht besonders gut aus.«

»Danke«, sagte Anna.

»Und was machst du so?«, fragte die Nachbarin. »Ohne deine Mutter? Genießt du die Freiheit?« Sie grinste und strich ihre Schürze glatt.

»Ich ärgere mich, dass es Menschen wie Sie gibt«, sagte Anna. »Ich habe Sie schon als Kind nicht leiden können. Heute weiß ich endlich, warum.«

Sie drehte sich abrupt um und lief die Treppe hinunter. Van de Loo folgte ihr. Als sie wieder im Auto saßen, kämpfte sie mit den Tränen.

»Blöde Kuh!«, schniefte sie wütend. »So eine blöde Kuh!«

Van de Loo fuhr mit ihr durch die Stadt. Sie suchten zuerst hinter dem Hauptbahnhof, und van de Loo befragte ein paar Tippelbrüder, die sich auf dem »Platz der Wiedervereinigung« zusammengefunden hatten.

»Gestern«, sagte einer mit heiserer Stimme. »Gestern war sie noch hier. Aber gestern ist nicht heute. Und heute ist nicht morgen.« Er lachte.

Van de Loo fuhr weiter, ohne zu wissen, wohin. Dann hatte

Anna eine Idee. Sie lotste ihn zu dem Spielplatz, auf den ihre Mutter früher immer mit ihr gegangen war. Die Spielgeräte waren verrostet, die Papierkörbe lange nicht geleert worden. Der Sandkasten wurde anscheinend als Hundetoilette missbraucht, und Kinder waren nicht zu sehen. Und dann entdeckte Anna ihre Mutter. Sie saß zusammengekauert auf einer Bank, von Plastiktüten umrahmt, und schien zu schlafen. Ihr Haar war zerzaust. Ihre Hände umklammerten die Tüten.

Anna schob ein paar davon beiseite und setzte sich neben ihre Mutter. Sie legte ihr den Arm um die Schulter und schaukelte sie sanft wie ein Baby. Sonja hielt die Augen noch immer geschlossen, schien aber mitzubekommen, dass keine Gefahr drohte. Sie hob langsam den Kopf, ohne die Augen zu öffnen. Ihr Gesicht war geschwollen, Blutkrusten umrahmten das rechte Auge. Van de Loo ging zu einer Schaukel und setzte sich auf das morsche Brett. Er verspürte plötzlich eine wahnsinnige Lust auf eine Zigarette, obwohl er seit Jahren Nichtraucher war.

»Mama«, sagte Anna leise. »Mama!«

Sonja Lechtenberg öffnete die Augen und sah ihre Tochter an.

»Anna«, sagte sie. Es klang wie ein Krächzen.

»Ja, Mama. Ich bin es.«

»Was willst du? Warum bist du gekommen? Brauchst du Geld?«

»Ach Mama«, sagte Anna. »Denk doch nicht gleich wieder, dass man was von dir will!«

»Alle wollen was von einem. Hast du das noch nicht mitgekriegt?«

»Geht es dir gut?«, fragte Anna und nahm die Hand ihrer Mutter.

»Ich lebe. Das siehst du doch.«

»Wer hat das gemacht?« Anna ließ die Hand ihrer Mutter los und strich sanft über die Blutkrusten am Auge.

»Was denn?«

»Dein Gesicht.«

»Ich bin gestürzt!«

»Das hast du früher auch immer gesagt, wenn dich einer verprügelt hat«, schimpfte Anna. »Warum lässt du dir das alles gefallen?«

»Dein Vater war vor ein paar Tagen da. Was soll ich denn machen? Er ist einfach stärker.«

»Mein Vater?«, fragte Anna. »Gibt es den überhaupt?«

»Ja, aber den kannst du getrost vergessen. Er wurde vor Kurzem aus dem Knast entlassen und hat nicht einmal nach dir gefragt. Er wollte nur Geld und brauchte einen Unterschlupf. Weiß der Teufel, warum ich ihm ausgerechnet den Tipp mit der Hütte gegeben habe.«

»Theo Grossmann ist tot«, sagte Anna, ohne weiter nach ihrem Vater zu fragen.

»Na und? Wir sterben doch alle.«

»Onkel Theo«, sagte Anna. »Erinnerst du dich nicht an ihn?«

»Meinst du, ich wäre verrückt geworden? Natürlich erinnere ich mich. Einer von der Viererbande. Tot, sagst du? Komisch. Ich glaub, das hat mir schon jemand erzählt. Der kann doch noch gar nicht so alt sein. Ein Autounfall?«

»Er wurde erschossen.«

»Auf der Jagd? Ich hab ihm immer gesagt, er soll vorsichtig sein.«

»Er ist schon lange nicht mehr auf die Jagd gegangen.«

»Wie ist es denn dann passiert?«

»Er ist ermordet worden. In der Hütte!«

»Ermordet? Ja, stimmt. Jetzt erinnere ich mich. Das hat mir der Mann von der Polizei erzählt. Auch Hubert soll tot sein. Hubert Moelderings. Der Tröster der Betrübten und Schwarm aller Mädchen. Wie man mir gesagt hat, wurde er erschlagen! Kannst du mir sagen, warum solche Sachen passieren müssen?« Sonja sah ihre Tochter zum ersten Mal richtig an. »Warum können die Menschen nicht friedlich miteinander leben?«

»Das weiß ich nicht«, sagte Anna. Sie winkte van de Loo zu sich.

»Tach«, sagte er und reichte Sonja Lechtenberg die Hand.

»Kennen wir uns von irgendwoher?«, fragte sie.

»Nicht dass ich wüsste«, sagte van de Loo.

»Was wollen Sie dann hier? Oder sind Sie der neue Freund meiner Tochter?« Sonja Lechtenberg lachte. Van de Loo ging mit keinem Wort auf die Bemerkung ein.

»Frau Lechtenberg, kann ich irgendwas für Sie tun?«, fragte er nach einer Weile.

»Sie stellen Fragen wie ein Geistlicher«, sagte Annas Mutter.

»Gut. Dann sage ich Ihnen jetzt mal, was der liebe Gott vorhat. ER will, dass Anna in die Stadt geht und neue Sachen für Sie kauft. ER will, dass Sie mit mir zum ›Nordbahnhof‹ fahren. Das will ER. Und Gottes Wille sollte den Menschen heilig sein!«

»Was sollen wir denn im ›Nordbahnhof‹? Ich hab keine Lust, einen Ausflug mit dem ›Schluff‹ zu machen!«

»Im ›Nordbahnhof‹ gibt es ein Restaurant. Ich kenne zufällig den Besitzer«, sagte van de Loo. »Da können Sie sicher duschen und sich ein wenig frisch machen, wie es so schön heißt. Danach kleiden Sie sich neu ein, und wir essen gemeinsam.«

»Ich kann doch so nicht unter Menschen«, sagte Sonja.

»Sie sind unter Menschen«, sagte van de Loo.

»Und meine Sachen?«

»Die nehmen wir mit.«

Sonja Lechtenberg war schließlich einverstanden, dass Gottes Wille geschah. Van de Loo trug ihre schmutzigen Habseligkeiten zum Auto und verstaute sie im Kofferraum. Er gab Anna Geld und setzte sie in der Innenstadt ab. Dann fuhr er zum »Nordbahnhof«. Zum Glück war Viktor da. Er sorgte dafür, dass Sonja die Angestelltendusche benutzen konnte.

Van de Loo saß an der Theke und trank einen Schnaps. Er war ziemlich zufrieden mit sich und dem lieben Gott. Als Anna von ihrem Einkaufsbummel zurückkam, strahlte sie. Sie hatte ihrer Mutter sogar sündhaft teure Unterwäsche gekauft. Von dem Betrag, den van de Loo ihr mitgegeben hatte, war nur lumpiges Kleingeld übrig geblieben. Er tröstete sich mit dem Gedanken, dass er alle Ausgaben Johannes Winkens in Rechnung stellen würde.

Anna ging zu ihrer Mutter, die scheinbar gar nicht mehr aus der Dusche herauskommen wollte. Als die beiden in den Schankraum zurückkehrten, sah Sonja Lechtenberg ziemlich verändert aus. Anna hatte die Blessuren geschickt überschminkt, und Sonjas Lippen leuchteten in einem satten Rot. Ihr Haar hatte sie hochgesteckt, und sie trug ein luftiges Sommerkleid und leichte Sandalen. Van de Loo stand auf, sie gingen zu einem Tisch und nahmen Platz. Sofort wurden die Speisekarten gebracht.

»Ich kann das nicht lesen«, sagte Sonja. »Meine Brille ist weg.«

»Ich les dir vor, was es gibt«, sagte Anna. »Oder hast du einen besonderen Wunsch?«

»Ja«, sagte Sonja. »Ein Bier!«

Zum ersten Mal hörte van de Loo sie lachen. Er schaute sie an und erkannte mit einem Schlag den Menschen hinter der Fassade des Unglücks. Er sah die Frau, die Sonja einmal gewesen war. Sie musste früher sehr schön gewesen sein, und es gab keinen Grund für Anna, sich für diese Mutter zu schämen.

Das Bier wurde gebracht. Sonja strich mit ihren Fingern lange über das feuchte Glas, dann trank sie einen kleinen Schluck und stellte das Glas wieder auf den Bierdeckel zurück.

»Anna«, wandte sie sich an ihre Tochter. »Bist du so lieb und lässt mich eine Weile mit Herrn van de Loo allein?«

»Warum denn?«

»Weil ich nicht möchte, dass du hörst, was ich jetzt sagen werde. Bitte tu mir den Gefallen. Du wirst noch früh genug alles erfahren.«

Anna stand auf und ging zur Theke. Ihre Mutter trank noch einmal von ihrem Bier. Und dann erzählte Sonja Lechtenberg van de Loo ihre Geschichte.

***

Als van de Loo ins Schlafzimmer kam, legte Johanna das Buch beiseite, in dem sie gelesen hatte, und sah ihn erwartungsvoll an.

»Wie war's?«, fragte sie.

»Die Beerdigung war in Ordnung«, sagte van de Loo. »Ich habe mit Johannes Winkens gesprochen. Mein Job läuft vorerst weiter. Aber was danach kam, war ziemlich schwierig.«

»Was war denn?«

»Wir waren bei Annas Mutter. Es geht ihr nicht besonders gut. Sie ist augenblicklich ohne festen Wohnsitz, und ich habe dafür gesorgt, dass sie vorerst im ›Nordbahnhof‹ unterkommt. Sie hat mir eine unglaubliche Geschichte erzählt.«

»Schieß schon los«, sagte Johanna und schüttelte lange den Kopf, nachdem van de Loo zum Ende gekommen war.

»Das gibt es doch gar nicht«, murmelte sie endlich.

»Doch. Das gibt es. Ich glaube kaum, dass Sonja Lechtenberg sich diese irre Geschichte aus den Fingern gesaugt hat.«

»Vier Männer, die mit ein und derselben Frau schlafen, um ein Kind mit ihr zu zeugen, um das sie sich finanziell kümmern wollen? Das hat etwas von einem Geheimbund. Da wurde ein Pakt geschlossen, ein Vertrag besiegelt. Das erinnert mich an Kinder, die Blutsbrüderschaft schließen. Eine verschworene Truppe, die sich dadurch noch enger zusammenschweißt, dass sie die Vaterschaft bewusst offen lässt. Sie besiegeln ein Bündnis des Schweigens und zahlen dafür. Alle halten sich an die Abmachung. Das ist wie bei den Freimaurern oder anderen Geheimbünden.«

»Bis einer den Pakt aufkündigt und das Bündnis zerbricht«, sagte van de Loo.

»Aber warum haben sie das damals gemacht? Da steckt doch ein Plan dahinter, eine tragende Idee. Das eigentliche Geheimnis dieser Geschichte steckt in ihrer Vorgeschichte. Die musst du herausfinden, bevor ein weiterer Mord geschieht.«

Johanna schlief wenig später ein, wogegen van de Loo noch lange wach lag. Er dachte an Anna, Sonja und die vier Männer, die sich das »Kleeblatt« genannt hatten. Sie hatten ein Bündnis geschlossen und jahrelang für Anna gezahlt. Jetzt waren zwei von ihnen tot. Hatte einer der Überlebenden sie auf dem Gewissen? Oder war jemand von außen so sehr an der Zerschlagung der »Viererbande« interessiert, dass er zum Doppelmörder geworden war? Beide Möglichkeiten verhießen nichts Gutes.

SECHS

Ein Gesicht schiebt sich in den Rückspiegel und versperrt dem Fahrer die Sicht auf die Straße. »Mensch, gib Gas!«, schreit jemand. »Fahr schon! Verdammt, du hast gesoffen!«

Der Wecker auf dem Nachttischchen zeigte 1.23 Uhr. Johannes Winkens konnte nicht schlafen. Er musste immer wieder an das Kleeblatt und seine zwei toten Freunde denken, ohne dabei um sie zu trauern. Er dachte an sie, als wären es Bücher, die er einmal gelesen hatte, an deren Inhalt er sich jedoch nicht mehr genau entsinnen konnte. In seiner Erinnerung tauchten immer wieder die gleichen Szenen auf, vollkommen aus dem Zusammenhang gerissen.

Eine Zeit lang hörte er seiner Frau beim Schnarchen zu. Wie immer hatte sie Schlaftabletten genommen, und manchmal hörte sich ihr Geschnarche wie leises Rülpsen an. Er stieg aus dem Bett, schlüpfte in die Pantoffeln, zog den Bademantel an und ging ins Wohnzimmer hinunter. Er trat an die kleine Bar und sah sich die Flaschen und Karaffen an, die mehr oder weniger als Dekoration dienten. Sündhaft teure Tropfen, die er irgendwann von irgendwelchen Leuten bekommen hatte, denen nichts Besseres einfiel, als Alkohol zu verschenken. Ausnahmsweise wollte er sich einmal benehmen wie ein gelangweilter amerikanischer Millionär und genehmigte sich einen Whiskey. Als er das Glas an die Lippen hob und einen Schluck nahm, schüttelte es ihn.

»Scheißzeug«, murmelte er.

Er ließ sich auf die schneeweiße Ledercouch fallen, drehte das Glas in den Händen und dachte an das, was ihm bevorstand. Die Aussichten waren glänzend. Seine politische Zukunft war so gut wie gesichert. In wenigen Monaten wurde gewählt. Dann würde er die Ernte der letzten Jahre einfahren, wenn nicht ein verheerender Hagelsturm dazwischenkam und doch noch alles zunichtemachte.

Er war erfolgreich, sehr erfolgreich sogar, aber manchmal kam es ihm so vor, als würde das alles keinen Sinn ergeben. Die Kiesgrube machte ihn täglich reicher, aber sie verschandelte auch die Landschaft. Seine Zukunft in Brüssel wurde immer gewisser, aber das rief eine Menge Neider auf den Plan. Und seine Frau? Die stand tapfer an seiner Seite und nahm Schlaftabletten, bevor sie ins Bett gingen.

Sie hatten keine Kinder. Bis zu diesem Augenblick war Winkens froh darüber gewesen, aber jetzt bereute er es. Er wünschte sich einen Sohn, einen erwachsenen Sohn, mit dem er auf dem Sofa sitzen, Whiskey trinken und über Gott und die Welt reden konnte. Über Mädchen, Autos, Fußball. Er wäre jetzt einundzwanzig. Sie würden bestimmt ein Thema finden. Wahrscheinlich hätte er sein Abitur in der Tasche und wüsste nicht recht, was er studieren sollte.

Winkens musste an die Begegnung mit Anna denken. Er hatte ihre Gestalt klar vor Augen, die schneeweißen Zähne, ihre leuchtenden Augen und das ovale Gesicht, umrahmt von blondem Haar. Auf dem Friedhof war ihm die frappierende Ähnlichkeit mit Sonja aufgefallen, und er hatte vergeblich nach Spuren von sich selbst gesucht. Der Gedanke, dass sie seine Tochter sein konnte, hatte ihn für Augenblicke traurig gemacht, und er hatte sich bestürzt gefragt, warum er in all den Jahren keinen Kontakt zu ihr aufgenommen hatte. Er hatte sich geschämt, und deshalb hatte er ihr fünfhundert Euro in die Hand gedrückt. Aber jetzt, in diesem Augenblick, schämte er sich noch mehr, zu einer so billigen Entschuldigung gegriffen zu haben.

Anna war nicht seine Tochter, davon war er fest überzeugt. Aber ein Kind hätte er tatsächlich haben können. Damals hatte er geglaubt, es sei zu früh, hatte gedacht, es später nachholen zu können, und war mit Helga zu einem Arzt nach Holland gefahren. Er hatte ja nicht wissen können, dass sie danach nie wieder Kinder bekommen konnte. Natürlich nicht! Er machte sich auch keine Vorwürfe deswegen. Helga hatte die Holland-Geschichte anscheinend verdrängt, und er war ihr treu geblieben. Sie waren eine Einheit, ein eingespieltes Team. Und sie führten eine kinderlose, unglückliche Ehe.

»Es war ein Fehler, Helga«, murmelte er. »Wir hätten nicht

nach Holland fahren dürfen! Und mein zweiter Fehler war die Annakirmes.«

Sie hatten sich in einem der Zelte maßlos betrunken und waren irgendwann auf das Kinderkarussell gestiegen. Er hatte in der Feuerwehr gesessen und wie ein Verrückter die Glocke betätigt. Hubert Moelderings hatte auf einem Pferdchen gehockt, und die beiden anderen hatten sich in einen Sportwagen gequetscht. Der Betreiber hatte protestiert, aber sie hatten sich nicht abhalten lassen, waren grölend im Kreis gefahren, immer nur im Kreis. Es war herrlich gewesen, und anschließend waren sie zurück ins Festzelt gegangen und hatten weitergetrunken. Und später, als es darum gegangen war, wer von ihnen zurückfahren sollte, hatte Winkens Thomas Schelling reingelegt. Es hatte eigentlich ein Scherz sein sollen, aber Thomas war so blöd gewesen, auf den alten Trick mit den abgebrochenen Streichhölzern hereinzufallen. Und dann hatten sie ihn fahren lassen.

»Verdammt, Schelling! Du hättest besser aufpassen müssen!«, fluchte Winkens. »Du bist der Fahrer gewesen, nicht ich! Ich hätte besser reagiert. Aber du warst es! Von mir stammt nur die Idee der Wiedergutmachung.«

In den folgenden Wochen hatte er die Sache mit Sonja eingefädelt. Er wusste, dass sie gefährdet war, und ahnte, dass sie der Aussicht auf finanzielle Sicherheit, die ihr die vier Studienfreunde garantierten, nicht widerstehen konnte. Er hatte sie in die Hütte eingeladen, und sie war gekommen. Er hatte ihr alles erklärt. Sie hatte sich auf das Spiel eingelassen und mit jedem von ihnen geschlafen. Es hatte tatsächlich funktioniert. Sonja war schwanger geworden, und sie hatten für das Kind gezahlt, die ganzen Jahre über, und jedes Mal, wenn Winkens das Geld für Anna überwiesen hatte, war er sich sicher gewesen, dass das Bündnis des Schweigens halten und die Geschichte mit dem Unfall ihr Geheimnis bleiben würde. Bis er den großen Fehler gemacht und den Streichholztrick verraten hatte. Ob Theo und Hubert noch am Leben wären, wenn er den Mund gehalten hätte?

Winkens nippte gedankenverloren an seinem Whiskey. Und ganz unvermutet fiel ihm ein, dass er nicht mehr lange warten musste. In knapp achtzehn Stunden würde abgerechnet werden.

Dann war die große Stunde der Vergeltung gekommen, und er würde wieder einmal in der Menge triumphieren.

Er stand auf, hob das Glas und leerte es auf das Wohl der nahen Zukunft. Dann schlich er sich wieder ins Bett zurück.

***

Endlich fand Carsten Peters Zeit, sich um Anneliese zu kümmern. Am Abend zuvor hatte er eine Maus besorgt. Er hatte sie sofort verfüttern wollen, aber es war schon spät gewesen, und Anneliese fraß nur bei Tageslicht. Die Futtermaus hatte die ganze Nacht in dem kleinen Karton hocken müssen, und Peters war erleichtert, dass sie noch am Leben war. Allerdings hatte sie in ihrer panischen Angst den Karton vollgeschissen.

Na ja, sagte sich Peters, als er das Tier am Schwanz packte. Jetzt muss Anneliese diesen Dreck wenigstens nicht fressen.

Wie alle Menschen, die ein Tier halten, das andere Tiere frisst, war Peters ziemlich gnadenlos. Er hatte kein Mitleid mit der Maus, als er sie in das Terrarium setzte. Anneliese blieb ruhig. Sie schien zu schlafen, aber Peters wusste, dass sie hellwach war. Und die Maus wusste es natürlich auch. Sie flüchtete in eine Ecke und drückte sich an die Glasscheibe. Peters hörte ihre leisen, ängstlichen Piepser.

Er saß seelenruhig vor der Glasscheibe und beobachtete, was weiter geschah. Er dachte nichts. Er fühlte nichts. Er sah einfach nur zu. Anneliese war sich ihrer Sache sicher und ließ sich Zeit. Die Maus putzte aufgeregt ihre langen Barthaare. Dann schellte das Telefon. Die Maus machte einen Sprung, die Glaswand hinauf. Anneliese hörte das Telefon nicht. Sie spürte nur die plötzliche Bewegung der Maus. Ihre Schwanzspitze zuckte, und Peters ärgerte sich über die Störung.

»Ich habe die Kontoauszüge von Hubert Moelderings genauer durchgesehen«, sagte Mareike. »Ich bin dabei auf einige sehr interessante Details gestoßen. Außerdem gibt es neue Informationen.«

»Anneliese hat noch nicht zu Ende gefrühstückt«, sagte Peters.

»Anneliese?«, fragte Mareike erstaunt. »Von der hast du ja noch gar nichts erzählt!«

»Ich rede nicht gern über Privates«, sagte Peters. »Das führt in der Regel nur zu Dissonanzen und Missverständnissen.«

»Wie lange wollt ihr denn noch frühstücken?«, fragte Mareike.

»Ich bin längst fertig«, sagte Peters. »Aber Anneliese meint, sie hätte alle Zeit der Welt.«

»Könnte sie nicht allein zu Ende frühstücken? Du wirst hier dringend gebraucht!«

»Schon gut«, sagte Peters. »Ich mach mich auf die Socken.«

»War Anneliese sehr böse wegen der Störung?«, fragte Mareike, als Peters wenig später im Kellerverlies auftauchte.

»Ach wo! Sie kommt ganz gut allein zurecht. Manchmal habe ich sogar das Gefühl, dass sie lieber frühstückt, wenn ich nicht dabei bin. Was hast du herausgefunden?«

»Pass auf«, sagte Mareike und griff in einen Wust von Papieren.

»Ich pass meistens auf«, brummte Peters.

»Also. Neben den Zahlungseingängen von Leuten, die Pensionspferde auf seinem Reiterhof untergebracht haben, hat Moelderings regelmäßig Geld von folgenden drei Personen erhalten: Johannes Winkens, Theo Grossmann und einem gewissen Thomas Schelling. Moelderings hat die Summe auf zweitausend Euro aufgestockt und das Geld weitergeleitet.«

»Schieß schon los«, sagte Petes. »Wer ist der Empfänger?«

»Sonja Lechtenberg«, sagte Mareike. »Das Geld war allerdings für Anna bestimmt. Jedenfalls besagt das der Zusatz auf den Kontoauszügen.«

»Moelderings und die drei anderen haben Sonja Lechtenberg insgesamt zweitausend Euro im Monat für Anna überwiesen? Wie lange machen die das schon?«

»Schon lange. Die Bank konnte nur Auskünfte über die letzten zehn Jahre geben. So lange hat Moelderings das Geld jedenfalls überwiesen. Und dann, im letzten August, hat er den Dauerauftrag plötzlich gekündigt.«

»Warum?«, fragte Peters.

»Weil er zahlungsunfähig war. Er muss allein für die Pacht sechstausend Euro an seine Exfrau abdrücken. Hinzu kommen die laufenden Ausgaben für Futtermittel und so weiter. Seinen seltsamen Stallknecht muss er auch noch bezahlen. Auf jeden Fall läuft der Reiterhof nicht gut, und er hätte in den nächsten Wochen Insolvenz anmelden müssen. Es sei denn, ein Wunder wäre geschehen.«

»Es ging bei Moelderings also tatsächlich um Geld«, sagte Peters. »Wir haben den Fingerzeig des Mörders richtig gedeutet. Hast du Winkens angerufen?«

»Er ist nicht erreichbar. Seine Frau meinte, er wäre auf einer Versammlung. Irgendein Politikkram. Genaueres konnte sie mir nicht sagen.«

»Und der vierte Mann im Bund? Dieser Schilling?«

»Schelling«, korrigierte Mareike. »Dr. Thomas Schelling. Er ist Lehrer an einem Internat nahe der holländischen Grenze und hat über ein sehr außergewöhnliches Thema promoviert.«

»Woher weißt du das denn schon wieder?«

»Das habe ich aus dem Netz«, sagte Mareike. »Im Netz verfängt sich so gut wie alles.«

Peters schaltete seinen Computer an. Zwei Leute waren abgestellt worden, um Heinz Gehlen zu observieren, und er wollte sehen, was dabei herausgekommen war. Er fand ihren Bericht sofort.

»Um neun Uhr fünfzehn verlässt Zielperson das Haus«, las Peters. »Sie hat eine Tasche unbekannten Inhalts in der Hand. Wir folgen. Zielperson schaut sich ein paarmal um, entdeckt uns aber nicht. Zehn Minuten später betritt Zielperson einen Einkaufsladen (REWE). Um sicherzugehen, folgt einer von uns. Zielperson kauft Ravioli, ein Schwarzbrot, Käse. Zielperson spricht mit Metzger hinter der Fleischtheke. Dann wird ihm ein Beutel gereicht. Zielperson bedankt sich und verlässt den Laden. Zielperson ist auf dem Nachhauseweg. Wir bleiben dran …«

»Die ticken doch nicht mehr sauber«, sagte Peters. »Die sollen sofort damit aufhören!«

»Von wem sprichst du?«

»Von den beiden Idioten, die den Gehlen observieren. Die berichten haarklein, was er einkauft. Sind denn alle verrückt geworden?«

»Wenn sie nichts schreiben würden, wärst du auch sauer«, sagte Mareike.

Peters gab keine Antwort. Er schaltete den Computer wieder aus, lehnte sich zurück und steckte sich eine Roth-Händle an.

»Glaubst du, Gehlen ist die richtige Spur?«, fragte Mareike nach einer Weile.

»Ich glaube gar nichts mehr«, sagte Peters. »Ich bin nämlich zem aus der Kirche ausgetreten.«

***

Als van de Loo auf der Gaesdonck anrief, meldete sich eine Frauenstimme.

»Sekretariat Collegium Augustinianum Gaesdonck. Was kann ich für Sie tun?« Die Stimme klang ausgesprochen freundlich.

»Conrad van de Loo«, sagte van de Loo. »Ich war vor vielen Jahren einmal Schüler der Gaesdonck.«

»Extern oder intern?«

»Intern«, sagte van de Loo.

»Dann wollen Sie sich sicher für das Treffen der Ehemaligen im November anmelden«, sagte die Sekretärin. »Soll ich Ihnen das Programmheft und ein Anmeldeformular zuschicken?«

»Das können Sie gerne machen«, sagte van de Loo.

»Und die ›Gaesdoncker Blätter‹? Beziehen Sie die bereits? Da finden Sie jedes Jahr eine Menge interessanter Artikel. Aktuelles und Historisches. Das Abo kostet nicht einmal fünfzehn Euro, und Sie sind stets über die neuesten Entwicklungen an unserer Schule informiert. Sicher haben Sie gehört, dass sich hier einiges verändert hat in den letzten Jahren.«

»Deshalb rufe ich nicht an«, sagte van de Loo.

»Worum geht es denn?

»Ich würde gern Herrn Schelling sprechen. Der ist doch Lehrer in Ihrem Haus, oder?«

»Das schon, aber Herr Dr. Schelling ist seit den Sommerferien nicht mehr hier.«

»Warum denn das? Ist er aus dem Schuldienst entlassen worden?«

»Entlassen? Ich bitte Sie! So alt ist Herr Dr. Schelling noch nicht. Er hat ein Sabbatjahr genommen und wird uns leider erst im nächsten Schuljahr wieder zur Verfügung stehen.«

»Ein Sabbatjahr? Was ist das?«, fragte van de Loo.

»Ein Ruhejahr bei verminderten Bezügen. Man muss es sich sozusagen erwirtschaften. Genaueres kann Ihnen sicher die Bezirksregierung sagen. Herr Dr. Schelling hat sich dieses Sabbatjahr jedenfalls redlich verdient. Soweit ich weiß, wollte er bald einige Zeit in einem japanischen Kloster verbringen und ganz bescheiden leben. Er hat sich sehr darauf gefreut.«

»Können Sie mir seine Adresse geben?«

»Das ist normalerweise nicht üblich«, sagte die Sekretärin. »Aber da Sie ein ehemaliger Gaesdoncker sind, will ich mal ein Auge zudrücken. Wir sind ja schließlich alle Teil einer großen Familie.«

Wenig später hatte van de Loo Schellings Adresse und seine Telefonnummer. Als kleine Gegenleistung hatte er die »Gaesdoncker Blätter« abonniert.

Einen Augenblick war er in Versuchung, sofort bei Schelling anzurufen, dann entschied er sich anders. Er wartete, bis die Frau vom Pflegedienst kam, um sich um Tante Gertrud zu kümmern. Er drückte ihr zwanzig Euro in die Hand, damit sie eine Stunde länger blieb, und machte sich auf den Weg.

Das Haus von Thomas Schelling stammte aus den siebziger Jahren. Architektonisch war es offensichtlich vom Bauhausstil geprägt, die klaren Linien und die symmetrische Aufteilung der Fenster deuteten jedenfalls darauf hin. Das dunkle Glas der Eingangstür wurde von einem schlichten Aluminiumrahmen umfasst.

Der Vorgarten war mit pflegeleichten Bodendeckern bepflanzt, die alle auf gleicher Höhe gestutzt worden waren. Die Platten des Gehwegs waren so sorgsam verlegt, dass kein Grashalm eine Chance hatte. Eine dichte, hochgewachsene Hecke säumte das Grundstück links und rechts und versperrte die Sicht auf den Garten. Anscheinend war er nur vom Haus aus zugänglich, denn van de Loo hielt vergeblich Ausschau nach einem Gartentor. Er ging an dem amerikanischen Briefkasten vorbei zur Haustür. Es gab kein Namensschild, nur einen Klingelknopf. Van de Loo betätigte ihn.

Wenig später öffnete eine Frau die Tür. Ihr dunkles Haar war streng nach hinten gekämmt und zu einem Zopf geflochten. Sie hatte eine auffallend hohe Stirn und trug einen hellen Jogginganzug.

»Guten Tag«, sagte sie fragend.

»Tach«, sagte van de Loo und reichte ihr die Hand. Sie fühlte sich kalt und blutleer an. »Mein Name ist Conrad van de Loo, könnte ich Ihren Mann sprechen?«

»Der ist nicht da. Soll ich ihm etwas ausrichten?« Es sah ganz so aus, als wollte sie van de Loo die Tür vor der Nase zumachen.

»Ich würde ihn lieber persönlich sprechen«, sagte van de Loo.

»Geht es um einen Schüler?«

»Nein«, sagte van de Loo. »Es geht um Dinge, die lange her sind. Wann kommt Ihr Mann denn zurück?«

Frau Schelling sah kurz auf die Uhr. »In siebzehn Minuten, wenn er normale Tagesform hat. Er läuft gerade seine Runde.«

»Darf ich so lange warten?«

Frau Schelling zögerte einen Augenblick. Dann öffnete sie die Tür. Im Flur standen zwei Koffer. »Gut. Kommen Sie herein. Aber bitte nicht mit diesen Schuhen.«

»Was ist denn mit meinen Schuhen? Ich wische sie gewöhnlich gründlich ab, bevor ich ein Haus betrete.«

»Das reicht nicht. Oder sind Sie sich sicher, dass Sie keinen Dreck unter den Sohlen mit sich herumtragen? Mein Mann und ich sind in dieser Hinsicht sehr empfindlich. Deshalb haben wir eine praktische und hygienische Lösung gefunden. Ziehen Sie bitte diese Strümpfe an. Es sind Einwegstrümpfe. Wir werden sie nach Ihrem Besuch vernichten. Wenn Sie die anziehen, sind Sie und wir geschützt.«

»Wovor?«

»Vor Schmutz und Dreck«, sagte Frau Schelling. Sie schien es ernst zu meinen. Van de Loo zog die Schuhe aus, streifte sich die Plastikstrümpfe über und schlüpfte in Pantoffel, die ihm viel zu groß waren. Rutschend arbeitete er sich über den glatten Boden zum Wohnzimmer vor. Die Möbel waren aus glänzendem Stahl, auf einem niedrigen Glastisch lag ein Buch.

»Möchten Sie ein Glas Wasser?«, fragte Frau Schelling. »Es ist abgekocht.«

»Gern.«

Van de Loo kam sich ziemlich verloren vor in der sterilen Umgebung. Es roch nach nichts, und es war nichts da, woran sich sein Blick klammern konnte. Vor den Fenstern hingen dichte Vorhänge. Es gab keine Pflanzen, kein Bild, kein Bücherregal. Nichts, was ihn von sich selbst, den lächerlichen Strümpfen und den viel zu großen Pantoffeln an seinen Füßen hätte ablenken können. Für Augenblicke kam es ihm vor, als habe nie zuvor ein Mensch aus Fleisch und Blut diesen Raum betreten. Er beugte sich vor und betrachtete ein Buch, das auf dem Tisch lag. Es lag genau in der Mitte, und sein Platz schien mit dem Zollstock ausgemessen worden zu sein. Es war aufgeschlagen. Die asiatischen Schriftzeichen glänzten, als wären sie gerade erst mit Tusche gemalt worden. Van de Loo streckte die Hand aus und ließ die Finger über die Seiten gleiten.

»Seien Sie bitte vorsichtig«, sagte Frau Schelling, als sie mit dem Glas keimfreien Wassers zurückkam. »Das ist ein Unikat. Mein Mann hat lange daran gearbeitet. Das Papier ist sehr empfindlich. Es verfärbt sich, wenn es mit Handschweiß in Berührung kommt.«

Van de Loos Hand zuckte zurück. Dankbar griff er nach dem Glas, das Frau Schelling ihm reichte. Jetzt hatte er etwas, an dem er sich festhalten konnte.

»Sie haben sicher von den Todesfällen gehört«, sagte er.

»Wollen Sie deshalb mit meinem Mann sprechen?«

»Ja. Er kannte die Toten.«

»Mein Mann hat mit der Sache jedenfalls nichts zu tun.«

»Welche Sache meinen Sie?«

»Die Geschichte in der Hütte«, sagte Frau Schelling.

»Woher wissen Sie das so genau?«

»Er ist nicht wie die anderen. Denen ging es doch nur um den Spaß!«

»Und Ihrem Mann nicht?«, fragte van de Loo.

»Der hat andere Interessen.«

»Und die wären?«

»Ach, warum soll ich Ihnen etwas vormachen.« Frau Schelling strich sich eine lose Haarsträhne hinter das Ohr. »Für meinen Mann haben Frauen keine Bedeutung. Sie sind für ihn geschlechtslose Wesen, und er hat damals nur mitgemacht, weil er nicht im Abseits stehen wollte. Aber er hat bestimmt nicht mit dieser Frau geschlafen. Dazu ist er gar nicht in der Lage. Die anderen wissen nichts davon, und er hat auch die ganzen Jahre für die Kleine bezahlt, obwohl er der Einzige ist, der mit Sicherheit nicht der Vater ist. Er hat sich da nie rausgetan. Wissen Sie, mein Mann ist ein überaus konsequenter Mensch. Er ist sehr ehrlich mir gegenüber gewesen, von Anfang an. Deshalb respektiere ich ihn auch. Ich weiß, dass ich mich hundertprozentig auf ihn verlassen kann. Er hat mir seine Einstellung vor unserer Ehe deutlich gemacht. Ich wusste, was auf mich zukam beziehungsweise nicht zukam, als ich ihn heiratete. Es hat gewisse Vorteile, einen Mann an seiner Seite zu haben, der einen nicht ständig bedrängt. Es gibt erheblich weniger Probleme.«

Van de Loo sagte nichts. Der intime Bericht von Frau Schelling irritierte ihn einigermaßen. Er betrachtete ihr Gesicht. Ihr Blick war klar, wie der eines Mädchens.

»Ich glaube, Sie können das nicht verstehen«, fuhr sie fort. »Mein Mann ist Lehrer. Von ganzem Herzen. Ein Pädagoge, der die Kinder wirklich liebt und sich Sorgen um sie macht. Sie glauben ja nicht, wie oft die Kids hier anrufen und ihn um Rat fragen!«

In diesem Augenblick kam Thomas Schelling vom Joggen zurück. Van de Loo hörte, wie er die Haustür sachte ins Schloss zog, den Schlüssel ablegte und die Laufschuhe auszog. Dann stand er im Raum. Er war nicht besonders groß, aber man sah ihm an, dass er jeden Tag etwas für seinen Körper tat. Er trug eine weiße Jogginghose und ein ausgewaschenes T-Shirt. Sein Gesicht war kantig, seine Augen stechend. Sein Atem ging ruhig und gleichmäßig, und er schien beim Laufen nicht geschwitzt zu haben.

»Guten Tag«, sagte er und reichte van de Loo die Hand. Er hatte einen kräftigen Händedruck, sein Gesicht zeigte keinerlei Regung.

»Das ist Herr van de Loo«, sagte seine Frau. »Er möchte mit dir sprechen.«

»Worüber?«, fragte Schelling und sah van de Loo unverwandt an. »Worüber wollen Sie mit mir sprechen?«

»Über die beiden Toten«, sagte van de Loo. »Und über Ihr Verhältnis zu ihnen.«

Thomas Schelling flüsterte seiner Frau etwas zu, und sie verschwand augenblicklich aus dem Wohnzimmer. Schelling nahm van de Loo gegenüber Platz. Er schlug die Beine lässig übereinander und strich sich mit der Hand kurz über die Lippen. Seine Finger waren so feingliedrig, dass der Ehering dabei hin und her rutschte.

»Ich habe zu den Leuten kein Verhältnis mehr«, sagte er. »Ich habe Hubert, Theo und auch Johannes seit Monaten nicht mehr gesehen. Und ich habe nicht das geringste Bedürfnis, das zu ändern.«

»Tote sind grundsätzlich kein schöner Anblick«, entgegnete van de Loo. »Und das gilt für Ihre beiden Jugendfreunde im besonderen Maße.«

»Die näheren Umstände interessieren mich nicht. Schon eher interessiert mich, was Sie mit den beiden Mordfällen zu tun haben. Sie sind kein Polizist oder Kriminalbeamter. Die benehmen sich anders. Was also führt Sie zu mir?«

»Ich recherchiere privat«, sagte van de Loo.

»In wessen Auftrag?«

»Johannes Winkens bezahlt mich.« Van de Loo sah ein kurzes Zucken in Schellings Gesicht. Nur für den Bruchteil einer Sekunde, dann hatte er sich wieder unter Kontrolle. »Außerdem habe ich noch ein ganz persönliches Interesse an der Aufklärung der Morde. Anna stand eine Zeit lang unter Mordverdacht. Sie lebt seit der Geschichte in der Hütte bei uns und möchte natürlich wissen, wer ihren Onkel umgebracht hat.«

»Anna Lechtenberg lebt bei Ihnen?« Thomas Schelling blieb vollkommen gelassen. »Das ist gut. Ich glaube, Sonja war mit den Erziehungsaufgaben in letzter Zeit überfordert. Und bei Ihnen ist Anna sicher in guten Händen. Ich gehe jedenfalls davon aus.« Er lächelte. »Und wie geht es Sonja?«

»Ich habe dafür gesorgt, dass sie einige Tage im Krefelder ›Nordbahnhof‹ wohnen und sich erholen kann.«

»Das freut mich«, sagte Schelling.

»Warum haben Sie sich mit Ihren Freunden überworfen, Herr Schelling?«

»Sie haben mich enttäuscht. Jeder auf seine Weise.«

»Können Sie das präzisieren?«

»Können wohl. Wollen nicht.«

»Warum nicht?«

»Weil ich der Ansicht bin, dass Sie das nichts angeht.«

»Gut. Dann eine andere Frage: Wo waren Sie am Freitag letzter Woche? Und an dem Abend, an dem Hubert Moelderings ermordet wurde?«

»Wo waren Sie denn?«, fragte Schelling zurück.

»Freitagnacht war ich im Bett«, sagte van de Loo. »Und Dienstagabend bei Moelderings auf dem Hof.«

»Da sehen Sie es. Ich war an beiden Tagen im Bett.«

»Kann Ihre Frau das bezeugen?«

»Meine Frau?« Thomas Schelling lächelte nachsichtig. »Wir haben getrennte Schlafzimmer. Und ich schnarche nicht so laut, dass sie mich hören könnte.«

Er stand auf. Es war offensichtlich, dass für ihn das Gespräch beendet war.

»Was ist das für ein Buch?«, fragte van de Loo.

»Das ›Tao Te King‹«, sagte Schelling knapp. »Was Sie sehen, ist der berühmte Spruch elf.«

»Was besagt er?«

»Interessiert es Sie wirklich?«

»Berühmtheiten interessieren mich immer.«

»Spruch elf des ›Tao Te King‹ handelt von der Angemessenheit des Nichts.«

Schelling machte eine Kunstpause. Er ließ seine Worte wirken und wartete gleichzeitig auf van de Loos Reaktion. Sein Blick veränderte sich. Van de Loo war für ihn jetzt offenbar ein Schüler, jemand, der etwas wissen wollte, jemand, der weniger wusste als er. Die Lehrerrolle, in die Schelling geschlüpft war, das Machtgefälle des Wissens, das für ihn mit dieser Rolle einherging, gab ihm noch mehr Sicherheit. Und die Sicherheit machte ihn mild und einfühlsam.

»Soll ich es Ihnen erklären?«, fragte er.

»Bitte«, sagte van de Loo.

»Laotse behauptet, dass das Nichts, wenn es einer Sache angemessen ist, diese erst brauchbar macht. Stellen Sie sich ein Haus vor, das nur aus Mauern besteht. Es hat keine Fenster und Türen. Es ist eine Art Sarg und kann nicht bewohnt werden. Erst das

Nichts, also die Stellen, wo keine Mauern sind, machen es brauchbar. Aber dieses Nichts muss richtig bemessen sein. Es möchte ja kein Mensch in einem Glashaus leben. Und ein Turm, der nur zwei Schießschächte hat, ist auch nicht angenehm.«

»Verstehe«, sagte van de Loo.

»Oder denken Sie an ein Gefäß. Eine Teeschale zum Beispiel. Natürlich kann man einen Lehmklotz nehmen und ein winziges Loch hineinbohren. Dann kann man vielleicht ein paar Tropfen trinken, aber das ist nicht angemessen. Außerdem wäre die Schale zu schwer. Alles unangemessen. Auf der anderen Seite darf eine Teeschale nicht so dünn sein, dass sie bei der leichtesten Berührung zerbricht. Es kommt stets auf das richtige Verhältnis an.«

Schelling wartete auf eine Reaktion seines Schülers. Er hoffte offenbar auf weitere Fragen, aber van de Loo schwieg.

»Alles funktioniert nach diesem Prinzip«, fuhr Schelling fort. »Nicht nur die Welt der Gegenstände. Es gilt im Grunde für alles. Sie können es überall finden. In Gesprächen beispielsweise. Da sind die Pausen, die Zeiten der Stille, das Entscheidende. Oder bei der Schrift. Haben Sie sich schon einmal klargemacht, dass erst die Lücken zwischen den Buchstaben ein Wort lesbar und verständlich machen?«

»Das ist alles sehr interessant«, sagte van de Loo. »Ich werde mir darüber Gedanken machen.«

Er ging mit Thomas Schelling zur Tür, zog die lächerlichen Pantoffeln und Einwegstrümpfe aus und warf die Strümpfe auf einen der Koffer. Dann verabschiedete er sich.

Als er auf der Straße war, wurde ihm klar, dass er eigentlich gar nichts herausgefunden hatte. Er drehte sich noch einmal um. Die Haustür war geschlossen. Nichts bewegte sich hinter den Gardinen. Das Haus wirkte wie tot, und van de Loo hatte das Gefühl, dass die Bewohner tatsächlich nicht wirklich lebten.

»Dieses unangemessene Nichts«, murmelte er, als er in den Volvo stieg. Es war kurz vor elf. Er hatte der Frau vom Pflegedienst versprochen, um zehn nach elf wieder zurück zu sein. Es war nicht zu schaffen, aber versuchen konnte er es zumindest.

***

Der Mann schaute auf seine Armbanduhr. Es war Freitag, der 17. September. Achtzehn Uhr zweiundfünfzig. Und siebenundvierzig Sekunden.

Er war pünktlich, überpünktlich sogar, weshalb er noch sieben Minuten warten musste. Er betrachtete das Päckchen auf dem Beifahrersitz. Es sah unscheinbar aus. Dabei war es verdammt wertvoll. Die Teeschale, die von Fachleuten verpackt worden war, kostete mehr als zehntausend Euro. Der Käufer würde bar zahlen. So war es vereinbart worden. Er hatte die private Anlieferung verlangt. Und er hatte darauf bestanden, dass die Uhrzeit genau eingehalten wurde. Das Geschäft würde platzen, wenn die Ware zu früh oder zu spät geliefert wurde.

Spinner, dachte der Mann. Diese reichen Knacker sind doch irgendwie alle total bescheuert.

Er sah zu dem Haus mit der Nummer 28 hinüber. Von außen wirkte es nicht besonders auffällig, aber das besagte nichts. Bei Häusern war es wie bei Menschen. Auf den ersten Blick schienen die meisten ganz normal, aber sobald man sie näher kennenlernte, erlebte man böse Überraschungen. Dann kam plötzlich die andere Seite zum Vorschein. Dann wunderte man sich, was es alles gab.

Der Mann schaute erneut auf seine Armbanduhr. Komisch, dachte er. Wenn man Zeit hat, vergeht sie nicht. Wenn man keine Zeit hat, rennt sie einem davon.

Er meinte eine Bewegung an einer Gardine zu sehen. Wahrscheinlich wartete der Empfänger der Sendung hinter diesem Fenster. Wartete, dass seine beschissene Schale auf die Sekunde genau an der Tür abgegeben wurde. Wartete darauf, dass der Mann im Auto einen Fehler machte und er das Geschäft platzen lassen konnte. Aber er würde keinen Fehler machen. Er sah auf das Display der Uhr im Armaturenbrett und verglich die Zeit noch einmal mit der seiner Armbanduhr.

Endlich. Die letzte Minute war angebrochen. Der Mann öffnete die Fahrertür, stieg aus, nahm das Päckchen und ging mit langsamen Schritten auf das Haus zu. Er rechnete mit allem. Er hatte einen Stift zur Prüfung der Scheine dabei. Und in seiner Jackentasche steckte eine Gaspistole. Er spürte sie bei jeder Bewegung. Sie gab ihm Sicherheit. Er drückte den Klingelknopf. Im selben Moment wurde die Tür geöffnet. Der Mann war erstaunt, denn eine Frau stand vor ihm.

»Gut, dass Sie pünktlich sind«, sagte sie. »Haben Sie die Ware?

»Ja«, sagte der Mann. »Haben Sie das Geld?«

***

Johannes Winkens verließ den Borussia-Park um fünf nach zehn. Das Freitagabendspiel der Bundesliga war noch nicht zu Ende, aber die Borussia lag hoffnungslos zurück, und er konnte die Schmährufe und Jubelgesänge der Kölner Fans nicht länger ertragen. Der Höhepunkt der Saison war wieder einmal gründlich danebengegangen. Winkens stieg langsam die grauen Betontreppen hinab und kam in den Vorbereich, wo es nach Bier und Würstchen roch. Er ging weiter, verließ den inneren Bezirk des Stadions, trat durch das weit offen stehende Tor und steuerte auf sein Auto zu.

Schon von Weitem sah er, dass jemand neben seinem Wagen stand. Er schob die Hände in die Taschen seines hellen Trenchcoats und schloss die Faust um den Schlüsselbund. Die Borussia hatte sich in der zweiten Halbzeit kampflos den Geißböcken ergeben. Er würde das nicht tun. Was auch immer die Gestalt von ihm wollte, er würde sich nicht einschüchtern lassen und notfalls zuschlagen.

Im selben Augenblick erkannte er Thomas Schelling. Der Anblick überraschte Winkens, denn seit dem Vatertag hatte er nichts mehr von Schelling gehört, obwohl er mehrfach versucht hatte, ihn zu erreichen. Sofort keimte in Winkens die Hoffnung, den Graben, den er durch sein fatales Geständnis in der Hütte aufgerissen hatte, durch ein klärendes Gespräch wieder zuschütten zu können. Allerdings erlosch dieser Hoffnungsschimmer, als er in das finstere Gesicht von Thomas Schelling schaute, und seine Hand krallte sich automatisch fester um die Schlüssel in seiner Manteltasche.

»Thomas«, sagte er, als er das Auto erreicht hatte. »Das ist aber eine Überraschung! Seit wann interessierst du dich für Fußball?«

»Ich bin deinetwegen hier«, sagte Schelling.

»Und woher wusstest du, dass du mich hier finden würdest?«

»Ein Borussia-Fan mit Dauerkarte im VIP-Bereich lässt sich das Spiel gegen den FC nicht entgehen«, sagte Schelling. »Das ist für Leute wie dich doch das Höchste der Gefühle, habe ich mir sagen lassen. Und was dein Auto angeht, da musste ich nur nach dem Kennzeichen mit dem Kürzel deines Namens Ausschau halten. Du bist der Wichtigtuer geblieben, der du immer schon warst.«

»Nun mal langsam«, sagte Winkens. »Bist du gekommen, um mir das zu sagen?«

»Ich will mit dir reden«, sagte Schelling.

»Das tun wir.«

»In Ruhe.«

»Und worüber?«

»Das weißt du ganz genau.«

»Gut. Dann lass uns irgendwohin fahren, wo wir unsere Ruhe haben.«

Johannes Winkens entriegelte das Auto. Im Hintergrund war das Rumoren und Gepfeife des Publikums zu hören; viele Zuschauer strömten bereits zu ihren Autos, um nach der Enttäuschung des Spiels nicht ein zweites Mal durch einen Stau genervt zu werden. Einen Moment zögerte Winkens einzusteigen. Er hatte das Gefühl, einen Fehler zu machen, aber er sah keine Möglichkeit, ihn zu vermeiden. Er zog den Fan-Schal vom Hals und warf ihn auf die Rückbank. Dann klemmte er sich hinter das Lenkrad.

»Du solltest nicht nur zuschauen«, sagte Schelling, als sie im Auto saßen.

»Was soll das heißen?«

»Du bist ziemlich fett geworden. Du solltest an deine Gesundheit denken und dich mehr bewegen.«

Winkens schaute Thomas Schelling zum ersten Mal genauer an. Der hatte gut reden. Er war immer ein Hänfling gewesen und hatte sich verdammt gut gehalten. Er wirkte dynamisch und durchtrainiert.

»Sollen wir ein Bier trinken?«, fragte Winkens. »In der Nähe der Kiesgrube gibt es ein Bauerncafé. Die haben bestimmt noch offen. Ich lade dich ein.«

»Fahr einfach«, sagte Schelling knapp. »Egal wohin.«

Winkens startete den Mercedes und verließ das hell erleuchtete Gelände des Borussia-Parks. Noch hatte die ganz große Flucht der Fans nicht begonnen, und er kam zügig voran. Bald darauf bog er auf die Autobahn Richtung Venlo ein.

»Oder sollen wir zu mir?«, fragte er.

Thomas Schelling gab keine Antwort. Er saß mit versteinerter Miene auf dem Beifahrersitz und schaute geradeaus.

»Na ja. Vielleicht ist es besser, wir wählen einen neutralen Ort.«

»Hast du eigentlich keine Angst?«, fragte Schelling unvermittelt.

»Sollte ich das?«

»Theo und Hubert sind tot«, sagte Schelling. »Jetzt sind nur noch wir zwei vom Kleeblatt übrig.«

»Und das wird hoffentlich noch eine Weile so bleiben!«

»Sie sind bestraft worden.«

»Was?«

»Sie sind bestraft worden«, wiederholte Schelling.

»Bestraft? Komisches Wort! Wofür denn bestraft? Und von wem? Ich will dir was sagen: Wir haben Mist gebaut. Wir alle. Aber wir haben dafür bezahlt. Anna ist inzwischen eine selbstbewusste junge Frau. Ich habe mich auf der Beerdigung von Theo selbst davon überzeugen können. Sie wird ihren Weg gehen, da bin ich mir sicher. Mit unserer Hilfe hat sie es geschafft.«

»Und Sonja?«

»Sie war damals einverstanden«, sagte Winkens.

»Ihr habt sie kaputt gemacht!«

»Ihr?« Winkens dehnte das Wort. »Du warst auch dabei, mein Lieber, vergiss das nicht!«

»Außerdem hat Theo Anna vergewaltigt«, sagte Schelling, ohne auf den Einwurf einzugehen.

»Ich habe davon gehört«, sagte Winkens mit müder Stimme. »Es ist unverzeihlich, was Theo da gemacht hat. Erst konnte ich es gar nicht glauben. Aber es scheint tatsächlich so gewesen zu sein.«

»Ich war da, aber ich bin zu spät gekommen, es zu verhindern.«

»Du warst in der Hütte?«

»Theo hat das anscheinend von langer Hand vorbereitet. Er wusste genau, was er tat. Er war krank und hat Wochen zuvor zwei Vaterschaftstests machen lassen. Er hat sie mir sogar gezeigt. Deshalb musste er bestraft werden.«

»Hast du ihn umgebracht?«

»Und unser Freund Hubert hat das Geld unterschlagen, das für Anna vorgesehen war. Er hat uns alle betrogen!«, sagte Schelling, ohne auf Winkens' Frage einzugehen.

»Ja. Auch Hubert hat Fehler gemacht. Große Fehler sogar. Übrigens hat er obendrein versucht, mich zu erpressen. Aber das ist noch lange kein Grund, ihn umzubringen.«

»Und du hast mich damals beschissen«, fuhr Schelling unbeirrt fort. »Du warst es, der mich angeschrien hat, ich solle weiterfahren. Der Junge wäre nicht auf der Straße verblutet, wenn wir angehalten und uns sofort um ihn gekümmert hätten.«

»Du«, sagte Winkens. »Du bist gefahren!«

»Ja. Aber nur, weil du dafür gesorgt hast!«

»Hör endlich auf mit der alten Geschichte«, sagte Winkens. »Irgendwann muss Schluss sein damit! Das ist doch beinahe zwanzig Jahre her. Und wir haben die Schuld inzwischen beglichen.«

»Glaubst du das wirklich? Meinst du, du hättest Sühne geleistet, weil du mit Sonja geschlafen und für Anna bezahlt hast? Das Bumsen hat dir damals doch verdammt viel Spaß gemacht.«

»Es gehörte zur Abmachung«, sagte Winkens. »Wir haben alle mit Sonja geschlafen.«

»Nein. Nicht alle.«

»Was willst du damit sagen?«

»Ich habe Sonja nicht angerührt.«

»Das hörte sich aber ganz anders an!«

»Sonja und ich haben ein wenig Theater gespielt. Für eure Ohren«, sagte Schelling. »Das war alles.«

Winkens überlegte fieberhaft, wie er aus dieser Nummer herauskam. Neben ihm saß ein Mann, der auf eine seltsame, unbelehrbare Art dachte. Ein Scheißkerl, der die Vergangenheit nicht ruhen lassen konnte und von Bestrafung faselte. Ich muss ihn irgendwie ablenken, dachte Winkens. Ich muss ihn provozieren und auf andere Gedanken bringen.

»Ich weiß das schon lange«, sagte er endlich.

»Was weißt du?«

»Dass du damals nicht mit Sonja geschlafen hast. Du hast nämlich keinen hochgekriegt. Du kriegst nie einen hoch, weil du ein impotentes Arschloch bist. Deshalb bist du auch Lehrer geworden. Der pädagogische Eros ist die einzige Form von Intimität, die du zulassen kannst. Du willst bewundert werden, aber wehe, jemand kommt dir zu nahe.«

»Woher willst du das wissen?«

»Sonja«, log Winkens. »Sonja hat allen erzählt, dass du kein richtiger Mann bist. Allen, die danach gefragt haben, und auch denen, die es gar nicht wissen wollten.«

Thomas Schelling sagte nichts. Winkens hatte ihn durch seine Lüge kurzzeitig verunsichert. Aber seine Verwirrung hielt nicht lange an. Augenblicke später hatte er sich wieder hinter die undurchdringlichen Mauern seiner Gedankenwelt zurückgezogen und schien zu allem entschlossen. Winkens sah aus den Augenwinkeln in Schellings versteinertes Gesicht und merkte, wie Angst in ihm hochstieg. Er schaltete das Fernlicht an und blendete die entgegenkommenden Fahrzeuge, um jemanden auf sich aufmerksam zu machen. Einige Scheinwerfer blinkten auf, aber das half ihm nicht weiter. Wenn ihm nicht bald etwas Besseres einfiel, fuhr er geradewegs in sein Unglück.

Reden, dachte er. Ich muss weiter mit ihm reden, ein neues Thema finden, Zeit gewinnen und ihn zur Vernunft bringen. Sonst gerät alles außer Kontrolle.

»Ich habe dich übrigens nicht auf die Liste der Hüttenbesucher gesetzt«, sagte er.

»Und warum nicht?«

»Ich wollte nicht, dass die Polizei dich irgendwie behelligt.«

»Das war ein Fehler«, sagte Schelling. »Du hättest es der Polizei sagen müssen. Die Beamten tun ihre Pflicht und sorgen dafür, dass Ordnung herrscht und die Gesetze eingehalten werden. Die Polizei ist auf die Mithilfe der Bevölkerung angewiesen. Aber du hältst dich nicht an die Spielregeln und verschweigst wichtige Dinge. Du bist nicht ehrlich, Johannes, und das ist nicht gut.«

»Ich wollte dir doch nur helfen«, sagte Winkens beschwichtigend.

»Helfen? Mir? Durch eine Lüge? Ich war mit euch in der Hütte. Das ist eine Tatsache. Als ich ging, habe ich mir geschworen, nie wieder zurückzukehren. Ich wollte nichts mehr mit euch zu tun haben, aber dann haben sich ein paar Dinge geändert. Wie es aussieht, werde ich noch ein letztes Mal hinfahren müssen.«

»Was hältst du davon, wenn ...«

»Halt dein beschissenes Lügenmaul!«, fuhr Schelling dazwischen. Er hatte eine Waffe in der Hand. Ein Messer mit einer langen Klinge. Winkens fragte sich, wo das Ding so plötzlich hergekommen war. Direkt vor ihm zuckelte der kleine Karren eines Gemüsehändlers über die Straße. »Alles Bio«, versprachen die gelben Lettern auf dem welligen Blech.

Ich provoziere einen Unfall, dachte Winkens verzweifelt. Ich fahr dem Kerl vor mir jetzt den Rest seines Biogemüses zu Brei. Der Fahrer wird einen ziemlichen Spektakel machen. Leute werden da sein. Die Polizei wird kommen ...

»Mach keinen Scheiß«, sagte Schelling drohend. Er schien Gedanken lesen zu können. »Wenn du jetzt irgendeinen Scheiß versuchst, bist du auf der Stelle ein toter Mann!«

»Was soll ich denn tun, damit du Ruhe gibst?«, fragte Winkens. Seine Stimme zitterte, und seine Hände waren schweißnass. »Willst du Geld?«

»Geld?« Schelling lachte. »Ich heiße nicht Hubert Moelderings. Ich will kein Geld. Ich will Gerechtigkeit.«

»Und wie soll die aussehen?«

»Fahr zur Kiesgrube«, sagte Schelling. »Fahr zu deinem Goldacker, den du dir damals so trickreich unter den Nagel gerissen hast. Dann sehen wir weiter.«

Winkens gehorchte. Er überholte den Wagen des Gemüsehändlers und war froh, dass er dem Kerl nicht draufgefahren war. Es war ein Dreirad. Der Bio-Wagen hätte dem Mercedes viel zu wenig Widerstand geboten.

»Schließ auf«, befahl Schelling, als sie vor dem großen Eingangstor der Kiesgrube standen. Die Nachtbeleuchtung war eingeschaltet. Im Hintergrund waren die riesigen Förderbänder zu erkennen, die über das Baggerloch ragten. Zwei große Schaufellader standen neben ein paar Containern. Überall lagen pyramidenhafte Haufen aus Kies und Sand herum.

»Ich habe keinen Schlüssel«, sagte Winkens.

»Du lügst«, sagte Schelling. »Du bist nicht der Typ, der keinen Schlüssel zu seinem Eigentum hat. Leute von deinem Schlag brauchen das Gefühl der Macht. Die wollen jederzeit Zugang haben zu dem, was ihnen gehört.«

»Es ist Wochenende«, sagte Winkens.

»Mach das Scheißtor auf!«, brüllte Schelling.

»Wie denn?«

Schelling riss das Handschuhfach auf. Triumphierend hielt er Winkens den Schlüssel unter die Nase.

»Also los«, sagte er. »Du warst es, der damals geschrien hat, ich solle weiterfahren! Und warum? Nur weil du um deinen guten Ruf gefürchtet hast. Weil du an deine Karriere gedacht hast, musste dieser Junge sterben! Los jetzt, mach das Tor auf!«

Winkens gehorchte. Er stieg aus, öffnete das Schloss und schob das schwere Tor zur Seite. Er hoffte, dass einer seiner Arbeiter vielleicht Stress mit der Frau hatte und das Wochenende lieber in einem ungemütlichen Container verbrachte, als nach Hause zu fahren. Aber alles sah verlassen aus. Die Kiesgrube wirkte wie eine Einöde. Während er zu seinem Wagen zurückging, überlegte er fieberhaft, was er tun sollte. Am liebsten wäre er einfach weggerannt, aber bis zur Straße waren es mindestens fünfhundert Meter, und er war nicht besonders gut zu Fuß.

»Ich saß damals nicht am Steuer«, sagte er, als er wieder im Wagen saß.

»Fahr!«, sagte Schelling scharf, und Winkens fuhr in seine Goldgrube hinein. Es war kein gutes Gefühl.

»Zum Wasser!«, befahl Schelling.

Winkens gehorchte, und wenig später stand der Mercedes am Rand des Baggerlochs. Das Wasser war ruhig. Die Scheinwerfer warfen ihr Licht bis zur anderen Seite hinüber. Die Nacht kam langsam näher.

»Steig aus!«, befahl Schelling.

»Was soll das alles?«

»Aussteigen, hab ich gesagt!«

Winkens stellte den Motor ab und stieg aus. Schelling hatte noch immer das Messer in der Hand. Er ging um das Auto herum und kam langsam auf Winkens zu.

»Sieh dir das Wasser an«, sagte er.

»Was ist denn damit?«, fragte Winkens verwirrt.

Im selben Augenblick traf ihn ein Schlag. Er kam unvermutet und setzte ihn augenblicklich außer Gefecht. Schelling griff in seine Jackentasche, nahm die Kabelbinder heraus und band Winkens die Hände hinter dem Rücken zusammen. Er gab ihm ein paar kräftige Ohrfeigen, sodass Winkens stöhnend wieder zu sich kam.

»Bist du verrückt geworden?«, fragte er mit tonloser Stimme.

»Ich bin nicht verrückt«, sagte Schelling. »Ich habe mir alles ganz genau überlegt.«

Er ging zu Winkens' Wagen, öffnete den Kofferraum und schaute hinein. Dann schlug er ihn wieder zu. Er nahm den Borussen-Schal von der Rückbank und riss den Überzug vom Fahrersitz.

»Wenn du noch etwas Wichtiges zu sagen hast, dann mach es jetzt«, sagte er, als er wieder bei Winkens war. »Bald wirst du keine Gelegenheit mehr dazu haben.«

»Was hast du vor?«, fragte Winkens panisch.

»Ich werde dich töten«, sagte Schelling.

»Was?« Winkens' Stimme gellte.

»Du wirst sterben«, sagte Schelling ruhig. »Es ist nur eine Frage des Übergangs. Die radikale Veränderung deiner Daseinsform. Der Mensch muss eigentlich keine Angst vor dem Tod haben. Er sollte sich nur vor dem Sterben fürchten. Sterben ist manchmal nicht leicht, und für dich wird es besonders schwer werden.«

»Was redest du denn da?«, fragte Winkens entsetzt.

»Ursprünglich wollte ich dich einfach abstechen. Aber dann habe ich eine bessere Lösung gefunden. Du hast dir das alles hier unrechtmäßig erworben. Hier müssten eigentlich Rüben wachsen, Kartoffeln oder Getreide. Aber du hast den fruchtbaren Mutterboden abtragen lassen und die Erde geplündert. Deshalb soll der Kies, mit dem du reich geworden bist, dich auf den Grund deiner Existenz ziehen. Aber vorher werde ich dir noch die Zunge abschneiden. Deine Lügenzunge, die sich verplappert hat. Die Zunge, mit deren Hilfe du damals gerufen hast, ich solle weiterfahren!«

»Das ist nicht dein Ernst!«, schrie Winkens.

»Anschließend werde ich dich in dein Baggerloch werfen«, fuhr Schelling ungerührt fort. »Ich werde dir deinen albernen Fan-Schal um den Hals binden, den Sitzbezug mit Steinen füllen und dich ersäufen. Ertrinken ist nicht besonders angenehm, weißt du. Es dauert. Du wirst leiden. Wasser wird in deine Lunge strömen.«

Schelling bückte sich und begann mit beiden Händen, Steine auf den Bezug zu schaufeln. Winkens wusste, dass sein früherer Freund es ernst meinte. Er warf sich verzweifelt hin und her, bis es ihm gelang, auf die Knie zu kommen. Stöhnend rappelte er sich auf. Als er endlich auf den Füßen stand, trat Schelling neben ihn.

»Mach dich nicht lächerlich«, sagte er. »Du kommst hier nicht weg, auch wenn du das nicht begreifen willst.«

Winkens versuchte es dennoch. Er lief torkelnd ein paar Schritte auf sein Auto zu. Dann traf ihn ein Tritt in die Kniekehlen. Augenblicklich sackte er zusammen und wand sich heulend im Dreck.

»Lass mich am Leben«, flehte er. »Ich will nicht sterben!«

»Wer will das schon?«, sagte Schelling kalt. Er achtete nicht auf Winkens und sein Gejammer. Seelenruhig setzte er seine Arbeit fort. Als er meinte, genug Steine gesammelt zu haben, nahm er den Bezug und prüfte, ob er schwer genug war, um Winkens unter Wasser zu halten. Er warf noch ein paar dickere Brocken hinein, dann verschloss er das Bündel mit dem Borussia-Schal.

»Das Ding hier binde ich um deinen Hals«, sagte er. »Es dürfte reichen. Du wirst dich abstrampeln und verzweifelt nach Luft schnappen. Du wirst versuchen, deinen Kopf über Wasser zu halten, aber es wird dir nicht gelingen.«

»Sie werden dich kriegen«, schnaufte Winkens. »Du wirst nicht als Einziger von uns übrig bleiben. Sie kriegen dich, verlass dich drauf!«

»Du irrst dich«, sagte Schelling ruhig. »Du hast nichts verstanden, weil du ein schlechter Schüler bist. Wahrscheinlich der schlechteste, den ich je hatte. Hast du nicht kapiert, was ich vorhin gesagt habe?«

»Was habe ich nicht kapiert?«, jammerte Winkens. »Was hast du denn gesagt?«

»Dass du nicht die geringste Ahnung von Leben und Tod hast!«

»Aber du, was?«

»Ja. Ich habe es verstanden. Der Tod ist nichts Schreckliches. Er ist nur eine Form der Verwandlung. Mit dem Tod treten wir in eine neue Existenzform ein. Jeder von uns. Früher oder später. Und für dich ist der Augenblick der Verwandlung jetzt gekommen.«

»Sie kriegen dich!«, stieß Winkens erneut hervor.

»Sie werden mich nicht kriegen«, sagte Schelling. Seine Stimme war ganz ruhig. »Ich will nämlich nicht übrig bleiben. Ich will kein Überlebender sein, verstehst du das? Wir alle sterben, das ist ein Naturgesetz. Niemand von uns überlebt. Wir alle verschwinden von dieser Erde. Ich werde längst tot sein, wenn sie mich finden.«

»Du bist verrückt!«

»Nicht verrückt. Ich bin erleuchtet.«

Winkens wollte noch etwas sagen, aber er kam nicht mehr dazu. Thomas Schelling schlug erneut mit der Handkante zu und setzte Winkens für Minuten außer Gefecht. Er nahm den Steinbeutel und trug ihn etwa fünfzehn Meter über ein Förderband, das zur Mitte des Baggerlochs führte. Dann kehrte er um und packte Winkens. Er schleifte den massigen Körper hinter sich her durch den Kies bis zum Förderband, hievte ihn auf das glatte Gummi, packte einen Arm und zog ihn weiter. Als er wenig später Winkens' Kopf anhob und ihm die Enden des Schals um den Hals schlang, machte der noch einmal die Augen auf.

»Tu es nicht«, flehte Winkens. »Bitte!« Er war kaum zu verstehen.

»Ich muss es tun«, sagte Schelling ungerührt. »Das verlangt die Gerechtigkeit. Und ich werde es auf besondere Weise tun. Man denkt oft, dass es keine Rolle spielt, wie ein Mensch stirbt. Aber das ist ein Irrtum. Jeder bekommt, was er verdient.«

»Ich versteh nicht«, stöhnte Winkens. »Ich begreife das alles nicht!«

»Du hast recht. Der Tod lässt sich nicht begreifen. Er ist das größte Geheimnis des Lebens.«

Er zog den Schal mit einem kräftigen Ruck zusammen. Winkens' Augen weiteten sich und schienen aus den Höhlen springen zu wollen. Thomas Schelling spürte etwas in sich, das Ähnlichkeit mit einer menschlichen Regung hatte. Er schlug noch einmal zu. So hart und erbarmungslos, dass Johannes Winkens sofort das Bewusstsein verlor.

Die Nacht war hereingebrochen. Jetzt musste Schelling den leblosen Körper nur noch ins Wasser stoßen, dann war das Werk vollendet. Doch zuvor musste er noch etwas anderes tun. Er nahm das Messer, klemmte die Spitze zwischen Winkens' Zähne und hebelte dessen Gebiss auseinander.

SIEBEN

Der Fahrer gehorcht, obwohl er weiß, dass er einen Fehler macht. Er gibt Vollgas, ohne noch einmal in den Rückspiegel zu schauen. Bald darauf biegt er auf die Autobahn ein.

Als van de Loo am Samstagmorgen in die Küche kam, lagen die Alben, in denen er am Abend zuvor mit Johanna und den Mädchen geblättert hatte, noch auf dem Tisch. Seitdem Tante Gertrud die Geschichte von Sarah Rosenboom erzählt hatte, betrachtete er die Familienbilder mit anderen Augen. Er achtete plötzlich auf Kleinigkeiten und suchte in jedem Gesicht nach einem Indiz oder einem verräterischen Hinweis. Die Fotos hatten mit einem Schlag ihre Unschuld verloren.

Da standen sie, in Reih und Glied, die Mitglieder der Familie, und posierten voller Stolz neben den beiden Ackergäulen. Bauersleute, die längst nicht so arm waren, wie sie wirkten. Immerhin scheuten sie sich nicht, den Hungernden, die bettelnd aus dem Ruhrgebiet zu ihnen kamen, für einen Sack Kartoffeln einen Teil des Familienschmucks abzuknöpfen.

Warum trug sein Großvater diesen Oberlippenbart? Weil es damals Mode gewesen war? Oder war er mehr als ein Mitläufer gewesen?

Aus welchem Grund hatte van de Loos Vater Uniform an, obwohl er, wie die Bildunterschrift deutlich machte, auf Heimaturlaub weilte? War er stolz gewesen, Wehrmachtsangehöriger zu sein und dem Vaterland dienen zu können?

Tante Gertrud stand neben ihrer Schwester Luise. Diese schaute mit einem verächtlichen Blick in die Kamera, als wüsste sie bereits, dass sie den Hof ein paar Jahre später für immer verlassen würde.

Und warum gab es in den Alben kein einziges Bild von Franzek? Er hatte immerhin ein halbes Jahrhundert den Hof geführt, wenn auch mehr schlecht als recht. Hatte kein Mensch es für nötig gehalten, ihn auf einem Foto zu verewigen, weil man mutmaßte, er würde mit Tante Gertrud in »wilder Ehe« leben? Oder hatte man seine Spur aus anderen Gründen zu verwischen versucht?

Wo war der dunkle Fleck auf der Familiengeschichte, von dem anscheinend alle gehofft hatten, dass er mit der Zeit verblassen und irgendwann endgültig verschwinden würde?

Je länger van de Loo geblättert hatte, umso mehr Fragen hatten sich ihm gestellt. Antworten hatte er nicht gefunden.

»Ach, das bringt doch nichts«, hatte Tante Gertrud gesagt. »Lass die alten Geschichten ruhen. Wenn du die Sachen aufwärmst, machst du nichts wieder gut. Nur schlimmer vielleicht!« Und dann war sie in ihr Zimmer gegangen.

Van de Loo brachte die Alben in die Stube zurück und verschloss sie in der Truhe. Dann holte er die Samstagszeitung aus dem Briefkasten. Beim Durchblättern sah er, dass sich gleich drei Artikel mit dem »unheimlichen Mörder vom Niederrhein« befassten. Zudem gab es einen Kommentar des Chefredakteurs zu den Vorfällen, in dem die Effizienz polizeilicher Arbeit grundsätzlich in Frage gestellt wurde:

»Ich verlange ja nicht, dass es wie beim ›Tatort‹ zugeht, wo jeder Fall in anderthalb Stunden einer eleganten Lösung zugeführt wird«, schrieb der Mann. »Aber ich erwarte, dass die Behörden ihre Arbeit transparenter machen, damit sie für die Bürger besser nachvollziehbar wird. Die Verschleierungs- und Hinhaltetaktik der Kripo widerspricht den elementarsten Grundsätzen der Demokratie und schürt die Angst der Bürger.«

Van de Loo wollte sich gerade den Artikel im Gelderner Lokalteil vornehmen, als das Telefon dazwischenfunkte.

»Hier spricht Helga Winkens. Entschuldigen Sie die frühe Störung, Herr van de Loo, aber ich habe Ihr Kärtchen mit der Nummer gefunden. Ich weiß nicht, an wen ich mich sonst wenden sollte. Mein Mann ist verschwunden! Ich habe solche Angst!«

Van de Loo hatte den Bademantel an, war noch nicht geduscht und rasiert. Er wollte eigentlich in Ruhe Zeitung lesen und Kaffee trinken. Aber er spürte, dass etwas passiert sein musste.

»Seit wann?«, fragte er.

»Seit wann?« Helga Winkens schien ziemlich durcheinander zu sein. »Eigentlich schon immer. Ich habe eine Therapie gemacht, aber es ist nicht besser geworden. Johannes hat eine Alarmanlage installieren lassen, und sie wird alle zwei Wochen überprüft. Aber man kann trotzdem nie wissen. Niemand kann sich sicher sein. Es kann jeden Augenblick etwas passieren. Hinzu kommt, dass wir viele schöne und sehr wertvolle Dinge im Haus haben!«

»Verschenken Sie sie doch, wenn sie Ihnen Angst machen.«

»Was soll ich verschenken?«

»Die schönen Dinge.«

»Aber die haben doch so viel gekostet«, sagte Helga Winkens. »Die kann man doch nicht einfach verschenken.«

»Sie glauben also, dass Ihr Mann verschwunden ist«, sagte van de Loo, um das Gespräch wieder auf das eigentliche Thema zu bringen. »Seit wann vermissen Sie ihn? Wann haben Sie ihn zum letzten Mal gesehen?«

»Gestern. Am Spätnachmittag. Er kam von einer Besprechung, und dann ist er zum Fußballspiel gefahren.«

»Er war bei der Borussia?«

»Ja. In Mönchengladbach«, sagte Frau Winkens. »Ich fahre da nicht mehr mit. Früher bin ich auch mitgegangen ins Stadion. Da war es noch der Bökelberg. Johannes wollte das. Für ihn war das Teil der Öffentlichkeitsarbeit. Aber ich verstehe dieses Spiel nicht. Johannes hat immer mit mir geschimpft, wenn ich dabei war. Ich habe dann Sachen gesagt, die ihn furchtbar aufgeregt haben. Ich weiß auch nicht, wieso. Deshalb lass ich ihn heute lieber allein fahren. Er soll sich nicht aufregen!«

»Da haben Sie recht.«

»Verstehen Sie, wie ein Fußballspiel funktioniert? Ich nicht. Ich weiß gar nicht, warum die Leute plötzlich in Rage geraten, schreien und pfeifen. Und dann gibt es da auch noch das Abseits. Wissen Sie, was Abseits bedeutet?«

»Ich glaube schon«, sagte van de Loo. »Ihr Mann ist also zum Spiel nach Mönchengladbach gefahren.«

»Ja. Er hat eine Dauerkarte und sich sehr auf dieses Spiel gefreut. Im Radio habe ich gehört, dass die Gladbacher verloren haben. Das ist schlimm! Johannes hat dann immer ziemlich schlechte Laune. Gegen elf ist er nach dem Freitagsspiel gewöhnlich spätestens wieder zu Hause. Aber er ist nicht gekommen. Ich habe noch einen Film geguckt und bin dann ins Bett gegangen. Ich nehme Schlafmittel, wissen Sie. Und heute Morgen habe ich gesehen, dass Johannes gar nicht nach Hause gekommen ist. Sein Bett war unberührt. Das ist so noch nie passiert. Sonst sagt er mir immer Bescheid, wenn er gezwungen ist, irgendwo anders zu übernachten.«

»Haben Sie eine Ahnung, wo er sein könnte?«

»Überhaupt nicht«, sagte Helga Winkens. »Das ist es ja! Er hätte mich angerufen, wenn noch etwas Besonderes gewesen wäre. Das hat er immer gemacht. Johannes hat mich stets auf dem Laufenden gehalten und nie etwas hinter meinem Rücken gemacht. Und jetzt ist er plötzlich weg, nicht einmal auf seinem Handy meldet er sich.«

»Haben Sie die Polizei informiert?«

»Die Polizei?«, fragte Helga Winkens entsetzt. »Johannes hat immer gesagt, ich soll die Polizei aus dem Spiel lassen und stattdessen zu meinem Psychotherapeuten gehen. Er hat gemeint, ich würde mir meine Angst nur einreden und die meisten Dinge würden sich von allein klären. Damals, bei Archimedes, war es ja auch so.«

»Wer ist denn das?«, fragte van de Loo.

»So hieß unser Hund«, sagte Frau Winkens. »Mein Mann hat ein Faible für Philosophen.«

»Und was war mit Archimedes?«

»Der ist irgendwann weggelaufen. Ich hatte so entsetzliche Angst, dass ich die Polizei alarmiert habe. Das waren nette Leute, sie wollten genau wissen, was geschehen ist. Und in dem Augenblick ist Archimedes zurückgekommen.«

»Ich glaube, diesmal ist es ernster«, sagte van de Loo. »Sie sollten wirklich bei der Polizei anrufen und Ihren Mann als vermisst melden.«

»Und wenn er dann gerade wieder zurückkommt, wie Archimedes?«

»Dann haben Sie Glück gehabt«, sagte van de Loo.

»Können Sie das nicht für mich übernehmen?« Frau Winkens klang jetzt geradezu flehentlich. »Sie können doch alles abrechnen, hat mein Mann gesagt. Sie würden mir wirklich einen großen Gefallen tun.«

»Was halten Sie davon, wenn ich bei Ihnen vorbeikomme und wir gemeinsam einen Kaffee trinken?«, fragte van de Loo. »Bei der Gelegenheit kann ich mir gleich auch Ihre vielen schönen Dinge ansehen.«

Wie van de Loo es bei Grossmann gemacht hatte, fuhr er zuerst an Winkens' Betrieb vorbei. Er bog von der Bundesstraße ab, als er die Förderbänder hinter den Büschen sah. Der Zufahrtsweg zur Kiesgrube war voller Dreck, den die Lastwagen hinterlassen hatten. Van de Loo fuhr langsamer und folgte der schmierigen Schmutzspur. Er kam zu einem großen Tor, das offen stand. Das Schloss baumelte an einer Kette. Er fuhr weiter, an Containern vorbei, in denen Arbeitsgeräte aufbewahrt wurden. Zwei Bauwagen dienten den Arbeitern als Aufenthaltsräume.

Alles wirkte menschenleer und verlassen. Bagger und Raupenfahrzeuge standen herum, und überall türmten sich Kiesberge. Sie waren geordnet: Die Haufen mit den kleinen Steinen kamen zuerst, dann folgten die mit den größeren. An der Seite lagen auch mehrere Haufen Sand.

Van de Loo fuhr an den Haufen vorbei und kam in die Verladezone. Ein großer Sattelschlepper stand auf einer Waage; daneben waren Schaufellader abgestellt. Und dann konnte van de Loo das Baggerloch sehen. Es war größer, als er vermutet hatte, ein See, auf dem sicher irgendwann gesurft werden würde. Die Ufer waren nicht bewachsen. Das Wasser war grün, die Wasseroberfläche still. Es gab keine Tiere hier. Keine Enten oder Schwäne. Nichts. Nach Schließung der Grube würde die Natur Jahre brauchen, bis sie sich das Terrain zurückerobert hätte.

Wenig später entdeckte van de Loo den Wagen. Der Mercedes stand ziemlich nah am Wasser, neben einem Förderband. Es schien, als müsste man ihm nur einen kleinen Schubs geben, dann würde er hineingleiten in das grüne Wasser und für immer versinken.

Van de Loo stellte den Motor ab, stieg aus und ging auf den Wagen zu. Der Mercedes gehörte Johannes Winkens. Van de Loo hatte das Auto auf der Beerdigung von Theo Grossmann gesehen, und das Nummernschild räumte letzte Zweifel aus.

Die Türen standen offen. Als van de Loo das Wageninnere inspizierte, sah er, dass der Bezug vom Fahrersitz entfernt worden war. Der Autoschlüssel steckte. Es war ein Schlüsselbund mit einem Emblem der Partei, der Winkens angehörte. Van de Loo trat an das Ufer des Baggersees. Der Kies knirschte unter seinen Sohlen. Er sah über das Wasser. Es war so klar, dass er bis auf den Grund schauen konnte. Ein paar Meter rechts von ihm führte ein Förderband bis zur Mitte des Sees.

Van de Loo stieg auf das Band und ging ein paar Schritte. Unter ihm lag Johannes Winkens, davon war er überzeugt. Das Wasser bedeckte seine Leiche. Irgendwo dort draußen ruhte der Politiker tot auf dem Grund des Sees, der in seinem Auftrag geschaffen worden war.

Van de Loo machte kehrt und ging zum Ufer zurück. Er hatte keine Lust, eine Wasserleiche zu finden. Das würde er der Polizei überlassen. Er wollte lieber zu Frau Winkens fahren, sich ihre schönen Sachen ansehen und Carsten Peters anrufen.

»Tag, Frau Winkens«, sagte er wenig später. Er wunderte sich, dass er nicht von einem Hund mit dem Namen eines griechischen Philosophen angesprungen wurde.

»Kommen Sie herein«, sagte Helga Winkens. »Mein Mann ist leider immer noch nicht da.«

»Aber die schönen Dinge«, sagte van de Loo und versuchte ein Lächeln.

Er ging an den Gemälden vorbei, die im Flur hingen. Im großen Wohnzimmer gab es noch mehr davon. Es waren anscheinend Originale. Zweifellos teure Stücke, geschmackvoll und keineswegs aufdringlich. Sie passten gut zum restlichen Ambiente. Alles war wirklich sehr schön. Die Einrichtung. Die überflüssigen Dinge, die auf den Fensterbänken standen. Der offene Kamin. Die Möbel. Es war auch schön, dass kein Hund da war. Nur Helga Winkens wirkte in der sorgsam arrangierten Umgebung wie ein Fremdkörper. Sie war nachlässig gekleidet und hatte sich noch nicht geschminkt.

»Ihrem Mann ist vielleicht etwas zugestoßen«, sagte van de Loo.

»Was denn?«, fragte Frau Winkens hilflos.

»Das weiß ich nicht. Ich habe nur seinen Wagen gesehen.«

»Wo?«

»In der Kiesgrube«, sagte van de Loo. »Die Türen standen offen, und der Schlüssel steckte. Fährt Ihr Mann manchmal am Wochenende dorthin?«

»Nein. Das macht er nie. Was sollte er denn da? Am Wochenende wird doch nicht gearbeitet!«

»Vielleicht wollte er ja einen Kontrollgang machen«, sagte van de Loo. »Oder sich wie ein Angler einfach ans Ufer setzen und auf das Wasser schauen.«

»Aber warum denn?«

»Er war ja gestern beim Spiel, und Mönchengladbach hat verloren. Gegen Köln. Das sind Erzrivalen. Für einen richtigen Fan ist das eine Demütigung, wenn sein Verein verliert. Eine Art Weltuntergang. Ich werde jetzt vorsichtshalber die Polizei informieren. Darf ich telefonieren?«

Van de Loo rief Peters an und erzählte ihm, dass er Winkens' Auto am Baggerloch gesehen hatte und seine Frau ihn vermisste.

»Wo steht das Auto?«, fragte Peters.

»In Winkens' Kiesbaggerei«, sagte van de Loo.

»Wo ist die?«

»Ausfahrt Kerken. Fahren Sie dann Richtung Aldekerk. Auf der linken Seite sehen Sie eine Kirche. Biegen Sie da ab und folgen Sie den Dreckspuren auf der Fahrbahn.«

»Wo sind Sie jetzt?«, fragte Peters.

»Bei Frau Winkens im Wohnzimmer.«

»Könnten Sie mir einen Gefallen tun?«

»Wenn es sein muss.«

»Können Sie dort bleiben, bis jemand Sie ablöst? Ich verspreche Ihnen, dass es nicht lange dauern wird.«

»In Ordnung«, sagte van de Loo.

»Und noch etwas«, sagte Peters. »Ich glaube, wir sollten uns später unterhalten.«

»Wegen des Knöllchens?« Van de Loo lachte gekünstelt.

»Ich bin davon überzeugt, dass Sie etwas wissen, was uns weiterbringen könnte«, sagt Peters.

»Das gilt umgekehrt genauso.«

»Gut. Das kann ja ein sehr informatives Gespräch werden. Was schlagen Sie vor?«

»Wir könnten uns im ›Jägerhof‹ treffen«, sagte van de Loo. »Das ist eine Dorfkneipe ganz in der Nähe der Kiesgrube. Wir machen da eine Art kaltes Buffet. Jeder legt seine bisherigen Erkenntnisse auf den Tisch. Und jeder kann sich nehmen, was er braucht. Kann allerdings sein, dass das eine oder andere nicht besonders gut schmeckt.«

»Gut«, sagte Peters. »Sobald wir die Sache am Baggerloch geklärt haben, treffen wir uns im ›Jägerhof‹.«

»Wie lange wird das dauern?«

»Voraussichtlich nicht allzu lange«, sagte Peters. »Bei uns steht alles in den Startlöchern. Ich muss nur pieps machen, dann rückt eine Hundertschaft an. Wenn Johannes Winkens wirklich etwas zugestoßen sein sollte, wird von unserer Seite natürlich das volle Programm gefahren. Das geht ruck, zuck!«

Van de Loo gab Peters seine Handynummer durch. Dann setzte er sich auf die schneeweiße Couch und ließ die zauberhafte Umgebung auf sich wirken. Frau Winkens machte ihm einen Kaffee. Er roch wunderbar.

***

Nach dem Anruf von van de Loo machten sich Mareike und Peters augenblicklich auf den Weg. Bevor sie die Leitstelle der »Soko Kormoran« informierten und eine Lawine der Aktivität lostraten, wollten sie zu Winkens' Kiesbaggerei und sich dort gründlich umsehen. Wenn wirklich etwas passiert war, konnte der Tross des Sonderkommandos immer noch anrücken.

Die Windräder vor den Schaephuysener Höhen bewegten sich nicht. Vom Flugfeld neben der Bundesstraße startete gerade ein Motordrachen. Das Ding machte einen höllischen Lärm. Der Pilot flog auf die Stendener Kirche zu und begann dann über dem Baggerloch zu kreisen.

Es war zehn Uhr vierunddreißig, als Mareike durch das offen stehende Tor auf das Gelände der Kiesbaggerei einbog. Sie fuhr wie eine Rallyespezialistin an den Sandbergen und Steinhaufen vorbei, rutschte über die Kiespiste und brachte den Wagen wenig später unmittelbar neben dem Mercedes zum Stehen.

Sie stiegen aus. Peters suchte den Wagen oberflächlich nach Spuren ab, konnte aber bis auf den fehlenden Sitzbezug nichts Besonderes entdecken. Er sah sich die Umgebung genauer an, trat ans Ufer und schaute über das Wasser. Die Sonne warf ein Meer stiebender Funken über die Oberfläche. In der Luft, hoch über Peters, kreiste noch immer der Mann mit dem Motordrachen. Das Ding erinnerte Peters an eine angriffslustige Hornisse.

»Hau ab!«, schrie er und fuchtelte dabei wild mit den Armen. »Hier gibt es nichts zu sehen, du Idiot! Verpiss dich!«

Der Pilot drehte noch eine Runde über dem Wasser, dann zog er tatsächlich ab.

»Der kommt bestimmt wieder«, sagte Peters. »Sobald hier was los ist, kommt der zurück. Solche Leute sind wie die Geier!«

Er ging zu dem Förderband, das etwa zehn Meter links von ihm stand und sich bis zur Mitte des Sees spannte. Peters kletterte auf das Gummiband. Es wackelte, war aber breit genug, um darauf laufen zu können. Breit genug, einen Menschen vor sich herzutreiben oder hinter sich herzuschleppen. Peters schaute über den Rand des Förderbandes. Das Wasser war klar. Er konnte auf den sandigen Grund sehen. Langsam ging er weiter, wobei er sich abwechselnd nach rechts und links beugte, um in die Tiefe zu blicken.

Und dann sah er Johannes Winkens. Die Leiche lag auf dem Rücken. Die weit aufgerissenen Augen schienen Peters um Hilfe anzuflehen. Peters drehte auf der Stelle um und hastete über das Förderband zum Ufer zurück.

»Hast du was gefunden?«, fragte Mareike.

»Ja«, sagte Peters.

»Was denn?«

»Winkens«, sagte Peters. »Ruf an. Und sag den Leuten, dass Taucher nötig sind. Er liegt in etwa sechs Metern Tiefe.«

Er setzte sich auf das Gummiband und starrte vor sich hin.

»Jetzt lebt nur noch einer der vier Männer, die für Anna gezahlt haben«, sagte er nach einer Weile. »Wir sollten diesen Schelling aus dem Verkehr ziehen. Zu seiner und unserer Sicherheit.«

»Noch haben wir nichts gegen ihn in der Hand!«, sagte Mareike. »Zudem ist er verreist!«

»Angeblich«, grummelte Peters. »Außerdem steht es noch gar nicht fest, ob Johannes Winkens ermordet wurde. Er könnte sich genauso gut selbst umgebracht haben.«

»Selbstmord?«, fragte Mareike ungläubig. »Glaubst du das wirklich?«

»Nein. Das glaube ich nicht«, sagte Peters. »Aber glauben ist bekanntlich nicht wissen. Wir müssen abwarten, was uns die Leiche sagt. Aber möglich wäre es schon. Er trägt einen Borussen-Schal um den Hals. Es wäre nicht das erste Mal, dass sich ein Anhänger umbringt, weil sein Club verloren hat. Außerdem ist er Politiker. Die sind zu allem fähig. Denk doch nur mal an den Fall Möllemann!«

Es dauerte etwa zwanzig Minuten, bis die Spezialisten eintrafen. Die Taucher waren als Erste da. Während Peters ihnen erklärte, wo er den Toten gesehen hatte, zogen sie sich bis auf die Unterwäsche aus und streiften ihre Gummianzüge über. Im Hintergrund pumpte ein Team vom Technischen Hilfswerk ein Schlauchboot auf. Jeder Handgriff war hundertfach eingeübt, und die Männer verloren kein Wort bei der Arbeit.

Wenig später watschelten die beiden Taucher mit ihren riesigen Flossenfüßen über das Förderband. Ein Mann ging hinter ihnen her und sicherte sie mit einem Seil. Es sah fast so aus, als würde er die Froschmänner an der Leine ausführen.

Als sie die Stelle erreicht hatten, die Peters ihnen gezeigt hatte, ließen sie sich rückwärts ins Wasser fallen und tauchten ab. Wenig später erschienen ihre Köpfe wieder an der Oberfläche, und sie winkten das Boot heran. Der Außenbordmotor wurde installiert, obwohl man das kleine Stück genauso gut hätte rudern können. Der Motor sprang sofort an, und das Boot glitt zur Fundstelle. Die Taucher hatten sichtlich Mühe, den massigen Körper des Toten ins Boot zu hieven. Als sie es endlich geschafft hatten, bargen sie den mit Steinen gefüllten Sitzbezug und suchten die nähere Umgebung des Leichenfundorts ab. Wie Kinder beim Ostereiersuchen tauchten sie immer wieder mit stolz hochgereckten Armen auf, wenn sie fündig geworden waren. Allerdings hatten die meisten Fundstücke nichts mit der Leiche zu tun. Es handelte sich um Schrauben und weggeworfene Flaschen. Auch ein verrosteter Fahrradlenker und eine alte Angel wurden gefunden. Alles wurde auf dem Förderband abgelegt, damit es später gründlich untersucht werden konnte.

Der Bootsführer hatte ein ernstes Gesicht, als er mit seiner

Fracht das Ufer erreichte. Über ihm kreisten inzwischen drei Motordrachen. Johannes Winkens wurde auf einer Plane abgelegt. Peters trat neben ihn, um die Leiche näher in Augenschein zu nehmen. Winkens sah auf den ersten Blick ganz normal aus. Er trug einen hellen Trenchcoat und darunter einen Anzug. Nur sein Mund wirkte, als habe er sich die Lippen zerbissen. Das nasse Haar hing ihm strähnig in die Stirn. Peters trat ein Stück zurück, um nicht mit dem Wasser in Berührung zu kommen, das aus der Kleidung des Toten sickerte.

Inzwischen waren auch die Leute von der Spurensicherung eingetroffen. Weitere Autos fuhren auf das Gelände der Kiesbaggerei. Frau Norden hatte offensichtlich ihren freien Tag, denn ein junger Amtsarzt kam zu Peters und kümmerte sich um die Leiche.

»Irgendwas Besonderes?«, fragte Peters den Mann.

»Tote sind immer etwas Besonderes.« Der Mann knotete den Borussia-Schal auf und wies auf einige rötliche Stellen. »Leichte Würgemale«, sagte er. Dann umfasste er die Nase des Toten mit zwei Fingern und umklammerte mit der anderen Hand das Kinn. Er hatte sichtlich Mühe, den Mund des Toten ein wenig zu öffnen.

»Blutspuren«, stellte er trocken fest.

»Wovon?«

»Die Zunge«, sagte der Mann. »Sie wurde entfernt.«

»Die Zunge?«, fragte Peters erschrocken.

»Ja. Vielleicht liegt sie ja hier irgendwo herum. Der Mörder hat sie dem Mann wohl kaum im Wasser abgeschnitten.«

Peters starrte auf den Boden, konnte aber nirgendwo eine Zunge sehen. Er meinte plötzlich, etwas Weiches unter seiner rechten Schuhsohle zu spüren, und machte schnell einen Schritt zur Seite. Doch da war nichts. Winkens' Zunge musste woanders liegen, der Täter hatte sie mitgenommen, oder sie war von Fischen aufgefressen worden.

Peters ging zu Mareike hinüber. Sie stand bei den Leuten von der Spurensicherung, die sich um das Auto kümmerten.

»Kein Selbstmord«, sagte er leise.

»Hab ich mir gedacht!«

»Der Mörder hat ihm die Zunge abgeschnitten.«

»Dann ist es derselbe Täter!«

»Ja«, sagte Peters. »Jedenfalls kann man davon ausgehen. Gehlen muss überprüft werden. Außerdem will ich wissen, wo Johannes Winkens zum letzten Mal öffentlich gesprochen hat. Was hat er da gesagt? Welche Positionen hat er vertreten? Und was war da auf diesem Kongress in Wiesbaden, als er die Rede gehalten hat? Wir müssen dem nachgehen!«

»Meinst du, es ging die ganze Zeit um Winkens?«, fragte Mareike.

»Möglich wäre es. Wir haben zu eng gedacht und nur eine Spur verfolgt. Vielleicht sollten die anderen Morde nur von Winkens ablenken.«

***

Van de Loo wartete anderthalb Stunden vergeblich darauf, dass die Schönheit der Umgebung von ihm Besitz ergriff. Insgesamt ging er viermal zum Klo und betrachtete sein Gesicht in einem Kristallspiegel mit Goldrahmen. Der Spiegel war schön und gut, aber er half nicht. Van de Loo sah von Mal zu Mal blasser aus. Er betätigte die Spülung und sah staunend zu, wie die Brille, auf der er gar nicht gesessen hatte, zu rotieren begann und automatisch gereinigt wurde. Als er nach dem letzten Klobesuch ins Wohnzimmer zurückkehrte, hörte er Wolfgang Amadeus. Es war nur ein sehr kurzes Stück, aber unverkennbar von Mozart.

»Wer kann das denn sein?«, fragte Frau Winkens. »Johannes hat doch einen Schlüssel.«

Sie ging zur Tür und öffnete. Van de Loo lauschte gespannt. Er hörte, wie Helga Winkens mit einer Frau sprach. Die Beamtin schien gut geschult zu sein, denn Frau Winkens' Stimme klang schon nach den ersten Sätzen viel ruhiger. Wenig später betrat die Polizeipsychologin das Wohnzimmer. Sie lächelte milde und nickte van de Loo freundlich zu.

»Kriminalhauptkommissar Peters wartet auf Sie«, sagte sie.

»Ein Kommissar? Auf mich?«, fragte Helga Winkens erschrocken. »Warum denn?«

»Nein, Frau Winkens, ich meinte nicht Sie. Sie können hierbleiben. Hier in Ihrer vertrauten Umgebung. Und ich leiste Ihnen dabei ein wenig Gesellschaft. Schön haben Sie es hier. Haben Sie die Möbel und Bilder selbst ausgesucht?«

Van de Loo verabschiedete sich von den Damen. Er atmete auf, als er an der frischen Luft war, und fuhr zum »Jägerhof«. Neben der Dorfstraße stand ein ausgedienter Anhänger. Ein Altbauer versuchte Kartoffeln, Gemüse und Eier an den Mann zu bringen. Er starrte van de Loo hinterher, als hätte er nie zuvor ein Auto gesehen.

Van de Loo parkte vor der Schmiede, neben verrosteten Maschinen und einem ausgedienten Traktor. Der Wirt nickte freundlich, als er den »Jägerhof« betrat.

»Tach«, sagte van de Loo.

»Tach«, sagte der Wirt. Es musste am Abend eine größere Feierlichkeit gegeben haben, denn er hatte eine Menge Gläser zu spülen. »Sie habe ich aber lange nicht mehr hier gesehen.«

»Na ja«, sagte van de Loo. »Wann verirrt man sich schon mal in dieses Kaff? Ist ja nicht gerade der Nabel der Welt. Aber ehrlich gesagt gefällt es mir am Rand meistens besser als im Zentrum.«

Er ging zu dem runden Stammtisch hinüber, wo Mareike Fichte und Peters Platz genommen hatten und ihre Kaffeetassen anstarrten. Er gab ihnen die Hand und nahm ebenfalls Platz. Im selben Augenblick betraten ein paar junge Männer die Gaststätte. Sie waren anscheinend aus dem Dorf, bestellten Bier, machten einen ziemlichen Lärm und besetzten die Theke.

»Haben Sie ihn gefunden?«, fragte van de Loo.

Peters nickte.

»Und?«

»Es ist derselbe Täter. Jemand hat Winkens einen Beutel mit Steinen um den Hals gebunden und ihn versenkt.«

»Sonst noch was?«

»Ja. Ihm wurde die Zunge abgeschnitten.«

»Dann kann er nicht mehr reden.«

»Das hätte er sowieso nicht mehr gekonnt.«

»Und jetzt? Gibt es schon irgendwelche Ergebnisse? Spuren am Tatort? Hinweise auf den Täter?«

»So schnell geht das nicht«, sagte Peters und lächelte mitleidig.

»Es sollte aber schnell gehen«, sagte van de Loo. »Sonst passiert womöglich noch mehr.«

»Der Meinung sind wir auch«, sagte Peters betont ruhig. »Aber das braucht seine Zeit. Wir alle sind daran interessiert, dass der Spuk möglichst bald ein Ende hat. Deshalb sitzen wir ja hier. Ich denke, wir sollten zusammenarbeiten.«

»Gut«, sagte van de Loo. »Sie sagen mir jetzt alles, was Sie herausgefunden haben. Und ich sage Ihnen, was ich denke. Mehr habe ich nicht.«

»Wir verfolgen eine Spur«, sagte Mareike Fichte.

»Und wohin führt die?«

»Zurück ins Jahr 1993. Zu einem Unfall mit Todesfolge. Wie es scheint, haben alle drei Mordopfer in dem Auto gesessen. Sie waren schuldhaft in das Geschehen verwickelt und haben Fahrerflucht begangen.«

»Woher wissen Sie das?«

»Den ersten Hinweis haben wir durch Zufall gefunden«, sagte Mareike. »Den Rest haben unsere Ermittlungen ergeben. Damals wurde ein Junge überfahren. Er hieß Jens. Jens Gehlen. Sein Großvater hat den Unfall zufällig vom Fenster aus beobachtet. Er konnte nicht helfen, aber der Tod des Jungen hat ihm keine Ruhe gelassen. Er hat die Männer ausfindig gemacht. Jedenfalls zwei von ihnen. Er hat ein Dossier angelegt und Drohbriefe verschickt.«

»Ist er der Täter?«, fragte van de Loo.

»Der Mann selbst kommt nicht in Frage. Er ist seit Jahren schwer krank. Aber sein Sohn steht im Verdacht, die Arbeit seines Vaters fortgesetzt zu haben.«

»Sie glauben, der Mann hat aus Rache gemordet?«, fragte van de Loo. »Rache ist ein starkes Motiv. Aber schneidet jemand aus Rache an Leichen herum? Wo ist der Mann jetzt?«

»Auf der Polizeistation in Düren«, sagte Peters. »Er wird gerade befragt.«

»Verfolgen Sie noch eine andere Spur?«

»Ja. Wir sind schließlich nicht allein. Die ›Soko Kormoran‹, die sich mit dem Fall beschäftigt, umfasst inzwischen mehr als dreißig Leute.«

»Haben Sie sich um Thomas Schelling gekümmert?«, fragte van de Loo.

»Wir haben ihn im Blick«, sagte Mareike. »Es hat ein wenig gedauert, weil er nicht auf der Liste der Hüttenbesucher stand, die Winkens uns gegeben hat. Außerdem kommt er in diesem Fall nicht als Täter in Frage. Er kann unmöglich der Mörder von Johannes Winkens sein.«

»Und warum nicht?«

»Herr Dr. Schelling ist verreist. Er ist nach Tokio geflogen. Der Flug war gestern Nachmittag. Zu dem Zeitpunkt war Johannes Winkens noch am Leben.«

»Schelling ist verreist?«, fragte van de Loo.

»Ja. Was irritiert Sie daran?«

»Ich habe gestern noch mit ihm gesprochen. Es standen zwar zwei Koffer im Flur, aber es sah nicht danach aus, dass er ein paar Stunden später nach Japan fliegen würde.«

»Nach allem, was wir wissen, ist Schelling ein eigentümlicher Mensch«, sagte Mareike. »Als Lehrer hat er einen ziemlich guten Ruf. Der Schulleiter der Gaesdonck hat betont, dass Dr. Schelling sehr beliebt bei den Kollegen ist. Und für die Schüler scheint er eine Art Guru zu sein. Wissen Sie, über welches Thema er promoviert hat?«

»Ich lese keine Doktorarbeiten«, sagte van de Loo.

»›Der Selbstmord als symbolisches Reinigungsritual in der Kultur Japans‹. Ich habe die Arbeit bestellt. Es ging nur über die Fernleihe, wie bei den meisten Doktorarbeiten. Es wird ein paar Tage dauern, bis ich Einblick nehmen kann.«

»Und was versprechen Sie sich davon?«, fragte van de Loo bissig. »Wollen Sie sich umbringen?«

»Ich werde neue Erkenntnisse auf dem Gebiet des Suizids gewinnen«, entgegnete Mareike Fichte betont sachlich.

»Und Sie?«, fragte Peters dazwischen. »Was haben Sie herausgefunden?«

»Ich habe mit Sonja Lechtenberg gesprochen«, sagte van de Loo. »Die drei Toten und Schelling nannten sich das ›Kleeblatt‹. Sie kannten Sonja, und alle vier haben mit ihr geschlafen, um ein Kind zu zeugen. Anna.«

»Anna Lechtenbergs leiblicher Vater heißt Karl Jaspers. Das ist eindeutig nachgewiesen«, sagte Peters.

»Und wenn die vier Männer nichts davon wussten?«

»Wo hält sich Frau Lechtenberg augenblicklich auf?«, fragte Peters.

»Ich habe sie von der Straße aufgelesen und dafür gesorgt, dass sie ein Dach über dem Kopf hat«, sagte van de Loo. »Sie wohnt vorübergehend im ›Nordbahnhof‹. Das ist eine Gaststätte in Krefeld.«

»Warum haben Sie uns nicht gleich darüber informiert?«

»Woher soll ich denn wissen, dass Sie Frau Lechtenberg suchen? Ich bin doch kein Hellseher! Außerdem arbeite ich nicht für die Polizei. Oder ist Frau Lechtenberg offiziell zur Fahndung ausgeschrieben?«

»Trotzdem«, sagte Peters.

Van de Loo sah den Kriminalhauptkommissar an. Er gefiel ihm nicht. Das ganze Gespräch gefiel ihm nicht. Er hatte das Gefühl, seine Zeit zu vergeuden. Er spürte, dass er der Lösung des Rätsels ganz nahe war. Es musste mit dem Unfall zusammenhängen. War dieser Unfall vielleicht die Vorgeschichte, nach der er suchte und von der Johanna gesprochen hatte? Van de Loo stand auf.

»Mein Kaffee geht auf Ihre Rechnung«, sagte er zu Peters. »Sie sind mir schließlich noch etwas schuldig wegen des Knöllchens!«

Mareike und Peters sagten nichts, sahen nur mit offenem Mund zu, wie van de Loo das Lokal verließ. Gleichzeitig kam der frischgebackene Bräutigam herein, um die Rechnung des Vorabends zu begleichen. Er wurde von den jungen Männern an der Theke mit lautem Gegröle und Klatschen begrüßt. Carsten Peters und Mareike Fichte hatten das blöde Gefühl, dass die Leute van de Loo zu seinem plötzlichen Abgang applaudierten.

»Fahr zum ›Nordbahnhof‹«, sagte Peters, als er mit Mareike wieder im Auto saß. »Wir müssen mit Sonja Lechtenberg sprechen. Sie ist die Einzige, die uns im Moment weiterhelfen kann. Vielleicht saß sie ja damals mit im Unfallauto.«

»Aber der alte Gehlen hat vier Männer gesehen und keine Frau.«

»Er könnte sich geirrt haben. Wenn sie am Steuer saß, hat er sie gar nicht sehen können. Der hat dem Auto doch bestimmt nur hinterhergeguckt. Wann war der Unfall noch mal genau?«

»Am 3. August 1993. Ein Samstag. Es war einundzwanzig Uhr siebenundzwanzig.«

»Und wann wurde Anna Lechtenberg geboren?«

»Die hat am 28. Februar das Licht der Welt erblickt. Uhrzeit ist mir nicht bekannt.«

»Dann war Sonja Lechtenberg schwanger, als das Unglück geschah«, sagte Peters nachdenklich.

»Höchstwahrscheinlich. Es sei denn, Anna war eine ziemliche Frühgeburt. Und wenn Frau Lechtenberg schwanger war, was bedeutet das nun wieder?«

»Ich weiß es nicht«, sagte Peters. »Ich weiß es wirklich nicht.«

Eine halbe Stunde später kamen Mareike und Peters am »Nordbahnhof« an. An der Tür hing ein Plakat, das für den Abend eine Lesung mit einem Kriminalschriftsteller ankündigte. Peters und Mareike traten ein. Es war nicht viel los. Ein Kellner war mit den Vorbereitungen für die Lesung beschäftigt.

»Tag«, sagte Peters. »Wohnt bei Ihnen eine gewisse Sonja Lechtenberg?«

»Polizei?«, fragte der Mann.

»Warum fragen Sie?«

»Hört sich so an.«

»Ja«, sagte Mareike. »Wir sind von der Kripo Kleve. Würden Sie jetzt die Frage meines Kollegen beantworten?«

»Sie wohnt hier. Allerdings nur vorübergehend.«

»Können wir sie sprechen?«

»Geht nicht. Die ist weggefahren.«

»Wann?«

»Vor einer halben Stunde ungefähr.«

»Und wo wollte sie hin?«

»Woher soll ich das wissen? Sie wurde angerufen. Das hat mir eine Kollegin erzählt. Wenig später ist ein Taxi gekommen«, sagte der Kellner. »Irgendetwas stimmte da nicht.«

»Wieso?«

»Keine Ahnung. Nur so ein Gefühl. Sie hatte es jedenfalls plötzlich ziemlich eilig. Vielleicht sollten Sie die Taxi-Zentrale anrufen. Die können Ihnen sicher mehr sagen.«

Mareike zögerte keine Sekunde. »Das muss eine längere Tour sein«, sagte sie, nachdem das Gespräch beendet war. »Der Fahrer hat sich noch nicht zurückgemeldet.«

»Und wohin ging die Tour?«, fragte Peters.

»Das weiß ich nicht. Die Frau von der Zentrale will gleich noch einmal anrufen.«

»Können wir in der Zwischenzeit eine Kleinigkeit essen?«, fragte Peters den Kellner, der sich die ganze Zeit nicht vom Fleck gerührt hatte.

»Selbstverständlich. Der Koch ist zwar noch nicht da, aber eine Kleinigkeit geht auch ohne ihn. Soll ich Ihnen einen strammen Max machen?«

»Ja. Und zwei Kaffee bitte.«

Mareike und Peters setzten sich. Auf dem Tisch lagen Flyer herum, die auf die Abendveranstaltung aufmerksam machen sollten. Peters sah sich einen der Werbezettel genauer an.

»Und?«, fragte er, als der Kellner den Kaffee brachte. »Wie viele Morde gibt es in diesem Buch, das heute Abend vorgestellt wird?«

»Bislang drei«, sagte der Kellner. »Aber ich bin noch nicht ganz durch. Das muss ich bis heute Abend unbedingt schaffen. Wissen Sie, diese Schriftsteller sind in der Regel ziemlich sensibel und empfinden es als persönliche Beleidigung, wenn man ihre Bücher nicht gelesen hat!«

***

Als van de Loo auf dem Hof ankam, stellte er den Volvo ab und ging in den Schuppen. Er hatte das Bedürfnis, irgendwo Ordnung zu schaffen. In seinem Kopf herrschte ein ziemliches Durcheinander, und manchmal half es ihm, als Gegenmittel wenigstens einen Teil der Außenwelt auf Vordermann zu bringen.

Er schob das Tor auf und schaute auf das Gerümpel, das sich im Laufe der Zeit angesammelt hatte. Es war eine Menge Zeug, und die wenigsten Sachen gehörten ihm oder Tante Gertrud. Das meiste hatten irgendwelche Freunde und Bekannten untergestellt, die wussten, dass van de Loo Platz hatte. Natürlich nur vorübergehend, wie alle versichert hatten, aber keiner hatte es bislang für nötig befunden, seinen Krempel wieder abzuholen.

Van de Loo ging zu dem alten Hundertneunziger und sah ihn sich von allen Seiten an. Er hatte ihn aus Nostalgiegründen gekauft, und seitdem verrottete er auf dem Schrottplatz der Erinnerungen. Van de Loo schlug die noch immer offen stehende Tür zu und nahm sich vor, den Wagen bei nächster Gelegenheit zu entsorgen.

Er kletterte über einen Berg ausgemusterter Schulbänke, die Thomas Küppersbusch angeschleppt hatte. Dahinter stand ein alter Küchenschrank, den van de Loo sich noch nie richtig angeschaut hatte. Er war schon da gewesen, als er mit Johanna und Katharina auf den Hof gezogen war. Es war das klassische Modell, ein Unterteil mit zwei Türen und darüber der schmalere Aufbau. Auf dem Schrank lagen zwei Kartons, gefüllt mit feucht gewordener, angeschimmelter Wäsche. Van de Loo öffnete die unteren Schranktüren. Er hatte damit gerechnet, auf altes Geschirr, Töpfe und Pfannen zu stoßen, aber so war es nicht. Ein waagerechtes Brett teilte den Schrank in zwei Hälften. Auf dem Brett stand ein Teller mitsamt Unterteller. Daneben lag Besteck, sorgsam aufgereiht. Sogar ein Glas war da, vollkommen verstaubt. Alles wirkte wie absichtlich arrangiert.

Darunter sah van de Loo Kästchen, Schuhkartons, Schachteln, alle sorgsam verschnürt. Eine Dose hatte ursprünglich Nürnberger Lebkuchen enthalten. Er wollte sie gerade herausziehen, als er hörte, wie jemand den Schuppen betrat. Es war Tante Gertrud. Sie kam langsam auf ihn zu.

»Lass die Finger von diesen Sachen«, sagte sie. »Die gehören dir nicht, und du machst dir nur die Hände schmutzig!«

»Ist das noch von Franzek?«

»Nein. Das gehörte meiner Schwester Luise.«

»Hast du das hierhergebracht?«

»Ja. Franzek hat mir geholfen. Die Sachen sind angeklebt. Sie sollen für immer da bleiben. Es soll nie vergessen werden, was Luise getan hat.«

»Und wo ist Franzek?«

»Er ist in seine Heimat zurückgekehrt. Er war nicht besonders glücklich hier und hoffte, dort endlich zur Ruhe zu kommen.«

»Warum war er unglücklich?«, fragte van de Loo. »Lag es daran, dass er nie richtig akzeptiert wurde?«

»Er war all die Jahre hoffnungslos in mich verliebt«, sagte Tante Gertrud. »Er war ein guter Mensch, aber ich konnte seine Liebe nicht erwidern.«

Sie ließ sich auf einen alten Gartenstuhl fallen. Van de Loo schob die Blechdose an ihren Platz zurück und schloss den Schrank wieder. Er ging zu seiner Tante und setzte sich neben sie auf den Boden.

»Manchmal ist es unmöglich, jemandem zu verzeihen«, sagte Gertrud. »Es gibt Sachen, die lassen sich nie wiedergutmachen. Wenn Luise wenigstens darüber geredet hätte. Aber sie hat die ganze Zeit nur geschwiegen, und dann ist sie nach Amerika ausgewandert.«

Gertrud ließ den Kopf in die Hände fallen und begann zu weinen. Sie schluchzte wie ein Kind, und van de Loo hielt sie fest in seinem Arm, bis sie sich wieder beruhigt hatte. Dann brachte er sie ins Haus.

Es gibt Sachen, die sich nie wiedergutmachen lassen, dachte er, als er in die Küche kam. Im selben Augenblick musste er an Sonjas Geschichte, Thomas Schelling und den Unfall denken.

»Ich muss noch mal los«, sagte er zu Johanna, die gerade den Teig für ihr Wochenendbrot knetete.

»Ist es wichtig?«

»Ich glaub schon.«

»Dann fahr«, sagte Johanna und gab van de Loo einen Kuss. »Ich hoffe, du hast Erfolg. In der Zwischenzeit mache ich das Brot fertig. Und nachher gehe ich mit Katharina zum Friseur.«

»Und Tante Gertrud?«, fragte van de Loo.

»Anna bleibt bei ihr«, sagte Johanna. »Solange sie da ist, müssen wir uns keine Sorgen machen.«

ACHT

Es ist 21.29 Uhr. Nur fünf Minuten sind vergangen, seitdem die Männer ins Auto eingestiegen sind. Eine kurze Zeit. Und gleichzeitig eine Ewigkeit.

»Guten Tag, Frau Schelling.« Van de Loo stellte vorsichtshalber einen Fuß in die Tür. »Könnte ich Ihren Mann sprechen?«

»Mein Mann ist verreist.«

»Wirklich?« Van de Loo trat in den Flur. »Wann ist er denn geflogen?«

»Ich habe ihn gestern nach Düsseldorf zum Flughafen gebracht. Kurz nachdem Sie gegangen sind. Gegen siebzehn Uhr ging der Flug. Die Reise war schon länger geplant.«

»Und wo hält er sich im Augenblick auf?«

»Er wird inzwischen wohl im Bergkloster eingetroffen sein.«

»Lässt sich das überprüfen?«

»Dafür müssten Sie schon dorthin reisen. Die Mönche lehnen alle modernen Kommunikationsmittel ab. Sie leben wie im Mittelalter.«

»Haben Sie Beweise?«, fragte van de Loo.

»Beweise? Wofür?«

»Für die Tatsache, dass Ihr Mann tatsächlich geflogen ist und sich dort aufhält.«

»Hören Sie! Ich habe ihn höchstpersönlich zum Flughafen gebracht.«

»Das beweist nichts! Oder haben Sie gesehen, wie er in den Flieger eingestiegen ist?«

»Was sollen denn diese Fragen?« Frau Schelling wurde zum ersten Mal laut. »Mein Mann hat sich sehr auf diese Reise gefreut. Er hat sich akribisch vorbereitet und gesagt, er würde dort die letzte Stufe erreichen.«

»Welche letzte Stufe?«

»Zur Erleuchtung.«

Die letzte Stufe zur Erleuchtung, dachte van de Loo. Der Schritt ins Nirwana, in das unangemessene Nichts. Diese Welt hinter sich lassen. Herausspringen aus dem ewigen, quälenden Kreislauf der Wiedergeburten. Sich endgültig befreien vom Makel, hier auf Erden zu sein und Fehler zu machen. Er ist nicht weg, dachte van de Loo. Er vollendet sein Werk. Und er ist an einem Ort, von dem er annimmt, dass er ihn dem Himmel näher bringt. Oder der Hölle.

»Welche Erleuchtung?«, fragte er.

»Das verstehen Sie nicht. Und ich habe keine Lust, es Ihnen zu erklären. Lassen Sie mir jetzt bitte meinen Frieden.«

»Das werde ich nicht tun! Ich werde mir jetzt den hinteren Teil des Hauses ansehen und einen Blick in den Garten werfen.«

»Thomas würde das nicht wollen!«

»Ihr Thomas hat jetzt gar nichts mehr zu wollen!«, sagte van de Loo. »Der erwartet doch irgendwo seine schwachsinnige Erleuchtung!«

Er drängte Frau Schelling zur Seite und stapfte an ihr vorbei durch das Haus. Entsetzt starrte sie auf seine Straßenschuhe. Van de Loo ging durch das Wohnzimmer. Er riss die Tür auf, die zu den hinteren Räumen führen musste, und stieg eine kleine Treppe hinab. Ein Vorhang versperrte den Weg. Van de Loo riss ihn mit einem Ruck zur Seite. Vor ihm lag ein großer, sehr heller Raum. Er war so gut wie leer, die Wände in einem kalten Weiß gestrichen, der Fußboden ein glänzendes Parkett. An der Wand hing eine japanische Tuschezeichnung. Ein See, eine Berglandschaft, über der ein Adler schwebte. Darunter stand ein niedriges Tischchen, auf dem ein paar Sachen lagen. Seltsam geformte Löffelchen, eine gusseiserne Kanne und andere Dinge, die anscheinend für eine Teezeremonie gebraucht wurden. Dahinter lehnte ein leerer Bilderrahmen an der Wand. Van de Loo durchquerte den Raum und nahm den Rahmen in die Hand. Er hatte etwas zu bedeuten, aber er wusste nicht, was.

»Bitte lassen Sie das«, sagte Frau Schelling flehentlich. »Sie dürfen hier nichts anfassen!« Sie stand neben dem Vorhang und zögerte anscheinend, das Heiligtum ihres Mannes zu betreten.

Van de Loo stellte den Rahmen an seinen Platz zurück. Erst jetzt sah er das Päckchen neben dem Tischchen. Jemand hatte es aufgerissen und einen Teil der Holzwolle auf dem Boden verstreut.

Die Seite des Raumes, die zum Garten führte, bestand aus Glasschiebetüren. Van de Loo trat davor und blickte zum ersten Mal nach draußen. Augenblicklich überwältigte ihn ein beklemmendes Gefühl. Es war, als würde er auf die Tribüne eines Fußballstadions treten und ein Kricketfeld oder einen Golfplatz vorfinden. Er schob eine der Glastüren auf. Rechts neben der Tür lag ein großer Stein. Dahinter breitete sich ein helles Steinfeld aus, das von den dunklen Mauern der Hecken umrahmt wurde. Die Kiesel wirkten, als sei jeder von ihnen bewusst an seinen Platz gelegt worden. Sie bildeten ein Muster, ein verschlungenes Ornament, das van de Loo an ein Labyrinth erinnerte.

Plötzlich stieß Frau Schelling in seinem Rücken einen spitzen Schrei aus. Van de Loo drehte sich um. Die Frau hielt eine Hand vor den Mund. Mit der anderen deutete sie auf das Päckchen.

»Was ist denn?«, fragte van de Loo.

»Das Päckchen.« Frau Schelling schien unter Schock zu stehen. »Jemand hat es geöffnet!«

»Das wird Ihr Mann gewesen sein, nehme ich an.«

»Unmöglich! Mein Mann reißt keine Päckchen auf. Er geht achtsam mit allen Dingen um. Pakete oder Päckchen öffnet er vorsichtig mit einem Messer. Außerdem würde er diesen Dreck auf dem Boden nicht dulden!«

»Das ist doch nur Holzwolle«, sagte van de Loo beschwichtigend. »Wissen Sie, was drin gewesen ist?«

»Ja«, sagte Frau Schelling leise. »Natürlich.«

»Und was?«

»Eine Teeschale. Ich bin gestern vom Flughafen direkt nach Hause gefahren, um das Päckchen annehmen zu können. Es ist pünktlich geliefert worden. Die Schale ist ein antikes, äußerst wertvolles Stück. Sie hat mehr als zehntausend Euro gekostet. Thomas hatte das Geld dafür bereitgelegt.«

»Wann genau ist das Päckchen gekommen?«

»Punkt neunzehn Uhr. Thomas hat das so gewollt.«

»Warum sollte die Schale denn gebracht werden, wenn er gar nicht mehr da war?«

Frau Schelling sah van de Loo erstaunt an. Anscheinend hatte sie sich diese Frage noch nicht gestellt. Wahrscheinlich hinterfragte sie nie etwas, was ihr Mann tat oder sagte. Van de Loo bückte sich und durchwühlte den Karton.

»Hier ist keine Teeschale«, sagte er.

»Meinen Sie, dass sie jemand gestohlen hat?«, fragte Frau Schelling mit zitternder Stimme.

Van de Loo gab keine Antwort. Er ging wieder nach draußen und schaute noch einmal in den seltsamen Garten. Da war etwas, was seine Aufmerksamkeit auf sich zog und ihn gleichzeitig irritierte. Er brauchte eine Weile, bis er begriff, was es war. Es stand in der Mitte des Steinmusters. Es war dunkel und nicht besonders groß. Van de Loo konnte nicht erkennen, was es war, aber es gehörte nicht dorthin.

»Die war gestern Abend auch noch nicht da.« Frau Schellings Stimme war dünn wie der Faden einer Glühbirne.

»Was ist das denn?«

»Eine Urne. Mein Mann hat sie selbst geschnitzt. Sie ist für seine Asche bestimmt. Sie stand sonst immer hier drinnen. Wie kommt sie nur in den Garten?«

»Hat sonst noch jemand Zugang zum Haus?«, fragte van de Loo. »Verwandte. Nachbarn. Eine Putzfrau?«

»Nein. Thomas duldet keine Fremden im Haus.«

»Dann muss er selbst hier gewesen sein. Waren Sie heute Nacht zu Hause?«

»Ich war bei meiner Schwester«, sagte Frau Schelling. »Wenn mein Mann nicht da ist, fühle ich mich hier nachts nicht besonders wohl. Mir wird dann immer kalt.«

»Wo wohnt Ihre Schwester?«

»Um die Ecke. Sie sagt mir jedes Mal, ich solle mich von Thomas trennen. Sie sagt das einfach so. Immer wieder. Dabei ist Thomas doch so ein liebenswerter Mensch!« Frau Schelling war den Tränen nahe.

Van de Loo ging auf die Urne zu. Es war ein Gefühl, als würde er über einen Friedhof schreiten. Es war geradezu unheimlich still. Kein Vogel war zu hören. Die Sonne schien schräg in den Garten. Die Hecke auf der rechten Seite warf einen dunklen Schatten. Kein Lüftchen war zu spüren. Die Kiesel knirschten laut unter seinen Sohlen. Ihm war, als würde er verbotenerweise eine höhere Ordnung verletzen. Er sah sich um. Frau Schelling stand in der offenen Glastür. Sie blickte mit großen Augen in den Garten, als würde sie ihn zum ersten Mal sehen. Van de Loo packte das dunkle Gefäß mit beiden Händen. Er hatte noch nie eine Urne in der Hand gehabt und wunderte sich, wie leicht sie war. Als er damit zum Haus zurückging, bemerkte er, dass sie nicht leer war.

»Was ist da drin?«, fragte er.

»Ich weiß es nicht«, stammelte Frau Schelling.

Van de Loo schüttete den Inhalt Frau Schelling vor die Füße. Es waren Scherben. Tonscherben in unterschiedlichen Farben.

»Was ist das?«, fragte er.

Frau Schelling war kreideweiß im Gesicht und starrte auf den Scherbenhaufen am Boden. Sie brachte kein Wort heraus.

»Was das ist, will ich wissen!«

»Es könnten Teegefäße sein«, sagte sie endlich. Sie sprach so leise, dass sie kaum zu verstehen war. »Aber warum? Was bedeutet das alles? Wer hat sie denn kaputt gemacht?«

»Fragen Sie nicht so blöd!« Van de Loos Stimme überschlug sich. »Das war Ihr Mann! Er will alles kaputt machen!« Van de Loo stellte die Urne ab. »Ihr Mann, verstehen Sie! Er will, dass die ganze Welt so kalt wird wie Ihr Haus und aussieht wie dieser verdammte Garten!«

»Aber warum denn?«

Van de Loo gab keine Antwort. Er hatte etwas gesehen. Es lag unter den Scherben, und er schob sie mit der Schuhspitze zur Seite. Es war ein Foto, in der Mitte durchgerissen. Van de Loo hob die Teile auf und hielt sie zusammen. Ein Polaroidbild. Obwohl die Farben verblasst waren, erkannte van de Loo die Männer auf dem Bild sofort. Theo Grossmann trug einen Strohhut und zielte mit einem Gewehr auf den Betrachter. Die anderen scharten sich um ihn. Alle lachten. Johannes Winkens hatte seine Arme freundschaftlich um Hubert Moelderings und Thomas Schelling gelegt.

Van de Loo ging ins Haus zurück. Mit einem Schlag wurde ihm klar, warum Schelling seine Urne im Garten aufgestellt hatte. Sie sollte ein Zeichen sein, ein letzter Hinweis. Es war genau wie bei den drei Toten. Nur dass sich diesmal der Hinweis auf den Täter selbst bezog. Van de Loo schob das Bild in seine Jackentasche und schnappte sich den Rahmen.

»Was machen Sie da?«, fragte Frau Schelling. Ihre Stimme klang hysterisch.

»Ich nehme das Bild und den Rahmen mit«, sagte van Loo. »Ich weiß, wo das hingehört, und bringe es jetzt an seinen angestammten Platz zurück!«

Er rannte durch das Haus zum Auto. Er war sich vollkommen sicher, wo er Thomas Schelling finden würde. Alles war inszeniert. Der Kreis würde sich schließen. Und ich Idiot habe ihm auch noch verraten, wo Sonja sich aufhält!, dachte van de Loo grimmig.

Als er im Auto saß, summte sein Handy. Das Display zeigte Annas Namen.

»Anna«, sagte van de Loo. »Was ist los?«

»Ich bin das«, sagte eine Stimme.

Van de Loo brauchte ein paar Momente, bis er begriff, mit wem er sprach.

»Tante Gertrud«, sagte er erschrocken.

»Anna ist weg.«

»Wie, weg?«

»Verschwunden«, sagte Tante Gertrud. Sie war nur schwer zu verstehen. »Man hat sie abgeholt. Genau wie damals bei Sarah.«

»Wie kommst du darauf?«

»Ihr Schlüssel liegt hier. Und ihr Telefon. Ihre Jacke hängt über der Stuhllehne, aber sie ist nicht da. Ich habe überall nachgesehen.«

»Vielleicht ist sie draußen«, sagte van de Loo.

»Nein, nein. Sie ist weg. Ein Mann war hier. Der hat sie mitgenommen. Ich kann jetzt nicht mehr sprechen, sonst ist es zu spät. Ich muss sie suchen gehen!«

Van de Loo hörte, wie Tante Gertrud das Handy auf der Tischplatte ablegte. Er hörte ihre Schritte und das charakteristische Quietschen der Küchentür.

»Tante Gertrud!«, schrie er und gab gleichzeitig Gas. »Trude!« Aber sie hörte ihn schon nicht mehr.

***

Anna wachte erst auf, als sie auf dem Waldparkplatz in der Bönninghardt ankamen. Sie schaute aus dem Fenster, sah den Himmel, die Bäume. Es war heller Tag, aber es kam ihr vor, als sei Dämmerung. Sie versuchte sich zu erinnern.

Es hatte geschellt, und sie war zur Haustür gegangen, in der Annahme, es sei der Briefträger. Sie hatte niemanden gesehen, und dann war dieses Tuch vor ihrem Gesicht gewesen. Sie hatte keine Luft mehr bekommen und wusste nicht einmal, ob sie umgefallen war. Sie konnte sich auch nicht an den Mann erinnern, der jetzt neben ihr im Auto saß. Ein Schild auf dem Handschuhfach verriet ihr, dass es sich um einen Leihwagen handelte. Der Mann am Steuer schaltete den Motor ab und löste den Sicherheitsgurt. Anna schloss schnell die Augen und tat so, als würde sie schlafen. Mit der rechten Hand tastete sie nach ihrem Handy. Es war nicht da. Sie fühlte sich nackt und hilflos ohne ihr Telefon, obwohl sie genau wusste, dass es ihr jetzt genauso wenig helfen würde wie bei Onkel Theo.

Der Mann stieg aus. Er ging zu einem Taxi, das auf dem Parkplatz wartete. Anna sah ihm nach. Sie hatte dieses Gesicht schon einmal gesehen, aber sie konnte sich nicht erinnern, bei welcher Gelegenheit. Der Mann redete mit dem Fahrer. Anna sah, wie er ihm Geld gab und dafür etwas in die Hand gedrückt bekam. Ihr war schlecht. Die Bäume schwankten vor ihren Augen. Dann kam der Mann zurück und öffnete die Beifahrertür.

»Steig aus«, sagte er. Anna reagierte nicht.

»Komm schon«, sagte der Mann. »Deine Mutter ist auch da!«

»Mama?«, fragte Anna. »Mama ist hier? Das glaube ich nicht!«

»Doch. Sie ist mit dem Taxi gekommen. Der Fahrer hat gewartet, weil ich ihn bezahlen musste. Zur Sicherheit hat er den Ausweis deiner Mutter einbehalten.«

Der Mann zeigte ihr das Dokument. Er hatte nicht gelogen. Anna sah das Bild ihrer Mutter. Es war ein altes Bild, das Sonja mit einem strahlenden Lächeln zeigte.

»Und jetzt gehen wir zu Fuß zur Hütte«, sagte der Mann. »Ich will nicht mit dem Auto in dieses Naturschutzgebiet fahren, wie die anderen das gemacht haben. Das ist unrecht. Also komm! Du weißt ja, wo es langgeht. Es ist nicht sehr weit. Wenn du nicht gehen kannst, werde ich dich stützen. Wenn es nötig ist, trage ich dich sogar. Aber sei vorsichtig, wenn uns jemand begegnen sollte. Ich will nicht, dass man auf uns aufmerksam wird.«

Anna stieg aus. Sie sah zu den Kronen der Bäume hinauf, hilflose Wachposten, die sich nicht rührten und ihr nicht helfen konnten. Der Mann nahm einen Lederrucksack von der Rückbank, warf ihn sich über und verschloss das Auto. Im selben Augenblick fiel Anna ein, woher sie sein Gesicht kannte. Von dem Bild, das immer in der Hütte gehangen hatte! Er war einer der drei Freunde, mit denen Onkel Theo auf der Annakirmes gewesen war.

Der Mann machte sich auf den Weg. Anna stolperte neben ihm her. Er stützte sie. Er war stark. Sie wehrte sich nicht und spürte, wie sich ihr Bewusstsein mit jedem Schritt schärfte. Aber ihre Gedanken wurden nicht klarer, drehten sich weiterhin sinnlos im Kreis und verstärkten das Gefühl der Hilflosigkeit. Als sie den Hohlweg erreichten, schüttelte sie den Arm des Mannes ab und ging das letzte Stück allein.

»Mama!«, rief sie, als sie ihre Mutter sah.

Sonja stand auf der Veranda. Sie hatte ihr Haar zu einem Zopf zusammengebunden und trug das Kleid, das Anna ihr in Krefeld gekauft hatte. Als sie Anna sah, lief sie ihr entgegen und schloss sie in die Arme.

»Hab keine Angst«, flüsterte sie. »Ich bin ja da.«

Dann wandte sie sich an den Mann. »Thomas! Was soll das hier? Was willst du von uns?«

»Ich werde euch alles erklären«, sagte Schelling, holte den Schlüssel aus dem Versteck und schloss die Hüttentür auf.

»Kommt doch rein!«, rief er.

Als sie die Hütte betraten, schlug Schelling zu. Es waren keine harten Schläge, aber sie reichten aus, Sonja und Anna zu Boden zu schicken.

***

Van de Loo schaute auf die Uhr, obwohl es nichts nutzte. Die Zeit verging und ließ sich nicht anhalten. Alles veränderte sich mit ihr und schritt voran, unaufhaltsam. Es geschah, während die Gegenwart in die Zukunft hinüberglitt, als hätte alles überhaupt keinen Sinn. Vielleicht passierte es gerade in diesem Augenblick. Oder im nächsten. Es geschah. Es würde geschehen. Oder es war bereits geschehen.

»Schelling!«, schrie van de Loo. »Rühr das Mädchen nicht an! Wenn ihr, Sonja oder Tante Gertrud was passiert, bringe ich dich um. Das schwör ich dir!«

Er fuhr wie ein Wahnsinniger, prügelte den Volvo gnadenlos vorwärts, überholte, hupte, nahm anderen Autofahrern, die von nichts wussten, rücksichtslos die Vorfahrt. Die Landschaft schien an ihm vorbeizufliegen. In Wirklichkeit flog er, und die Landschaft blieb, wo sie war. Und sie würde wahrscheinlich bleiben, was sie war, ganz gleich, was in der nächsten halben Stunde geschehen würde.

Am Straßenrand wiesen selbst gemalte Schilder auf alles Mögliche hin. Blumen zum Selberpflücken, frische Kartoffeln, Milch, Schafe, Gänseeier. Man konnte alles kaufen, nur keinen Ausweg.

Neben der Fahrbahn die Felder und Wiesen. Treibhäuser. Spargelfelder. Kuhherden, die sich vor den Wiesengattern drängten. Schafe, mit schlitzigen, undurchschaubaren Augen. Pferde, die stolz und einsam auf den Koppeln standen. Zwei Rehe, die in ein Waldstück flüchteten. Und dann endlich die Autobahnauffahrt.

Jetzt gab es nur noch Geschwindigkeit. In spätestens zwanzig Minuten würde van de Loo die Ausfahrt »Alpen« erreicht haben. Von da waren es noch einmal zehn Minuten bis zur Hütte. Höchstens. Eine halbe Stunde, in der viel passieren konnte. Er trat das Gaspedal durch.

»Reisen statt rasen!«, empfahl ihm ein Straßenschild.

***

Als Anna und Sonja wieder zu sich kamen, saßen sie nebeneinander auf zwei Stühlen, an Händen und Füßen gefesselt.

»Ich wollte euch nicht wehtun«, sagte Thomas Schelling. »Deshalb habe ich euch außer Gefecht gesetzt. Ihr hättet euch gewehrt. Das ist ganz natürlich. Kein Mensch lässt sich freiwillig festbinden. Aber so habt ihr gar nichts davon gemerkt, oder?«

»Was soll das?«, fragte Sonja noch einmal. »Was hast du mit uns vor?«

»Ich möchte euch eine Geschichte erzählen. Jemand muss die ganze Geschichte kennen. Vom Anfang bis zum bitteren Ende. Ich will nicht, dass sie in Vergessenheit gerät.«

»Dazu brauchst du uns nicht an Stühle zu fesseln!«

»Doch. Es sind nicht nur Worte, die eine gute Geschichte ausmachen. Es muss etwas hinzukommen. Ich weiß, dass ihr nicht bis zum Ende hierbleiben würdet. Hätte ich euch nicht gefesselt, ihr würdet sicherlich irgendwann abhauen.«

»Ist sie so schlimm, deine Geschichte?«

»Sie ist nicht leicht.«

»Wovon handelt sie?«, fragte Sonja.

»Von dir. Von mir. Von Anna. Vom Kleeblatt. Von allem, eigentlich«, sagte Schelling. »Es geht dabei um Leben und Tod. Aber ihr müsst keine Angst haben. Der Tod ist nicht so furchtbar, wie man immer meint.«

»Woher willst du das wissen?«

Schelling gab keine Antwort. Er ging zu seinem Rucksack, entnahm ihm ein Messer und legte es auf den Boden. Es hatte eine seltsam geformte, etwa zwanzig Zentimeter lange Klinge. Dann griff er erneut in den Rucksack und holte eine Thermoskanne und eine Teeschale hervor, die er sorgsam in Zeitungspapier eingewickelt hatte. Lächelnd betrachtete er das wertvolle Stück. Es war die Krönung seiner Sammlung. Während er mit dem Zeigefinger über den Rand strich, erfasste ihn ein Gefühl der Erhabenheit. Er stellte die Schale genau in die Mitte des Tisches. Dann schüttelte er die Thermoskanne, schraubte den Deckel ab und füllte die Schale mit einer trüben graugelben Flüssigkeit. Er hob sie langsam an die Lippen und trank einen kleinen Schluck.

»Was ist das?«, fragte Sonja.

»Ein Beruhigungsmittel.«

»Seit wann brauchst du Beruhigungsmittel?«

»Das ist Kahler Krempling. Ein Pilz. Ich habe ihn selbst gesammelt«, sagte Schelling. »Er macht sehr ruhig. Ruhiger, als man es sich vorstellen kann. Ich trinke das Zeug nur zur Sicherheit, für den Fall, dass etwas schiefgehen sollte. Vielleicht wirst auch du davon trinken müssen.«

»Warum?«

»Weil ich glaube, dass du mich verraten hast.«

»Ich habe dich nicht verraten«, sagte Sonja mit fester Stimme.

»Du hast den Leuten erzählt, was damals zwischen uns war. Du hast es überall herumgeplappert!«

»Das ist nicht wahr«, sagte Sonja. »Ich habe keinem Menschen etwas davon erzählt!«

»Das soll ich dir glauben?«

»Glaub, was du willst. Das ist dein Problem«, sagte Sonja. »Ich lüge nicht. Warum sollte ich dich belügen? Ich sage die Wahrheit, und wenn jemand etwas anderes behauptet, ist er ein Lügner!«

»Du willst dich nur herausreden, damit du nicht trinken musst.«

»Herausreden? Aus was denn? Ich stecke bis zum Hals in der Scheiße. Da helfen keine Worte. Meine Kollegen von der Straße, die reden nur. Die quatschen sich ihr verpfuschtes Leben jeden Tag zurecht. Aber ich bin inzwischen aufgewacht aus meinem bösen Traum und weiß, dass ich etwas tun muss. Und das werde ich! Sobald ich diese Hütte verlassen habe, beginnt für mich ein neues Leben. Und wenn ich das nicht schaffe, wenn ich weiterhin wie ein elender Wurm durch den Dreck krieche, dann kannst du mich wirklich eine Lügnerin nennen, und ich trinke dieses Zeug freiwillig!«

Anna sah ihre Mutter an. Sie saß sehr gerade auf ihrem Stuhl und hatte den Kopf trotzig erhoben. Nie zuvor hatte sie Sonja so stolz und selbstbewusst erlebt. Es war zu spüren, dass sie jedes Wort ernst meinte. Während sie sprach, strahlte sie eine ungeheure Willenskraft und Entschlossenheit aus. Der Stolz, den Anna mit einem Mal für ihre Mutter empfand, trieb ihr die Tränen in die Augen.

Schelling kippte den Rest der Flüssigkeit in sich hinein und füllte die Teeschale erneut mit dem tödlichen Sud.

»Warum sind wir hier?«, fragte Anna.

»Wegen damals.«

»Und was ist damals genau passiert? Ich verstehe das alles nicht!«

»Deine Mutter war hier«, sagte Schelling. »Ich und drei Männer, die sich meine Freunde nannten. Sie haben mit deiner Mutter geschlafen. Ich habe sie nicht angerührt. Das ist die Wahrheit. Sonja! Sag deiner Tochter, wie es damals gewesen ist.«

Sonja Lechtenberg sah Schelling an.

»Du konntest nicht«, sagte sie. »Obwohl du bestimmt gern gewollt hättest. Du hast auf der ganzen Linie versagt!«

»Was soll das heißen?«

»Dass du nichts gemacht hast, um die anderen von ihrem Vorhaben abzubringen! Warum habt ihr mich so erniedrigt? Was wolltet ihr damit bezwecken? War ich euer Opferlamm?«

»Opferlamm? Wir wollten dir helfen! Wir wussten, dass du das Studium nicht zu Ende bringen würdest, und wir wollten, dass unser Kind ohne finanzielle Sorgen aufwachsen konnte!«

»Euer Kind?« Sonja lachte. »Du kommst jedenfalls nicht als Vater in Frage. Und die anderen auch nicht. Anna ist mein Kind! Da ist nämlich etwas, was ihr alle nicht gewusst habt.«

»Was denn?«, fragte Schelling überrascht.

»Ich war schon schwanger, als ich zu euch in die Hütte gekommen bin.«

»Was?«

»Ja. Ihr seid zu spät gekommen!«

»Du hast uns also betrogen!«

»Betrogen?« Sonja lachte erneut. »Ich war in Not, verdammt. Und ihr habt meine Not schamlos ausgenutzt, weil es euch um etwas ganz anderes ging!«

»Du hast uns hinters Licht geführt!«

»Ich habe ertragen, dass drei Männer nacheinander mit mir geschlafen haben. Ich habe mich nicht gewehrt, weil ich dachte, die Zukunft wäre wichtiger als die Gegenwart. Und ich habe mir auch noch die Geschichte eines impotenten Mannes anhören müssen. Glaubst du, ich hätte damals verstanden, was du gesagt hast? Dieses ganze verbrämte Zeug! Diese schwachsinnige Philosophie des Verzichts. Meinst du, ich hätte Mitgefühl für dich aufbringen können? Dir ging es doch nur um dich. Was war denn mit mir? Hast du dich das jemals gefragt? Ich habe das für mein Kind getan. Aber du hast geredet und geredet, bis der Nächste von euch an der Reihe war. Für mich warst du damals der Schlimmste, obwohl du mich nicht angerührt hast!«

Sonja spuckte aus. Ihr Rotz landete vor Schellings Füßen.

»Du hast mich und die anderen also die ganzen Jahre über belogen«, sagte Schelling wütend. »Du hast uns getäuscht, um an unser Geld zu kommen!«

»Ihr wart die Lüge«, sagte Sonja. »Und euer verfluchtes Geld hat gestunken. Es war falsches Geld. Falsches Geld von falschen

Vätern! Jeden Monat, wenn es kam, hatte ich wieder die Bilder aus der Hütte vor Augen. Jeden Monat der gleiche Film! Warum habt ihr das mit mir gemacht? Warum musstet ihr meine Schwäche ausnutzen? Ihr habt mich wie eine Hure behandelt und dabei wahrscheinlich noch das Gefühl gehabt, etwas Gutes zu tun. Wie soll eine Frau das aushalten? Warum habt ihr mir und euch nicht auf andere Weise geholfen?«

Sonja verlor die Beherrschung. Sie spuckte noch einmal aus, dann begann sie zu schluchzen. Thomas Schelling lief vor den Stühlen hin und her wie ein Tier, das man in den Käfig seiner bösen Träume gesperrt hat. Schließlich nahm er die Teeschale in die Hand und ging damit auf Sonja zu. Er stellte sich hinter sie und hielt ihr die Schale an die Lippen.

***

»Lieber langsam als Wild!«, las van de Loo.

Verdammt, was soll das?, dachte er wütend. Was kann man denn dagegen machen, dass einem ein Reh in die Kühlerhaube rennt? Nichts! Und genauso wenig kann ich dagegen tun, dass nicht weit von hier ein Unglück geschieht. Ich kann nur Gas geben und sonst nichts! Diese Scheißschilder stehen bestimmt nur für die Versicherungen da. Aber Versicherungen werden erst tätig, wenn etwas schiefgelaufen ist. Versicherungen kommen immer zu spät.

Erst jetzt fiel ihm ein, dass es besser war, Peters zu informieren. Er griff zum Handy und tippte dessen Nummer ein.

»Hören Sie!«, sagte er. »Thomas Schelling ist nicht verreist. Er ist noch in der Gegend. Ich glaube, er ist zur Hütte gefahren, um sein Werk zu vollenden.«

Er drückte die Taste, warf das Handy auf den Beifahrersitz und konzentrierte sich wieder auf die Straße. Er dachte an Anna. Er dachte an Sonja. Er dachte an Thomas Schelling. Und dann wieder an Anna.

Erschrocken sah er auf die Tankanzeige. Das Lämpchen flackerte. Er fuhr auf Reserve.

»Ich Idiot!«, schrie er. »Warum muss ich alles immer auf den letzten Drücker machen!«

Er überholte ein paar Autos, die mit wehenden Fahnen auf dem Weg zum Stadion in Gelsenkirchen waren. Die königsblauen Schals flatterten aufgeregt neben den Seitenscheiben. Im selben Augenblick wurde van de Loo vom Blitz einer Radarfalle geblendet.

»Vielen Dank für Ihr Verständnis!«, höhnte es vom Straßenrand.

***

»Anna«, sagte Thomas Schelling. »Ich will, dass du mich verstehst. Das ist wichtig!«

»Ich will das alles nicht verstehen!«, entgegnete sie trotzig. »Und ich will nicht, dass Mama das trinkt!«

»Deine Mutter muss das nur trinken, wenn sie gelogen und Schuld auf sich geladen hat.«

»Mama ist keine Lügnerin!«

»Ich hoffe, du irrst dich nicht.« Schelling stellte die Schale zurück auf den Tisch. »Hör mir jetzt genau zu! Du kennst doch sicher das Bild, das dort neben der Tür hing. Der Nagel ist noch da. Und die Umrisse zeigen, wo es hängen müsste. Das Bild ist wichtig. Ich habe es mitgenommen, als Theo tot war. Es ist auf der Annakirmes gemacht worden, an einer Schießbude. An jenem Abend, der mich und die anderen zu Schuldigen gemacht hat. Wir waren betrunken. Seitdem habe ich nie wieder Alkohol angerührt.«

Schelling trank erneut von dem Sud.

»Theo hatte das Auto von seinem Vater für das Wochenende bekommen«, fuhr er fort. »Und mit diesem Auto sind wir nach Düren gefahren. Wir haben herumgealbert und uns auf ein Kinderkarussell gesetzt. Wir wollten kein Taxi für die Rückfahrt bestellen oder öffentliche Verkehrsmittel benutzen. Auf die Idee sind wir gar nicht gekommen. Wir haben gelost, wer von uns fahren musste. Ich habe verloren. Ich habe den Kürzeren gezogen. Weißt du, was das heißt? Man nimmt vier Streichhölzer und bricht von einem das Ende ab. Dann verdeckt man sie mit der Hand. Und wer den Kürzeren zieht, der hat verloren. Ich musste zuerst ziehen. Und es war das Streichholz, dessen Ende abgebrochen war. Ich hatte den Kürzeren gezogen und musste fahren. So war das damals.«

Schelling redete immer schneller und lief dabei die ganze Zeit hin und her.

»Ja. So war das. Jedenfalls bin ich viele Jahre davon ausgegangen, dass ich einfach nur Pech gehabt hatte. Aber dann hat mein Freund Johannes Winkens sich verplappert. Am letzten Vatertag hat er erzählt, dass er mich hereingelegt hat. Alle haben es gewusst! Sie haben über mich gelacht und sich vor Vergnügen auf die Schenkel geklopft. Sie ahnten nicht, was sie da anrichteten. Sie dachten, es wäre genügend Gras über die Sache gewachsen. Aber das ist falsch. Ein Grabhügel bleibt ein Grabhügel, da kann er noch so üppig mit Gras oder Blumen bewachsen sein.«

Schelling griff wieder nach der Schale. Seine Hände zitterten, als er trank. Dann ging er zur Hüttentür und schlug mit der Faust gegen das Holz, dass es krachte.

»So hat es geklungen. Viel schlimmer noch. Schrecklich. Ich konnte nicht ausweichen. Noch heute höre ich dieses eklige, dumpfe Geräusch. Und ich höre, wie einer meiner Freunde schreit: ›Weiterfahren! Fahr weiter, Mensch! Gib Gas, verdammt noch mal!‹ Ich weiß inzwischen, wer es war, aber das spielt keine Rolle mehr. Alle drei wollten es. Jeder wollte, dass ich weiterfuhr. Letztendlich ist das keine Entschuldigung, aber es war so, und ich bin weitergefahren, immer weiter. Und zwei Tage später habe ich aus der Zeitung erfahren, dass der Junge tot war. Tot, verstehst du?«

Schelling zitterte. Er setzte sich. Sein Oberkörper war hoch aufgerichtet, und er drückte seine Knie auf den Boden. Es sah aus, als wollte er eine Meditationsübung machen.

»Der Junge hätte eine Chance gehabt, wenn wir sofort geholfen und die Blutung zum Stillstand gebracht hätten. Er hätte nicht sterben müssen. Wir haben ihn verbluten lassen. Wir haben uns schuldig gemacht. Vor allem ich. Ja, ich. Weil ich am Steuer saß und nur die richtige Fußbewegung hätte machen müssen, um den Wagen zu stoppen. Das ist das Verrückte. Alles hätte auch ganz anders sein können. Wenn jemand von den anderen gefahren wäre. Wenn wirklich der gefahren wäre, der in einem ehrlichen Spiel verloren hätte, wäre das bestimmt nicht passiert! Die

Sache mit deiner Mutter wäre nicht nötig gewesen, die anderen würden noch leben, und ich würde heute nicht sterben, denn eigentlich ist das Leben viel zu schön, um es wegzuwerfen.«

Das Gift begann zu wirken. Schellings Lippen schwollen an, und er versuchte vergeblich, den Schaum zu schlucken, der sich in seiner Mundhöhle bildete. Er schwieg und starrte ins Leere. Als er aufstand, schwankte er und musste sich an der Tischplatte festhalten. Sein Gesicht war kalkweiß; Schweiß lief ihm über die Stirn.

»Ihr müsst keine Angst haben«, sagte er mit zitternder Stimme. Die Worte flossen jetzt wie ein träger Strom über seine Lippen. »Die Stricke habe ich an einer Stelle mit Schwefelsäure behandelt. Sie werden sich bald auflösen. Dann seid ihr frei. Bis dahin müsst ihr bei mir bleiben. Ich will diese Geschichte unter Zeugen zu Ende bringen!«

Er nahm das Messer vom Boden auf und legte es auf den Tisch.

»Als Johannes es erzählt hat, an jenem Abend, konnte ich zuerst nicht glauben, dass meine Freunde mich derart hintergangen und belogen hatten. Jahrelang! Jahrzehntelang! Ich habe es keine Minute länger mit ihnen ausgehalten. Ich bin aufgestanden, habe diese Hütte verlassen und erst wieder betreten, als die Sache mit Theo passiert ist. Bis dahin hatte ich keinen der drei noch mal gesehen. Und eigentlich habe ich sie nie wiedersehen wollen. Aber dann ist es anders gekommen. Ich musste etwas tun. Jeder hat sich schuldig gemacht. Die große Lüge von damals war der ursprüngliche Grund. Die Wurzel von Lug und Betrug. Das Ende einer Freundschaft lag in ihrem Beginn.

Theo war der Erste. Ich wollte mit ihm über alles sprechen und reinen Tisch machen. Deswegen bin ich hierhergekommen. Ich hatte seine Frau angerufen und wusste, dass er in die Hütte fahren würde, um sich zu besaufen. Anna. Von dir wusste ich nichts. Dich habe ich hier zum ersten Mal gesehen. Aber ich wusste sofort, dass du es warst. Ich habe gespürt, dass etwas passieren und Theo eine Grenze überschreiten würde. Ich habe es gespürt, als ihr in die Hütte gegangen seid. Ich saß auf dem Hochsitz. Ich habe es geahnt, und dennoch habe ich zu lange gewartet. Dann bist du im Hohlweg verschwunden. Ich bin zur Hütte gerannt, aber zu spät gekommen. Theo saß da, das geladene Gewehr in der Hand. Es gab kein Zurück. Er glaubte, er hätte nichts mehr zu verlieren, weil er todkrank war. Das war ein Irrtum. Er wollte sich umbringen, aber er hing noch zu sehr an seinem Leben. Ich musste ihm helfen. Ich musste es tun. Ich habe ihm geholfen und ihn gleichzeitig bestraft. Die Verstümmelungen waren ein Gruß an dich, Anna.«

Schelling trank ein letztes Mal aus der Schale. Mit zitternden Händen hielt er sie vor seine Augen. Dann holte er aus und warf sie an die Hüttenwand, wo sie zersplitterte.

»Und Moelderings hat das Geld für dich nicht überwiesen. Er hat es mir am Telefon gesagt und außerdem versucht, Johannes zu erpressen. Er hat nichts Besseres verdient. Hat jahrelang auf seinem sauberen Reiterhof kleine Mädchen verführt. Hat sie gezwungen und erpresst und ihre Liebe zu den Pferden ausgenutzt. Ich habe ihn mit einem Schlag getötet. Und dann habe ich ihm die Finger abgeschnitten, mit denen man Geld zählt. Und schließlich Johannes. Johannes Winkens.«

Schelling war kaum noch zu verstehen. Seine Stimme versagte zwischendurch immer wieder. Das Sprechen fiel ihm schwer. Er schwankte heftig und konnte sich nur noch mit Mühe auf den Beinen halten.

»Johannes Winkens. Der Mann mit der weißen Weste. Er war der Grund, der Ursprung des Unglücks. Er war es, der geschrien hat, ich solle weiterfahren. Er war der Schuldige, der Auslöser von allem. Und er hat immer so getan, als habe er nichts mit der Sache zu tun. Als ginge ihn alles nichts an. Ich habe ihn auf den Grund sinken lassen. Er ist ersoffen. Und ich habe ihm seine Lügenzunge aus dem Hals geschnitten.«

Schelling riss sich das T-Shirt vom Leib und warf es hinter sich. Sein Inneres tobte, löste sich auf und produzierte dabei unaufhörlich Töne, Laute, Worte, Satzfetzen.

»Und jetzt ... Nur noch ich ... Ich ... Ich ... nicht mehr lange ... keine Angst ... der Tod ist nicht böse ... kein Schrecken ... der große Bruder des Lebens ... wie furchtbar, wenn man ewig leben müsste ...«

Er stockte. Es sah aus, als müsste er sich übergeben. Etwas schüttelte ihn, als er das Messer nahm. Er konnte es kaum noch halten, so sehr flatterten seine Hände. Er schaute erst Sonja, dann Anna an. Dann setzte er sich wieder in dieser eigentümlichen Art auf den Boden. Er streckte den Oberkörper und stach zu. Die Klinge glitt in seinen Bauch, doch er fiel nicht um. Seine Hand umklammerte die Waffe. Ihm blieb nicht mehr viel Zeit. In wenigen Minuten hatte er die unumkehrbare, blinde Pointe seiner Lebensgeschichte erreicht.

Und genau in diesem Auenblick wurde ihm klar, wie sinnlos alles gewesen war, wie fehlerhaft und kindisch. Alles war ein Fehler gewesen, von Anfang an. Denn es ließ sich nichts wiedergutmachen, was einmal schlecht gewesen war.

Es gab keine Wiedergutmachung!

Ein Junge war gestorben, und niemand konnte ihn wieder lebendig machen. Ihm waren drei weitere Menschen in den Tod gefolgt. Aber ihr Tod änderte nichts an der Tatsache, dass der Junge den Unfall nicht überlebt hatte. Und nun, jetzt gleich, würde auch er, Thomas Schelling, aufhören zu existieren. Und nicht einmal sein Tod konnte irgendetwas gutmachen.

»Das Leben ... ein großer Fehler ...«, flüsterte er, riss das Messer mit einem Ruck nach oben und fiel nach vorn, wie es das Ritual vorschrieb. Als sein Kopf den Boden berührte, hatte er bereits die Besinnung verloren. Die Dielen färbten sich rot. Er stöhnte, und erst jetzt vermochte sein Bewusstsein den Schmerzen keinen Widerstand mehr zu leisten. Sein Körper krümmte sich zuckend zusammen.

Als sich Sonjas Fesseln so weit gelockert hatten, dass sie sich befreien konnte, war Schelling tot.

***

Van de Loo gab ein letztes Mal Gas und donnerte durch den Hohlweg. Mir quietschenden Bremsen brachte er den Volvo neben der Hütte zum Stehen. Als er Anna und Sonja auf der Veranda sah, atmete er auf.

»Es ist vorbei«, sagte Sonja, als van de Loo auf die Veranda trat. »Schelling ist tot!«

»Sind Sie sich sicher?«

»Ja.«

Van de Loo betrat die Hütte. Die Scherben der antiken Teeschale knirschten unter seinen Sohlen. Ein kurzer Blick genügte. Zu seinen Füßen lag ein Toter. Er ging auf die Veranda zurück.

»Mir wäre es am liebsten, wenn Sie meine Tochter auf der Stelle hier wegbringen würden. Ich bleibe und warte, bis die Polizei eintrifft«, sagte Sonja.

»Allein?«

»Ja.«

»Trauen Sie sich das wirklich zu?«

»Ja«, sagte Sonja Lechtenberg und sah van de Loo an. »Ich habe allerhand hinter mir, und im Augenblick traue ich mir so ziemlich alles zu.«

»Gut«, sagte van de Loo. Er ging zum Auto und holte das Bild und den Rahmen. »Es ist zwar zerrissen«, sagte er. »Aber ich denke, es sollte wieder da hängen, wo es hingehört.«

Sonja Lechtenberg nahm das Foto und sah es lange an. Sie lächelte, als sie die Gesichter der Männer betrachtete, von denen keiner mehr am Leben war.

Als van de Loo wenig später mit Anna über den Waldparkplatz fuhr, kamen ihm Mareike und Peters in ihrem Auto entgegen. Van de Loo hob kurz die Hand und fuhr an ihnen vorbei.

Eine Viertelstunde später gab der Volvo den Geist auf. Van de Loo ließ den Wagen ausrollen und stellte ihn am Straßenrand ab. Das letzte Stück ging er mit Anna zu Fuß. Sie stolperten die Landstraße entlang, bis sie zu dem Trampelpfad kamen, der zur Niers hinunterführte. Im Hintergrund standen große Kopfweiden. Sie streckten ihre struppigen Äste in den Himmel und leuchteten eigentümlich.

Van de Loo stapfte mit Anna durch ein Maisfeld, das Jäger zur Winterfütterung des Wilds stehen gelassen hatten. Die Pflanzen waren müde vom Sommer, und die trockenen Blätter raschelten, wenn sie berührt wurden. Am Ende des Feldes öffnete sich der Blick. Auf der anderen Seite der Niers hatte sich ein kleines Sumpfgebiet gebildet. Das Wasser glänzte, als sei plötzlich Schnee gefallen.

Tante Gertrud war tatsächlich zu der Stelle gegangen, wo sie sich vor sechzig Jahren so oft mit Sarah Rosenboom getroffen hatte. Sie saß auf einem Stein und kehrte ihnen den Rücken zu. Ihre Schultern wirkten noch schmaler als sonst.

Van de Loo blieb stehen, und Anna ging allein weiter. Mit vorsichtigen Schritten näherte sie sich Trude. Dann setzte sie sich neben sie und legte ihren Arm um die Schulter der alten Frau.

Danksagung

Ich schulde meiner Heimat Dank, dem Bauernhof, auf dem ich Kind sein durfte, dem Land, das mich auf den Geschmack der Freiheit brachte, dem Dorf und seinen Bewohnern, in deren Schutz ich mich austoben konnte.

Ich danke Katja für ihre harsche Kritik ganz zu Beginn der Arbeit, Eva und Klaus für gemeinsame kritische Lektüre der ersten Fassung, dem Garten-Günther, Ute und Michael für Ideen und wertvolle Tipps, Jürgen für seine Sympathie mit einer schwierigen Romanfigur, den Öffentlichkeitsbeauftragten der Polizei für interne Informationen, Annemarie für ihre Hilfe, Hejo für sein Entgegenkommen, Christel für wärmende Zuversicht, Stefanie für den letzten Schub, als die gestalterischen Kräfte zu erlahmen schienen.

Und schließlich danke ich meinem Sohn Valentin für sein offenes Ohr und meiner Tochter Esther für die Freude, die mir durch ihr Dasein geschenkt wird.